KB090671

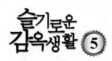

초판 인쇄 2023년 9월 11일
초판 발행 2023년 9월 15일

지은이 JS
펴낸이 김태헌
펴낸곳 문학홀릭

주소 경기도 고양시 일산서구 대산로 53
출판등록 2021년 3월 11일 제2021-000062호
전화 031-911-3416
팩스 031-911-3417

슬기로운
감옥생활

5

JS 장편 소설

슬기로운
감옥생활

C o n t e n t s

차례

슬기로운
감옥생활

26

사랑하면 아파라

    고척동 102번지의 주소는 영등포 구치소의 지번이다. 그곳은 넓은 땅 위에 하얀 담으로 둘러쳐진 이 도시의 사막이었다. 영등포에서 인천으로 달리는 대로에서 우회전해서 약 500미터만 가면 길 양쪽으로 하얀 담들이 빙 둘러쳐져 있었는데 왼편은 재판이 완전히 끝난 기결수들을 수용하는 영등포 교도소의 담벼락이었고, 오른편의 담이 있는 곳이 바로 영등포 구치소였다. 구치소와 교도소의 경계는 그 도로 하나만으로 구분되었고 그 도로만 없다면 영락없이 고척동 일대가 완전히 법무부의 땅이나 마찬가지였다. 세계적이라고 부르짖는 국제적 도시의 한복판에 하얀 구치소와 교도소의 건물이란 어딘지 모르게 생뚱한 느낌이 드는 그런 건물임엔 틀림이 없었다. 구치소와 연한 동네의 산비탈로 계속 집들이 들어차 있었으며 가장 높기로는 서림 아파트가 산 위에 우뚝 서 있어서 온 동네가 다 밑으로 내려다보이는 곳에 넓고도 넓은 구치소의 마당이 다 드러나 보이는 것이었다. 비스듬한 동네에서나 아파트에서 내려다본다면 구치소의 마당에서 움직이는 재소자들의 모습들이 그대로 보일 것이다.

아침에 기상을 해서 술렁이는 그들의 일과는 매일 반복되는 것이었다. 점검이 끝났는지 새벽부터 연기가 피어오르던 취장에서 수 십대의 리어카를 끌고 나가는 밥차가 복도를 따라 줄줄이 움직일 땐 아침식사 시간이었고, 그 30분쯤 후엔 다시 빈 리어카들이 줄줄이 나타나서 소지들이 배식을 끝낸 알루미늄 국통이나 밥통을 싣느라 우당탕 일대 소란을 이루었다. 대략 130여 명이나 되는 한 사동의 재소자들이 먹을 국통과 밥통은 오지게도 커서 리어카에 두 개만 실어도 꽉 찰 정도였다.

그리고 나면 사방에서 개미 새끼들처럼 꾸역꾸역 기어나오는 사람의 무리들. 한 사람의 직원에 의해 밖으로 불려나온 그들은 줄줄이 마당으로 나와서 일렬 횡대로 길게 늘어서서 웃통을 벗었고, 런닝을 목까지 들어올렸고, 바지를 끌러 바닥까지 흘러내렸으며, 그리고는 마지막으로 팬티를 발목까지 내리고는 검신을 받고 있는 게 다 보였다. 보통 때는 거기쯤에서 대충 넘어갔지만 어떤 날은 더러는 뒤로 돌아서게 해서 앞으로 90도각도로 구부리게 해서 엉덩이까지 검사를 하는 날도 있었다. 그러한 검사는 봄, 여름, 가을, 겨울 언제나 상관이 없는 거였다. 아무리 혹한이라고 하더라도 마치 그러한 검사를 하지 않으면 안 되는 일인 양 계속되는 일과였다. 그 검사가 끝나면 재소자들은 일일이 수갑을 차고 한쪽 구석진 곳으로 가서 쪼그려 앉았으며 이번에는 직원이 호명하는 대로 불려나가서 단독으로, 아니면 셋씩 같이 손을 내밀어서 형형색색의 포승줄에 꽁꽁 묶이는 것이었다. 손목을 모아서 묶었고, 다시 팔목을 묶었으며, 마지막으로 허리께를 묶었다. 여기서 아마 단독으로 묶이는 사람들은 일반 형사범이 아닌, 아마도 바깥의 부인에 의해 이혼을 하러 가정법원으로 나가는 사람이거나, 사형수거나, 보호감호자이거나, 집시법 등 요시찰일 터였다. 그들은 따로 손목에 두 개의 수갑을 찼으며 포승의 색깔 또한 붉은 것이거나, 녹색이거나, 황색으로서 특별한 죄명에 쓰여지는 포승줄에 묶여지는 것이었다. 그것은 아마 금방이라도 포승의 색깔에 의해서 죄명을 알고자 하는 표지였는지도 모른다.

그들이 굴비 엮듯이 커다란 호송차에 실려 몇 대가 줄줄이 정문을 빠져나가고 나면 이번에는 두 줄로 열을 지어서 한 떼의 무리들이 면회장으로 걸어나가는 게 보였는데 그 무리들은 어디서 그렇게 많이도 튀어나오는지 하루종일 그렇게 면회장으로 꾸역꾸역 들어가는 것이었다. 그리고 면회장과는 반대편인 공중목욕탕이나 이발소로 가는 행렬들의 분주한 움직임은 마치 개미떼들의 이동 같았다. 수천 명의 개미들이 한꺼번에 모여 사는 그러한 거대한 굴 같다는 생각이 들 정도였다. 하얀 집의 굴. 사람들은 일단 용무를 마치고 나면 돌아오는 대열에서 하나 둘 빠져나가서 자신들의 굴속으로 용케도 찾아들어가는 거였다.

그러한 움직임의 끝은 어스름이 찾아드는 저녁이었는데 폐방을 알리는 나팔소리가 나면 그들은 전부 굴속으로 기어들어가서 모습조차 보이질 않았다. 그러면 그 너른 마당과 하얀 건물들은 마치 정신병동같이 적막해졌는데 가끔씩, 집시법으로 들어온 학생들이 철문을 맨발로 차거나 주먹으로 치며 구호 같은 걸 부르짖는 소리가 들리기도 했다. 남사에서 먼저 부르짖으면 여사에서도 따라서 부르짖었고, 여사에서 먼저 부르짖으면 남사에서 따라서 부르짖는 것이었다.

"재소자들의 인권을 보장하라!"

"모든 도서 검열을 철폐하라!"

"재소자들의 부식비를 공개하라!"

"재소자들의 부식비를 떼어먹는 구치소장은 자폭하라"

"금서조항을 철폐하라!"

"……"

구호는 실로 여러 가지였다. 그 안에서 인간이 최소한으로 받아야 될 것들의 요구조건들이 튀어나왔다. 구호는 남자든 여자든 간에 선창을 하면 수많은 사람들이 그 구호를 복창하면서 같이 철문을 차댔던 것이다. 나중에는 철문을 발로 차는 것도 아팠는지 플라스틱 밥그릇으로 쇠창살을 두드리거나 드륵드륵 긁는 사람도 있었다. 또 어떤 여자는 방 빗자루로 쇠창살을 두드리는 거였고 나중에는 목이 쉬어서 쇳소리를 냈다.

구호 중에는 이런 구호도 있었다.

"밥에다 나팔꽃씨를 뿌리는 책임자를 처벌하라!"

"징역도 서러운데 정력까지 감퇴시키는 나팔꽃씨가 웬 말이냐!"

"나팔꽃씨의 원인을 규명하라!"

매일 제공되는 밥에 나팔꽃씨가 들어갔던 모양인데 재소자들은 무얼 알서 그러는지 나팔꽃씨가 남자들의 정력감퇴제라는 것을 주장하고 있었다. 남자들의 성욕을 잠재우려고 구치소 측에서 일부러 꽃씨를 밥에다 넣는다는 주장은 그럴 듯도 하였다. 남자들만 우글거리는 집단 속에서 성욕만 충만하지 않으면 구타사고나 별다른 사고가 없을 것이란 추측도 가능했다. 그 안에서 성적인 충동이 자주 일어난다는 것은 또 다른 탈주사고나 갇혀 있다는 억압감에서 자주 폭행사고를 유발할 확률이 있는 것이었다.

남자들의 모든 문제란 결국 원인을 깊이 추적해 가면 여자와 관련이 있거나 성(性)에 관련된 일일 경우가 많았다. 가령, 면회를 자주 오던 여편네가 갑자기 면회를 오는 횟수가 뜸해졌든지, 순전히 자기 암시로 인해서 자꾸 불순한 상상만 하다가 급기야는 뺑끼통의 창살에 목을 매 자살을 해버리는 이도 있었다. 자살을 않는다 할지라도 괜히 생트집을 잡아 재소자들을 폭행하는 것도 내면의 불안 때문일지도 몰랐다.

남자들 세계에서, 그것도 좁은 방 안에서 여자 때문에 그런다는 것은 창피한 일이어서 절대 내색은 하지 않았지만 욕구불만이 쌓이다가 보면 어느 날 폭발하게 되는 것이었다.

미래에 대한 불안, 밖에 두고 온 여자의 걱정, 당장 닥칠 재판에서의 불안 등은 사람을 자꾸 초조하게 만들었다. 그래서 그 불안을 해소시키는 방법이 바로 뺑끼통에서 몰래 자위행위를 해서 고여 있던 정액을 배출시키는 일과 낮 동안 하염없이 지껄여서 스트레스를 푼다거나, 음담패설을 함으로써 얻는 쾌감이었다. 그리고 가끔은 죄 없는 비둘기를 잡아 눈알을 빼버리거나, 자신의 성기를 마구 이리저리 해바라기 꽃잎같이 잘라서 너덜거리게 만들거나 하는 짓들이었다. 자신의 학대가 곧 스트레스를 푸는 비결이기도 했다. 몸 전체에 몇 날 며칠을 걸려서 바늘로 판 살갗에 연탄가루를 녹여서 문신을 새기거나, 자신의 성기 귀두 부분에다 여자의 이름을 새겨 넣거나, 여체를 새기기도 해서 하루를 보내고 나면 곧 내일은 무얼 하고 또 하루를 죽이나 하는 생각으로 가득 찬 것이 그들이었다.

하다 못해, 운동을 나갔다가 주워 가지고 들어온 쇠못으로 칫솔대를 파서 십자가 목걸이를 만들거나 은박지를 잘 펴서 그릇에 붙여놓고선 담당이 무얼 하고 있나를 살펴라도 보아야 직성이 풀리는 그들이었다. 그들이 만든 거울을 쇠창살로 살그머니 내밀어서 거기에 비친 복도의 일들을 알 수 있었다. 그것을 소위 "삥본다."라고 표현했다. 각 방마다 삥보는 사람은 거의 지정되어 있었다.

좁은 세계에서 그렇게 무한한 일들이 일어나고 있었음에도 바깥세상에서는 아무렇지도 않게 여기고 있었는지도 모른다. 서울이라는 복잡한 도시는 그곳에서 어떠한 일들이 일어나고 있고, 어떠한 생각과 마음들을 먹고 있는지 전혀 알지 못했다. 북한의 사회가 우리에겐 전혀 실감이 안 되듯이 그곳의 실상도 밖에선 알 수 없는 것이었다. 다만, 추측만 해대고 있을 뿐이었다.

정문을 들어서면 마당이 있었고 그 정면에는 보안과 사무실이 있었으며 왼편으론 남사로 가는 문이 있었으며, 그 문을 지나면 또 통용문이 있어서 겹겹이 철문을 지나야만 사방에 다다를 수 있었는데 보안과의 오른편으로는 몇 발자국 안 가서 곧 여사의 입구가 있었다. 여사의 입구는 항상 닫혀 있었고 근무를 하는 여직원이 밖의 사람을 알아볼 수 있도록 한 뼘만한 구멍을 만들어 놓아 그곳을 통해서 밖을 내다보곤 했다. 밖을 내다보지 않을 때에는 그 구멍마저도 닫아놓게 만들어져 있었다.

　여사의 입구로 들어서면 정면에 여직원들의 사무실이었고 양옆으로, 그리고 위층으로 감방이 있었다. 여사는 구치소의 커다란 담 안에다 또 담을 만들어서 따로 울타리를 만들고 있었다. 사방 밖으로는 화단을 만들어서 꽃밭을 만들어놓았고 건물의 뒤편으로 조그마한 마당도 있어서 여자들은 거기서 운동을 했다. 그 마당에는 빨래 건조대를 만들어놓아 여자들의 속옷을 내다 널었는데 형형색색의 팬티들이 하늘을 보며 널려져 있는 게 마치 우리나라 팬티 제조업체의 전시장 같다. 조그마한 것은 아예 손바닥만한 것에서부터 완전히 망사로만 된 것이 있는가 하면, 크게는 자루만한 팬티도 널려 있었다. 남자들이 여사로 작업을 들어오게 되면 제일 군침을 흘리는 것이 바로 여자 팬티였다. 여자 팬티를 갖고 있으면 재판을 잘 받는다는 속설이 있어서인지 팬티는 자주 없어졌다. 그것도 작고 야한 것일수록 더욱 그러하였다. 한 마디로 말해서 영계의 팬티가 단연 인기였다.

　찌는 듯한 더운 여름날에는 방 안에 가만히 앉아 있어도 땀이 저절로 줄줄 흘러내렸다. 방에서 나는 악취 때문에 여자들은 매일 치약을 물에 풀어서 방구석마다 뿌렸고 코에다간 새 세숫비누를 하나씩 들고 있었다. 각 여자들이 전부 그러면서 말을 했고 웃고 떠들었다. 빙 둘러앉아 벽에다 등을 기대고 처져 앉아 있는 걸 봤다면 아마 남자란 동물들은 아예 정나미가 뚝 떨어질 그런 모습들이다.

팬티만 입고 앉아서 다리를 확 벌리고 있다면…… 누가 그런 상상이나 하겠는가.

여자들만의 세계란 것도 사실 알고 보면 남자들과 다를 게 하나도 없었다.

그저 편한 대로 이리 뒹굴 저리 뒹굴, 더위에 지쳐서 벽에 기댄 채 팬티의 고무줄을 들어서 구치소에서 배급해준 부채로 거웃이 있는 데로 바람을 밀어넣고 있기도 했다. 그러한 것도 여자들만 있는 세계이니까 가능한 일이다. 더위에 지쳐서 그러는 것을 보고 누가 뭐랄 사람은 아무도 없었다. 밤에 잠을 자다가도 사람을 질식시킬 것처럼 뜨겁게 달은 콘크리트 건물의 열기로 인해서 방 안이 온통 후끈거릴 때에는 자신도 모르게 팬티까지 벗어버리는 여자들도 있었다. 좁은 방에 열 서너 명의 사람들이 잠을 자기엔 열기의 덩어리였다. 간혹, 잠을 자다가도 더위에 벌떡 일어나서 신경질적으로 부채를 부쳐대는 여자들이 있는가 하면, 밖에서 가족들이 사 넣어 준 우유나 콜라 같은 것들이 더워지지 않도록 창틀에 매달아 놓은 것들을 뚝 따서 벌컥거리며 마시는 게 전부였다. 어떤 얌체는 식수를 몰래 그릇에 떠서 뺑끼통으로 들어가서 몸에 끼얹거나 손바닥에 묻혀

17

서 몸을 문지르기도 했는데 그것만 해도 시원한 것이었다. 더구나 겨드랑이나 사타구니에 맺힌 땀을 씻어내리기에는 한 그릇이면 족한 것이었다.

밤에 목이 말라서 일어났다가 식수가 떨어지고 나면 한밤중에라도 소리를 쳐서 옆방에서 물을 빌리려고 했지만 이미 옆방에도 물이 떨어지거나, 남아 있다고 해도 달랑거릴 처지였다. 한 방울의 물이 소중한 것이었다. 그러면 결국 여담당을 불러서 수돗물이라도 좋으니 떠달라고 부탁을 해보지만 여담당이 곱게 들어줄 리가 없다.

"선생님, 먹을 물이 다 떨어졌어요. 수돗물 좀 떠 주세요."
하고 부탁을 하면 여직원은 금방 난색을 표한다.

"수돗물을 마셨다가 배탈이라도 나면 내가 시말서를 쓰게?"
이미 물을 떠줄 의사가 없는 대답이다. 답답하고 미칠 것 같은 여자는 안에 있는 사람이다.

"아이고, 선생님. 죽어도 지가 죽지요. 목이 말라서 금방 뒈질 거 같은데 속시원하게 물이나 한 바가지만 떠 주세요."
아예 울상이 다 된 표정이지만 여직원은 거들떠도 안 본다. 결국 뒤 책임을 지지 않겠다는 게 그들 공무원 습성이었다. 만에 하나라도 배탈이 나거나 해서 야밤에 난리를 친다면 자신이 문책당할 처지여서 끄떡도 않는 것이다.

"그럼, 선생님요. 다른 방에서 물이나 좀 얻어 주세요. 목이

18

말라 죽겠어요."

그때서야 여직원은 다른 방의 사람을 깨워서 겨우 몇 방울의 물을 얻어다 준다. 물이란 그렇게도 소중한 것이었다. 갇힌 사람에게는 하찮은 물 한 방울이 그렇게 소중해질 때도 있는 것이다.

여자들도 잠자리에 들기 전에, 혹은 이불을 깔고 나서도 한참 동안 이야기를 하고서야 늦게 겨우 잠이 드는 것이었다. 그러한 것은 남자들이나 여자들이나 마찬가지였다. 이야깃거리만 있으면 주절거리지 않고서는 못 견디는 그들이었다.

"야, 희자야. 너 요즘 많이 이뻐지는 거 같으다. 어디서 미친 놈한테 편지를 다 받아보질 않나. 맨날 사랑타령이니 이뻐질 수밖에.

"너, 그 놈팽이 어디서 꼬신 거니?"

사기로 들어온 봉희가 물었다. 그렇게 물으면서도 은근히 샘이 나는 눈치다. 여자들이란 그렇게 자신이 못 먹는 감이라도 일단은 시기심이 번지는 게 예사였다.

"……."

희자는 여전히 말이 없다. 처음에 편지가 들어왔을 때부터 누군가가 물었고 그 다음부턴 이야깃거리가 궁해지면 으레 누군가가 중간에서 그런 말을 꺼냈던 것이다. 희자는 그러한 질문에 빙그레 웃기만 할 뿐 절대 말을 꺼내진 않았다.

"너, 병원에서 남자들 히프에 주사바늘을 꽂으면서 살살 눈웃음을 쳐서 전부 꼬신 거 아냐? 호호홋. 그래, 남자들 히프를 탁탁 치고 주사를 놓으면 기분이 어때? 은근히 기분이 조오치? 안 그래?

"호호호."

이번에는 간통으로 들어온 분희가 그렇게 묻는다. 자나 깨나 남자 이야기라면 사족을 못 쓰는 여자다. 가느다란 실눈이 마치 눈웃음치는 것처럼 간교롭다.

"얘, 우리 희자가 어디 그럴 애니? 남자라면 오로지 일편단심이었지 뭐. 미친개한테 물려 가지고 이런 데까지 들어왔지, 안 그러면 이런 데 들어올 계집애냐? 아마 개 같은 자식이 졸졸 따라다니다가 함부로 넘보지도 못하는 게 지금 이런 데에 들어가 있다니까 한 번 쑤셔나 보는 거지 뭐."

"그래도 희자는 좋겠다! 맨날 편지를 갖다 바치는 놈팽이가 있으니까. 나도 그런 애인 하나 어디 없나? 밤낮으로 머릴 싸매고 연애편지나 쓰고…… 나 같으면 맨날 편지를 보낼 때마다 보지털이나 한 개씩 뽑아다가 풀로 붙여서 보내겠네. 호호호……."

"저런 미친년이…… 그런다고 남자들이 더 좋아하냐? 남자들의 욕심은 끝이 없는 거라구. 여자들의 옷을 한 꺼풀 벗기면, 두 꺼풀 벗기고 싶어하구, 두 꺼풀 벗기면 다 벗겨야 직성이 풀리는 놈들이라구. 그러고도 그것도 모자라서 슬슬 딴 여자한테로 눈을 돌리는 것이 남자들이라구. 일찌감치 여기서 정신을 차려야 나가서 남자들한테 안 물리지. 안 그러면 희자처럼 맨날 물리다가 볼일 다 본다? 너!"

"호호호……."

이른 초저녁부터 간드러지는 웃음소리가 쇠창살을 넘나든다. 여직원은 별로 제지를 않는다. 그저 방으로 왔다간 그들이 빙 둘러앉아서 이야기꽃을 피우고 있는 것을 보곤 곧 돌아가 버린다.

"언니, 언니는 맨날 남자들한테 먹혔다, 잡아먹혔다, 배신을 당했다, 차였다고만 하는데 너무 그러지 말우. 아, 우리야 아직 차여본 적도 없구, 우리가 도리어 남자들 불알을 차고 다니는데 자꾸 왜 그러슈? 뭐 우리가 남자들한테 차이고만 다닐 사람인 줄 아슈?"

이번에도 분희가 말분에게 대꾸를 하면서 눈을 흘겼다. 말분은 이곳에서 제일 연장자다. 계를 하다가 춤바람이 나서 젊은 제비족에게 걸려 사기로 들어온 여자였다. 계를 든 여자들이 맨날 면회를 와서 합의를 하자고 조르는 데도 그녀는 차라리 이곳에서 콩밥이나 먹다가 나가면 그 돈을 버는 거라며 코웃음을 치고 있는 여자다.

"아, 이년아, 너도 나처럼 세상을 한 번 살아봐라. 남자들이란 게 전부 늑대지, 그럼 늑대인가 아닌가를 알 게 될 거다. 남자들이란 다 여자가 돈이 있나 없나를 살핀 후에 덤벼들지, 어디 돈도 없는 여자한테 덤벼드는 놈 봤어? 나도 말이다, 돈을 팍팍 쓰니까 젊은 제비가 혓바닥으로 거길 싹싹 핥아주며 아애 청소를 해주더라. 젊은 놈이 돈맛만 알아 가지고…… 나를 홍콩 가게 만들려고 얼마나 애를 쓰는지 아냐? 혓바닥의 까끌한 것으로 그럴려고 그러는지 자주 침을 삼켜가며 그러더라. 거기다가 칙칙이를 뿌리지를 않나, 오 래 끌려고 별 지랄을 다 떨다가도 돈이 바닥이 나자 슬금슬금 달아나더라. 몸이 아프다고 요리조리, 이 핑계 저 핑계를 대질 않나…… 나중에는 성깔까지 부리더라. 차암 웃기는 얘기지 뭐.”

“언니도, 차암…… 언니가 좀 밝혀야 젊은 제비가 살아남죠? 호호홋. 아예 본전을 뽑으려고 남자를 혹사시킨 거 아뉴?”

“호호호호…… 까르륵…….”

“그 말도 맞는갑다!”

여자들이 한바탕 웃었다. 그러자 말분이 발끈한다.

“아, 웃음들 그치지 못해! 니들만 그거 달고 있냐? 이래봬도 나도 아직은 멀었어. 니들이 뭘 안다고, 까부느라고 그래? 원래 여자란 나이 들어가면서 더 재미를 느끼는 거라구. 좆도 모르는 게 탱자탱자하고 있어!”

“하이구우, 성니임. 그런 말은 남자들이나 쓰는 건데 좆도 모르는 게 탱자탱자가 뭐유? 입은 삐뚤어졌어두 말은 바로 하란 다구, 성님이 더 남자들을 좋아하는 거 같구만유? 자꾸 그러면 젊은 우리들이 더 섭섭합니다! 호호호.”

“……호호호.”

여자들의 말꼬리는 끝이 없다. 빈틈만 보이면 치고 들어와 말꼬리를 붙들고 늘어졌다.

“야, 이년들아! 쓸개가 빠져도 한참 빠진 것들이! 남자란 자고로 어떤 동물이냐 하면, 나이가 너무 어린 것이라면 기다렸다가 키워서 잡아먹고, 나이 많은 것은 거기가 쭈글쭈글 하니까 다리미로 다려서라도 해야 직성이 풀리는 거고, 곱사등이는 곱사등이대로 시이소오를 타는 기분이라고 좋아 하고, 옆으로 모로 누워서도 할 짓은 다 하는 것이고, 미친년 것은 더 재밌다고 하는 것들이 남자들인기라. 저엉 하다가 여자가 먼저 시들해지면 옆으로 돌아앉아서 딸딸이라도 해야 직성이 풀린다니까!”

말분이 저도 웃는다. 이야기를 하면서 어느새 풀어져 버린 것이다. 남자들 이야기란 그렇게도 신이 났다. 여자들이 웃다가 배를 움켜잡는다.

“그럼, 형님 것은 젊은 제비가 다리미로 다려서 올라타는 거겠네유? 호호호.”

“아, 이년이. 누굴 할망구로 아나? 난 아직 다리미로 다릴 정도로까진 늙지 않았어. 아직도 팔팔해서 젊은 놈들 그거 대가 릴 꽉꽉 문다? 호호홋."

"아하하하……."

여자들이 웃고 떠드는 것은 징역 안에서의 무료함 때문이었다. 낮 동안엔 그래도 면회를 나가는 사람, 재판정으로 나가는 사람, 그리고 돌아오는 사람들로 북적대다가 막상 폐방이 되고 나면 왠지 쓸쓸함이 한꺼번에 몰아치는데 그러한 것을 잊으려고 노력이라도 하듯이 마구 떠들어야 직성이 풀렸다. 얼마나 웃었는지 눈물이 찔끔거릴 정도였다. 신나게 운다가 자신도 모르게 오줌을 찔끔거렸는지 하나 둘 뺑끼통으로 들어가는 여자들도 있었다. 그러면 방 안의 여자들이 또 빈정거렸다.

"저년이 또 쌌군! 맨날 질질거리고 싸는 년들이 나보곤 뭐 어째! 늙은 할망구라구! 나는 오줌을 싸도 아직 땅이 푹 파일 정도로 힘이 세다구. 젊으면 다냐! 에라이…… 쯧쯧……."

말분이 득의양양해진다. 그 웃음이 사뭇 비아냥조다.

"자, 지금부터 예쁜이 운동을 하겠다! 전부 빙 둘러앉아봐. 맨날 내가 시켜야 그때서야 겨우 이런다니깐……."

말분의 말에 여자들이 벽에다 등을 기댄 채 빙 둘러앉았다. 이미 여러 번 해본 익숙한 동작이다. 정좌 자세로 해서 두 무릎 위에 두 손을 가지런히 움켜쥐고 있었다.

"희자 년, 안 할 거니?"

말분이 소릴 치자, 희자는 책을 보고 있다가 고개를 설레설레 흔든다. 말분이 쉽게 포기를 하고 여자들을 둘러보았다. 이미 희자는 그런 행동에서는 열외였던 것이다. 그러니 말분도, 다른 여자들일지라도 그리 개의치 않는다.

"기분을 좋게 하고…… 눈을 감는다…… 그러면 차분해지면서 내가 가장 멋있다고 생각되는 남자를 그리듯이 천천히 맞아들인다…… 마치 구멍 속으로 받아들이듯이 천천히 호흡을 하고…… 그러면서 한 번, 항문을 위로 끌어올리듯이 힘껏 조여본다. 자, 한 번…… 두 번…… 호흡을 내쉬고? 다시 한 번…… 그리고, 두 ……숨을 내쉬고? 거기도 벌렸다가 오므리는 기분으로 다시 한 번…… 그리고, 두 번 계속 천천히 반복해."

여자들은 눈을 감은 채 얼굴에 웃음이 감돌 것 같은 표정을 지은 체 계속 그러고 있었다. 바지를 입었거나 팬티만 걸쳤거나 여자들의 둔부가 꿈틀거렸다. 아마도 죄었다가 푸는 동작을 반복하느라 그러는 거였다. 여자들이 마치 황홀경에 빠지듯 얼굴이 편안해져 있었다. 어쩌면 남자들의 성행위를 그리면서 스스로 쾌감을 얻거나 자기도취에 빠진 듯했다. 말분도 역시 그러고 있었다. 여자들이 밑에다가 힘을 줄 때마다 아랫배가 들어갔고 무릎 위의 손바닥이 저절로 오므려졌다.

"오늘은 내가 일일이 손가락을 집어넣어 검사를 하진 않을 테니까 스스로 검사를 한다고 생각하고 해봐. 내 힘이 얼마나 센가. 그게 세어야 남자들한테 명기라는 소릴 듣는 거라구. 미아리에 가면 여자들이 그것으로 맥주 병마개를 따고, 바나나를 베어 먹는 것도 다 이러한 연습을 거친 거라구. 어린애들 젖니 정도의 힘은 되어야 남자들이 좋아해."

말분이 그렇게 소리치자, 여자들이 눈을 뜨면서 배시시 웃었다. 이로써 오늘의 연습은 끝난 모양이었다. 여자들이 슬금슬금 자리를 좁혀서 둘러앉았다. 또 음담패설이 엮어질 모양이다.

"저번에 말이야…… 어떤 청춘남녀가 발가벗고 그걸 하다가 갑자기 불륜을 들킬 위험에 빠지자 후닥닥 빼다가 여자가 경련을 일으키면서 남자의 그걸 팍 물어버린 거야. 그러니 빠지겠어? 여자가 갑자기 질 경련을 일으킨 거지. 그래서 나중엔 둘을 담요로 싸서 병원에 가서 빼냈다는 이야기가 있는데. 그것도 평소에 이런 연습만 했다면 안 그랬을 거라구. 너희들, 징역에 들어와서 나한테 많이들 배운다, 알겠냐? 아가들아!"

"호호호, 언니는 평생 이 감옥에서 살면서 후배들이나 성교육 시키시지요. 그러면 전부 명기가 되어 가지고 밖으로 나가서 남자들이란 남자는 다 잡아먹을 거 아닙니까?"

이번에는 외환관리법으로 들어온 준자가 말을 했다.

"아, 이년이…… 그럼 난 여기서 늙어 죽으란 말이야? 나도 나가서 테스트를 해야제. 아무리 해도 연습보다도 실전이 더 중요한 기라. 실전에서 써먹으면 그게 금상첨화지."

"그럼, 언니는 이때까지 몇 남자나 건드렸수?"

그렇게 말을 꺼낸 건 절도로 들어온 민경이였다. 말분이 웃는다. 그 웃음이 가히 남자들 너털웃음 같다. 그러나 소리가 없는 웃음이다.

"넌, 내 배 위를 남자들이 얼마나 지나갔을 거 같으냐? 아마 이 구치소에 있는 남자들만큼은 될걸? 호호. 애, 그런 남자들 얼굴 이젠 기억에도 없다. 이젠 그놈이 그놈 같고 이놈이 이놈 같은 기라. 아마 남자들 물건을 보면 다 알아맞힐지는 모르지. 호호홋. 남자들 거란 다 생김새가 틀려서 좌로 휘어진 놈이 없나, 우로 휘어진 놈이 없나…… 시커멓게 말처럼 생겨먹은 게 없나, 자라좆처럼 짤막한 게 없나, 다마를 막아서 울퉁불퉁한 놈도 있고, 여러 갈래갈래로 찢어놓아서 해바라기처럼 생겨먹은 놈이 없나…… 표피에다가 이만한 아령 같은 걸 매달아놓은 놈이 없나…… 위로 꾸부러진 놈, 아래로 휘익 꾸부러진 놈…… 그걸 보면 알지도 모르지."

그 말에 여자들이 한바탕 까무러친다. 배를 잡고 웃는 여자들도 있었다. 나중에는 흥이 났는지 마룻바닥을 둥둥 구르면서 숨넘어가는 여자도 있었다. 그러자 여자 담당이 나타났다.

"야, 이년들아! 뭐가 그리 좋아서 헤헤거리냐. 그저 남자들 얘기만 나오면 벌렁거려 가지고서는! 맨날 주둥이로 까지만 말고 나가서 한 번 배터지도록 해버려! 그저 그거 이야기만 나오면 귀가 쫑긋해 가지고선. 쯧쯧…… 너희들도 환하게 날샜다, 날샜어!"

담당이 히죽 웃으면서 나무랐지만 방 안의 여자들은 결코 나쁘게 듣지 않는다.

"선생님도 가만히 책상에 앉아 있으면 심심할 테니까 여기서 우리랑 같이 이야기나 해요. 언니가 얼마나 웃기는데요."

"에이구, 늙은 게 주착이지. 뭘 가르칠 게 없어서 젊은 것들 데고 노닥거리는지…… 빨리 합의나 보고 나가버려! 이 늙은 할망구야!"

여직원이 그렇게 나무라는 것도 어디까지나 농담이었다. 그러자 말분이 또 말을 받는다.

"하이구, 선생님. 뭐 지가 좆빨았다고 합의를 봐요? 지금까정 산 게 얼만데. 그게 아까워서 합의를 못 보겠어요. 이제 기껏해야 몇 달 살면 나갈 건데. 그러면 돈은 고스란히 남잖아요? 누가 짱구인 줄 아시나봐……."

"저런 머릴 쓰고 있으니까 맨날 빵깐이나 드나들지. 신분장을 들춰봤더니 벌써 10범이라니까!"

담당의 10범이라는 말에는 말분도 아무런 대답이 없다. 그저 머리만 벅벅 긁고 있었다. 머리를 긁자 약간의 허연 비듬이 떨어져 내린다.

"또 머리는 왜 긁어? 그러니깐 비듬이 떨어지잖아?"

담당이 꽥 소리를 질렀다.

"선생님도! 머리를 자주 감겨줘야 비듬이 안 생기죠. 일주일에 한 번 목욕을 하는 걸로 어떻게 비듬이 안 생겨요? 아랫도리는 하루도 안 씻으면 곰팡이가 슬 정돈데……."

"쯧쯧, 그래도 주둥이만 살아 가지고. 말분이는 물에 빠지면 주둥이만 동동 뜰 거라구."

여직원이 자꾸 그러다간 서 있는 자신의 다리만 아플 거라는 생각이 들었던지 훌쩍 가버린다. 그러자 방 안의 여자들이 또 한번 까르륵거린다.

희자는 슬그머니 일어나서 창가로 다가갔다.

쇠창살에는 여자들이 널어놓은 팬티들이 어지럽도록 즐비했지만 그 틈새로 밖을 내다보았다. 어둠이 까맣게 내려앉은 공간에는 방 안의 희미한 불빛에 드러난 화단의 꽃나무들이 보였다. 남사의 원예에서 키운 팬지를 옮겨다 심어놓은 것이었다. 그리고 자잘한 흰 꽃을 피우는 나무가 한 그루 서 있었다. 가지마다 하얀 꽃들이 다닥다닥 붙어 있어서 그것은 어둠 속에서도 하얗게 빛나고 있었다.

그리고 어디선가 가까운 곳에서 꾸룩거리는 비둘기들의 소리가 들렸다. 아마 지붕의 옥상이거나 창틀 위쪽이거나, 뼁끼통의 환기통에다 보금자리를 튼 비둘기일 것이 분명했다. 비둘기들의 나지막한 소리를 들으면서 희자는 자기도 모르게 희미

29

한 웃음을 흘렸다.

비둘기같이 다정한 사람들이라면…….

그렇게 나가는 노래가사가 생각나서였다. 학교의 서클에서나 직장으로 얻은 병원에 근무할 때, MT를 가서 자주 부르던 노래였다. 그때는 막연한 이성에 대한 동경심으로 가득 차서 그 노래를 부르는 것만으로도 행복해질 수 있을 거란 생각을 했었다. 그 노래의 가사 전체가 행복이 가득한 집이었고, 꽃밭이었고, 사랑이었다.

희자는 웃음을 머금은 채로 바깥의 어둠을 바라보다가 그 어둠 가장자리쯤에서 얼핏 흰 물체가 움직이는 것 같은 착각을 느꼈다. 소스라치게 놀란 것처럼 몸을 한 번 떨었다가 다시 자세히 보니 거기엔 아무것도 없었다. 헛것을 본 것이리라.

희자는 언제부터인가 자신이 그토록 사랑했고 증오했던 현식이 대신에 그 자리엔 김종태라는 한 남자가 들어서고 있음을 알아차렸다. 현식이라는 첫사랑에 대해서는 도저히 잊을 수가 없을 것만 같았는데 그것도 지금은 퇴색한 것이었는지 모른다.

현식과의 마지막 날 밤은 그야말로 천국과 지옥이었다.

사랑하면서도 도저히 잊고 살 수가 없었기에 마지막으로 선택한 밤이기도 했다. 그와 술을 마셨고 마지막이라는 치욕적인 말을 들어가면서 그녀는 그의 앞에서 옷을 벗었던 것이다. 그리고 격렬한 정사.

그가 잠에 곯아떨어졌을 때, 그녀는 미리 준비해간 마취제 주사를 그의 몸속으로 밀어 넣었다. 그가 잠든 것처럼 죽었고, 그녀는 분한 나머지 자신에게 놓을 주사약이 다 떨어졌음을 알았다. 그리고서 자신의 이십 대 초반을 아낌없이 칼로 그어버렸던 것이다. 조금만 더 늦게 발견이 되었더라면……그녀의 아쉬움은 그것뿐이었다.

희자는 손목의 수갑을 위로 올리면서 팔뚝에 길게 그어진 커다란 상처를 바라보았다. 꿰맨 자국이 흉측하게 그대로 남아 있었다. 하얀 손목에 마치 연한 색연필로 색칠을 해둔 것처럼 남의 살 같다는 생각이 든다. 그것은 마치 하얀 천조각을 덧대서 마주 꿰맨 것처럼 실밥자국이 그대로 남아 있었다. 희자는 낯선 것을 바라보다가 문득 정신이 든 것처럼 아직 바깥의 어둠에 익숙해지지 않고 있었다. 어둠이 점점 자신에게로 다가와서 비로소 포근한 느낌이 찾아오기는 아직은 멀었으리라는 생각이 들었다. 어둠은 또렷이 바라보고 있기만 해도 그런 느낌이 들게 했다.

쇠창살로 바라보이는 하늘의 구름과 달이 유연하게 떠가고 있었다. 달이 몇 번인가 구름 속으로 들어갔다가 다시 바깥으로 나오자 희자는 자신도 모르게 아, 하는 신음소리와 함께 그동안 수많은 세월이 흘러가버린 것 같은 착각에 빠지곤 했다. 기껏해야 두어 달 남짓한 구치소의 생활이었지만 그 세월은 마치 수천 년, 아니 수만 년이 흘러가버린 느낌이었다. 어쩌면 타임머신을 타고서 까마득한 원시시대로 와버린 기분이었다. 그래서 지금 그녀는 원시인들이 억지로 만들어서 채워준 쇠팔찌를 무겁게 차고 있는 것이고, 캄캄한 밤 동굴 속의 생활을 하고 있는 것만 같았다. 이상하게도 폐방만 되면 낮 동안의 소란스러움도 가라앉아버리고 알 수 없는 회의와 옛날에 대한 회상으로 점철이 되는 거였다. 물론 희자만 그런 것이 아니라 이곳에 있는 여자들은 다 그런 것 같았다. 부지런히 남성에 대한 이야기, 음험한 성기에 대한 이야기, 섹스에 대한 이야기로 꽃을 피우다가도 슬그머니 뺑끼통으로 들어가 자신을 회상하는 여자들도 많았다. 바지를 내리고 뺑끼통에 걸터앉으면 그래도 옛날의 아스라한 추억들이 스쳐 지나가고 회상에 젖다가 보면 진정 자신이 왜 이곳에 있어야 하는지를 알 수 없을 때도 많았다.

지나간 것들은 다 아름답다.

추억되는 것들이란 다 아쉬움뿐이었다. 바깥의 모든 것들이 이 안의 어떤 것들보다 아름다웠고 심지어는 바깥에서 비록 몸을 팔지언정, 굶을지언정 아무려면 이곳보다는 백 배, 천 배보다도 더 나았을 것이다. 바깥에서의 삶이 아무리 고달프다고 하더라도 우선 자유라는 것이 있어서 내가 마음만 먹으면 어디든 갈 수가 있었고, 내가 만나볼 수 있는 사람을 자유롭게 만날 수도 있었다. 아무려면 여자들이 몸뚱이 하나만으로 아무렇게

32

나 살겠다고 마음만 먹으면 남자들은 즐비한 곳이 바로 바깥세상이었다. 이곳에서는 정욕이 못 살게 꿈틀거려서 아무에게나 막 줘버리려고 해도 남자들이 없었고 성욕을 채울 만한 상대가 없는 게 커다란 고통이었다. 여자들은 밤에 잠을 자다가도 자신도 모르게 팬티를 벗어제치거나, 팬티 속으로 손을 집어넣어 만지작거려 보지만 욕망의 덩어리를 잠재우진 못했다. 아무거나 집어넣을 만한 물건만 있으면 숨겨 두었다가 몰래 사용해 보기도 했고, 예민한 부위에 치약을 문질러서 쾌감을 느껴 보려고 애를 쓰지만 그런다고 배설의 쾌감까지는 못 느꼈다.

그래서 가끔 방 안에서는 여자들끼리 사소한 일로 싸움이 붙어서 서로 머리카락을 돌돌 말아가면서 싸우는 것이다. 여자들의 싸움이라고 해서 결코 호락호락하진 않았다. 옷이 뜯어져나가고 머리카락이 한 움큼 뽑혀져서도 그들은 상대방의 멱살을 놓지 않는다. 어떤 여자는 아예 발가벗고 주먹을 움켜쥐고서는 남자들처럼 주먹을 휘두르는 여자도 있었다. 마치 영화에서 보는 양키들의 싸움처럼 거만하기도 했다. 그때는 여담당이 소릴 치거나 아무리 뜯어말려도 소용도 없었다. 이미 여담당을 무서워하지 않는 거였다.

"야. 이 씨팔년아! 바깥에서 씹이나 팔면서 남자들이나 호리던 게 어디서 까불어! 아예 거길 찢어버릴까부다!"

"오냐! 그래, 넌 요조숙녀냐! 남편 몰래 별지랄 다했으면서

33

뭐? 나보고 씨팔년이라고? 그래, 난 씨팔년이고 넌, 뭐니? 넌 그럼 좆을 산 년이게? 어이구, 남자들한테 이놈 저놈 막 주고선 그래도 얌전떠는 년은 너밖엔 없을 거다!"

여자들의 악다구니가 시퍼렇다. 서로 씨근거리다가 다시 머리채를 잡지 않으면 주먹이 날랐고, 머리를 디밀어서 코피를 내버리는 여자도 있었다.

"그래! 내가 씹 파는 걸 봤니? 이년아!"

여자가 어이쿠 하고 나동그라진다. 벌써 코피가 터져 흘러내린다. 방 안의 여자들이 그때서야 진정으로 달려들어 말려댄다. 그때까지는 아직 흥미로 즐길 뿐이었다. 무료한 방 안에서 그것도 실감나는 영화의 한 장면일 수도 있었고, 레슬링을 보는 것처럼 재미있는 것이었다.

"야, 이년들아! 너희들은 멀뚱거리고 앉아서 뭐 해! 좀 말리지 않구!"

여직원이 소릴 치지만 여자들은 그저 말리는 시늉만 할 뿐이었다. 한 여자가 코피를 쏟고서야 겨우 싸움을 뜯어말리지만 아쉬운 표정이 역력하다. 여직원도 여자들의 그런 늑장을 모르는 것도 아니다. 단지 어쩔 수 없는 것이라고 지레 짐작하기 때문에 그래도 화가 덜 나는 거였다. 하여튼 이곳에서는 하찮은 것으로도 자주 싸웠고, 한 번 싸우고 나면 철천지원수가 된 것처럼 며칠 동안 대면하기도 싫어했다.

"서로 오핼 풀어. 같이 징역 살면서 싸워봐야 너희들만 손해지 뭐. 차근차근히 따지면서 풀건 풀라구."

누군가 슬슬 그렇게 부추긴다. 아마 며칠이 지났기 때문에 서로 화해를 시키는 것 같지만 실상은 그게 아니다. 좀이 쑤셔서…… 좁은 방 안에서 너무나 심심해서 다시 한 번 싸움이라도 시켜볼 심산이다. 그러면 처음엔 서로 화해를 하려고 마주 앉았다가 점점 서로의 잘잘못을 따지다가 보면 또다시 말싸움이 되었고 머리채를 잡고 흔드는 싸움이 되었다. 그러면 일단 화해를 붙이려던 여자의 뜻대로 된 것이었다.

"느이들 자꾸 이럴래? 조용히 따져보라고 얘길 했더니 또 싸워? 아예 싸우려면 누가 죽던지 까무러치던지 맘대로 싸워!"

화해를 시키던 여자의 말에 힘을 얻은 듯 싸움은 이제 치열해지고 만다. 발을 걸어서 방바닥에 눕히고는 주먹으로 때리는가 하면, 가슴을 헤쳐 유방을 불끈 거머쥐어서는 비틀어버리는 예도 있었다. 그러면 고통을 참지 못하는 여자의 비명이 터져 나오고…… 여직원이 황급히 사방문을 땄지만 이젠 여자들이 일어나서 서로 머리채를 잡고 야무지게 흔들어대고 있었다.

"그만두지 못해, 자꾸 이러면 보안과에다 기동대를 부를 거다!" 독방에나 갈 거야!"

여직원이 소릴 치면 한 여자가 먼저 냅다 발길질을 해댄다. 여직원이 말리고 있으니 자기가 먼저 선수를 치는 거였다. 이제 보나 마나 싸움은 끝날 게 뻔했기 때문에 한 번이라도 더 쥐어박고 싶어서였을 것이다. 그러면 발길로 성기를 걷어채인 여자가 오금을 펴지 못한 채 그 자리에 풀썩 주저앉아버린다.

"이년들이······!"

담당이 홱 눈을 치켜뜨지만 이미 그걸로 게임은 끝이 난 것이다. 하나가 축 처져서야 겨우 싸움이 끝나는 것이었다. 그러면 맞은 여자는 징역에서 나갈 때까지 그 맞수에 대해서 주눅이 들어버리는 것이었다. 눈에 보이지 않게 상대방의 폭력의 우월성을 인정해버리는 것이다. 그걸로 대충 방의 서열이 매겨지는 것은 남자들과 똑같은 것이었다. 여자들도 일단은 말발이 잘 먹혀들려면 주먹이 세거나 싸움질을 잘 해야 만이 방 안에서 인정을 받았다.

여자들에게 있어서 힘의 논리는 이곳에서만 있는 일이었다. 돈이 좀 많다는 것은 다소 경외의 대상이 될 수는 있었지만 방을 지배하는 것은 역시 힘이었다면 그게 또 남자들의 세계와는 좀 다른 것이었을 것이다. 남자들이란, 돈이 많아도 방 안에서 왕좌를 지킬 수 있었고, 주먹이 세어도 그 방에서 감방장이 될 수 있었지만 여자들이란 돈이 많다는 것보다는 우선 주먹이었다. 그것은 여사에서만 있는 유일한 원칙으로서, 방 안에서 먹는 것과 개인이 필요한 물건들을 혼자서만 사용하는 버릇들이 있는 것과 연관이 있었다.

여자들은 가족들이 밖에서 넣어준 음식은 서로 공용으로 나누어 먹었지만 개인이 카드로 구매를 해놓은 것들은 혼자서만 먹는 버릇들이 있었다. 철저한 개인 플레이였다. 그런 것들은 옆 사람에게 나누어주지 않아도 되는 것처럼 당연시되었다. 자기의 사물 보따리에 넣어놓았다가 슬금슬금 꺼내먹는 것이 여자들이었다. 남자들이라면 당장에 의리 없는 놈이라고 주먹이 날아가 얼굴에 꽂혔을 법하지만 여자들이란 역시 소심해서인지 개인의 몫은 철저히 챙기는 편이었다.

그러니 자연 돈보다는 주먹의 힘이 우세했던 것이다. 그리고 방에서 수발이 제대로 안 되는 관계로 야간에 여직원이 먹을 야식 같은 건 아예 기대를 하지 못했다. 철저한 개인 플레이였던 관계로 누구 하나 여직원에게 섣불리 먹을 것을 내밀지 않고 있었다. 원래 수발이란 전야 담당과 후야 근무 담당인 두 사람의 직원이 먹을 분량이어서 혼자서는 감당하기가 벅찬 것이었다. 그것도 한 번 시작을 했으면 나갈 때까지 해야 하는 것이지 처음에 하다가 도중에 부담이 되어서 그만두어버린다면 안 하기만 못한 거였다.

희자가 처음 신입으로 들어왔을 때, 아직 여중생일 정도의 앳된 미경이를 보고 얼마나 놀랐는지 모른다. 미경이라는 여자애는 남학생들과 본드를 흡입하다가 동네 아주머니들의 신고로 붙잡혀온 아이였다. 죄명이 향정신성유독물질관리법 위반이었다. 본드가 유독 물질로 들어가는지는 처음 알았다.

"너, 미경이 몇 살이지?"

희자가 며칠이 지난 다음 물어봤던 질문이다. 미경이 너무나 어려 보여서 꼭 물어보고 싶었던 말이었다.

"열다섯 살."

미경이 헤죽 웃으면서 나이를 밝혔다. 희자가 자기도 모르게 얼굴을 찌푸렸다. 아무것도 모르는 아이처럼 말하는 미경을 보자 왠지 서글퍼져서였다.

"뭘로 들어왔는데?"

"별거 아니예요. 그저 친구들이랑 본드를 마셨다고 누가 신고를 했어요."

"누가?……"

"동네 아주머니들이요."

미경은 여전히 아무렇지도 않은 표정이다.

"얘, 희자야. 걘 그래도 할 거 다 해본 애다. 말 마라. 아직 보지에 털도 안 난 게 남자애들이랑 같이 모여서 본드를 흡입하다가 기분이 좋으면 서로 벗고서는 남자들 몇씩이랑 서로 돌아가며 그 짓을 했던 애다. 호호호."

그 말을 듣자, 희자는 또 한번 눈이 똥그래졌다. 그러고선 희자는 또 그녀를 바라보았다. 겉으로 보기엔 전혀 그럴 만한 애가 아닌 것처럼 보였다.

"너, 걔한테 어떻게 했는가 한번 물어봐라. 호호홋. 요즘은 애들이 더 웃긴다니깐! 여자 둘에 남자 애들이 무려 아홉이었 대, 글쎄! 저년하고 저쪽 사방에 있는 공범이란 년이 글쎄, 둘 이서 그놈들을 몽땅 받아들인 거라구! 얘 이야기 한 번 들어봐 라. 얼마나 재밌다구! 나중엔 거기에 정액이 철철 넘친다지 아 마! 너다섯 놈이 싸댔으니 안 그러겠어! 쟤들이 뭘 알아서 그랬 을까? 호호호."

민경이 마구 떠들어대자 희자는 얼굴을 찡그렸다. 너무 심하 다는 생각이 들었으나 자신은 이 방에서 어디까지나 신참이었 던 관계로 나무라지도 못할 처지였다. 다만 미경일 바라볼 뿐 이었다.

"쟤들이 또 웃겨요. 남의 아파트 공사장에 들어가서 지하실 에다 아지트를 만들어 놓구선 맨날 본드나 마셔대곤 집에도 안 들어가면서까지 그 짓을 했으니 너도 이담에 제대로 시집을 가 긴 다 글렀다! 누가 너희들 같이 처녀막이 없는 여자앨 데려가 려고 하겠냐! 요즘도 남자들은 말로는 처녀막이 없어도 사랑만 있으면 어쩌고저쩌고 하지만 그래도 나중에 결혼을 하고 나면 처녀막이 어디 갔는지 찾느라고 야단법석을 떠는 게 요즘 남자 들 아니니. 그런데 조것들이 벌써 발랑 까져 가지고 알 것 다 알았으니 벌써 싹이 노랗다. 안 그러니?"

"호호홋, 너무 그러지 마라. 얘 기죽일 일이 있니? 저러다 어떤 놈팽이 만나서 애새끼 낳고 살겠지 뭐. 벌써부터 싹이 노랗지만 혹시 아니? 큰 대도(웃죠)라도 하나 물어서 벼락부자가 될지도 모르고. 호호호."

"쯧쯧, 이제 열다섯 살밖에 안 된 년이 벌써 어른들보다도 더 닳았으니 제대로 시집가기는 다 글렀고…… 차라리 나가서 술집으로 빠지는 게 낫겠다, 너…… 공부는 아예 싫고, 남자맛은 알아 가지고…… 하여튼 요즘 애들은 문제라니까!"

그러자, 다른 여자가 주위받는다.

"애들이 맛을 알긴 뭘 알겠어? 그저 부둥켜안고 뒹구는 것밖에 더 있어? 아무것도 모르면서 그러는 거지. 아직은 싹이 있으니까!" 여기서 나가 정신을 차리지 못하면 넌 영영 깜방생활 못 면한다. 알겠니?"

민주가 그렇게 말을 하자, 건성인 듯 미경이 예, 하고 대답을 하긴 했다. 미경은 그저 살폿한 미소를 띤 채 웃기만 한다. 그러한 모습을 바라보고 있던 희자의 눈에는 알지 못할 비애 같은 것이 어리기 시작했다. 어린 나이에 여자의 모든 것을 깡그리 잃어버린 미경에 비하면 자신은 아무것도 아닌 것이었는지도 모른다. 처녀막 하나 때문에? 그까짓 거짓 사랑 하나 때문에? 자신의 순정이 너무 억울해서 희자는 그러한 생각에까지 미치자 자신도 모르게 피식 웃음이 튀어나왔다.

지금 이 순간의 자신은 감방에 있는 동안 조금 더 냉정해져 있다는 것을 알았다. 예전 같았으면 절대 못 잊을 것만 같았던 애증의 사람이었던 것이다. 심지어는 자신이 왜 그렇게 그 사람을 꼭 죽였어야만 했던가 하는 아쉬움도 없지 않았었다. 그러다가도 불현듯이 미워지기 시작하면 그 미움이 끝도 없었던 게 사실이었다. 사랑이란 그랬다. 미움과 그리움이 뒤범벅이 된 액체의 덩어리여서 아무 그릇에라도 넣기만 하면 그것은 금방 그 그릇에 가득 고이는 그런 것이었다. 그래서 사랑인 것 같으면서도 자세히 보면 미움처럼 느껴질 때도 있었다.

희자는 바깥의 어둠에 굳어버린 새처럼 그렇게 창틀에 매달려 있었다. 파리한 두 손으로 쇠창살을 붙잡고 있었으며 이마를 그 쇠에다가 갖다 대었다. 이마에 서늘한 쇠의 감촉이 닿자 시원한 느낌이 들었다. 해가 떨어지면서 콘크리트 건물의 후끈히 달은 열기가 사방의 벽에서 마구 기어나와 가만히 서 있기만 해도 사타구니로 땀이 저절로 흘러내릴 법했다. 하루종일 앉아만 있다 보니 여자들은 하나같이 팬티가 축축하게 젖어 있기가 일쑤였다. 저녁때 쯤이면 이미 젖은 팬티는 기분이 나쁘도록 축축해져서 괜히 짜증이 나는 것이었다. 그렇다고 저녁마다 갈아입지는 못했으며 조금만 더 참았다가 취침을 할 때 갈아입는 것이 보통이었다. 여자들은 취침을 하기 위해 이부자리를 깔면서 슬금슬금 사물보따리를 끌러서 그 안의 팬티를 꺼내서 입곤 했다. 그것은 저녁 취침 때마다 있는 매일의 행사였다.

여자들이 알몸으로 벗고 서서 서로의 몸매를 가지고 짓궂은 장난을 하는 거였다.

"야, 너는 어쩌 소음순만 그렇게 밖으로 툭 튀어져 나왔냐? 호호호, 이상하게 생겨 먹었다아?"

"크히히히, 언니, 쟨 그게 전문 아니우? 맨날 남자들이 거기만 빨아대니 그게 안 늘어났겠수? 남자들이 자꾸 거기만 집중 공격하니까 저렇게 닭벼슬처럼 늘어지잖우? 호호."

사기로 들어온 봉희가 그렇게 말을 하면서 일부러 재미있어 한다. 여자들이 팬티를 갈아입을 때쯤이면 서로의 것을 바라보며 무슨 이야깃거리가 없을까 해서 노려보는 것이었다.

"분희 언닌 그렇게 간통을 해 싸도 거기가 어쩜 그렇게 앙증맞게 생겼수 그래? 조그만 게 마치 장난감 같애. 털도 알맞게 퍼져 있구…… 남자들이 그걸 보고 좋아하나? 호홋."

"야, 남자들이 이걸 보고 좋아하냐? 내 외모를 보고 침을 질질 흘리는 거지. 안 그래?"

"앗따, 언니 얼굴이 뭐 그렇게 예쁘다고 그러요? 그만한 얼굴이라면 쌔고쌨는 게 그런 얼굴인데 뭐."

봉희의 말에 분희는 조금 새침해진다. 얼굴이 그렇고 그렇다는 말에 기분이 상한 모양이었다.

"야, 넌 남자들의 심리를 몰라서 그래. 남자들이 좋아하는 타입이 있다구. 뭐 꼭 얼굴이 예쁘다거나 몸매가 잘 빠졌다거나…… 그것도 있지만 어디까지나 여자한데는 남자들을 홀리는 끼가 있어야 하는 거라구. 그런 끼가 없으면 아무런 소용도 없는 인형이지 뭐야. 그런 여자는 남자들도 한 번 먹고는 시시해져서 다시는 안 거들떠보는 거라구, 알아?

"예이, 물총을 맞은 냄비의 말씀을 알아모시겠나이다, 나으리 마님!"

분희의 말에 일부러 사극처럼 꾸며서 대답하는 봉희 때문에 여자들이 한바탕 웃어제꼈다. 물총이란 남자의 성기를 일컫는 말이었고 냄비란 것은 여자의 성기를 말함이었다. 저녁의 희미한 불빛에 드러난 알몸의 잔치는 여기서 끝나지 않는다.

"조년이, 주둥이만 살아서…… 호호호, 그래, 넌 보지가 어떻게 그렇게 밑으로 처졌냐? 남자들이 보면 마치 월남 처녀로 알겠다. 월남 처녀들은 전부 너처럼 그렇게 밑으로 처져 있어서 한국 군인들이 월남에 있을 때 연애를 한 번 하려면 더운 나라에서 애를 먹는다더라. 호호호."

맞받아치는 말이 제법 그럴싸하다. 여자들이 까르륵거리다 서로의 성기를 살펴보기 시작했다. 무슨 흠이라도 없나 해서 살피는 것이다.

"민경이는 누가 보지에다 그걸 새겼니? 지가 무슨 기둥서방이라고 지 이름까지 터억 새겨뒀어? 그놈이 아직도 네 애인이야?"

민경은 절도로 들어온 아가씨였다. 원래 쓰리꾼이었다가 이번엔 절도로 들어온 것이다. 민경의 성기 주위의 허연 살갗엔 충호라는 이름자가 검게 새겨져 있었다. 한 번 새기고 나면 지울 수 없는 문신이었다.

"아뇨. 그놈은 이제 다른 데로 갔어요. 징역이나 배뜸하다가…… 내가 쓰리를 해서 여기를 수도 없이 면회를 다녔지요. 올 때마다 먹을 것들을 처넣고, 돈을 넣어주고…… 한 마디로 수발이나 지독히 해대다가 그놈이 결국은 청송감호소로 넘어가버렸지요. 이젠 늙어서나 나올래나, 그럴 거예요. 내가 싫다는 데도 굳이 사랑하는 표시라길래 멋모르고 문신을 했는데 다른 남자랑 잠자리를 같이 할 때마다 그게 걸리적거려서 미치겠어요. 개새끼가 사랑하면 사랑하는 거지. 왜 남의 거기에다가 이름자를 새겨서 초를 치는지 모르겠어요, 글쎄……."

민경이 얼굴을 찡그린다. 아마 그놈이라는 충호가 미웠던 모양이다. 그녀의 깊숙한 부위에 새겨진 문신의 이름이 평생토록 걸리적거릴 것이었다.

"오호? 그래, 거봐라. 남자들이란 다 그렇다니까! 좋아할 뻔 감언이설로 살살 꼬드기다가 자기 욕심만 채우고 나면 지 갈길로 간다니깐! 넌 그래, 남자들하고 그거 할 때 남자들이 그 이름을 보면 자지가 금방 죽어버리겠다. 안 그러냐?"

분희의 얼굴이 자못 심각하다. 애써 민경의 처지를 위로해주는 척 한다.

"누가 아니래요. 남자들 하고 그거 할 때마다 불을 켜라고 말을 하면 제일 겁이 난다니깐요. 왜 남자들은 꼭 불을 켜고 하려고 하는지 모르겠어요. 그리고선 또, 꼭 손이며 입으로 어떻게 하려는 통에 미치겠더라니까요. 그렇다고 홱 뿌리칠 수도 없고. 나중에는 에라, 될 대로 되라는 식으로 놔둬버리지만 남자들은 꼭 그 이름만 보면 기분이 잡쳤다고 그만둬버리는 겁니다. 그땐 내가 미치겠더라구요. 막 싸고 싶었는데 그러면 아우, 정말 그놈을 잡아먹고 싶더라니까. 미친놈이 왜 거기에 그렇게 문신을 새겼는지…… 얼마나 후회가 되었는지 모른다고. 그리고 문신을 팔 때, 바늘로 꼭꼭 찍어서 먹물을 집어넣었는데 얼마나 아팠다구. 내가 미쳤지 뭐. 그런 놈한테 거기다가 이름을 파도록 해준 게 결국은 내가 죽일 년이지."

"야, 이 미친년아! 그래, 여자들이 정조는 있어야지. 거기다가 이름까지 파두면 어떻게 하겠다는 거야? 처녀들은 유방만 건드려도 아우성인데 저년은 거기다가 이름까지 파라고 했으니 원…… 넌 이제 평생 지우지도 못한다, 그거!"

민경은 이제 침울해져 있었다. 자신의 삳을 내려다보았지만 이름은 선명하도록 새카맣다. 마치 붓글씨로 쓴 글씨처럼 제법 정성들여 쓴 문신이었다. 그것도 성기의 양쪽으로 똑같이 '충호'라는 글자가 새겨져 있었던 것이다. 문득 보면 남의 집 문패처럼 보이기도 했다. 위에서 아래로 내려쓴 글씨였다.

"넌, 처음에 들어올 때도 보지털에 새카맣게 세멘바리가 들끓어서 온 방 안에 세멘바리 때문에 근지럽게 해서 전부가 에프킬라를 치도록 만들더니. 그것 때문에 우리가 얼마나 흔났냐? 에프킬라를 칙칙 뿌렸다가 거기가 화끈거려서 애를 먹었다, 너! 다 너 때문에 전부 옮아서 밤새도록 사타구니를 벅벅 긁었잖아!"

"호호호, 우린 그것도 모르고 처음엔 자꾸 거기만 긁었지. 근데 저년이 유난히 긁고 앉았길래 알아차렸지만. 너는 그런 것도 그렇게 숨기고 있었냐, 그래?"

선숙이까지 거들었다. 민경이 얼굴이 붉어졌다. 그러나 그것도 잠깐이었다.

"저도 알았나요 뭐. 여기 들어오기 전에 어떤 놈하고 했다가 그런 건데. 그 새끼가 옮긴 거라구요."

민경이 말했다. 마치 변명이라도 늘어놓듯 슬쩍 피해가려 한다. 민경이 처음 이 방에 들어왔을 때, 하룻밤을 자고 나자 방 안에 있는 여자들이 전부 세멘바리를 옮겨서 틈만 나면 사타구니를 벅벅 긁어댔다. 밥을 먹다가도 긁었고, 앉았다가도 자꾸만 긁어야 시원했다. 나중에는 여자들이 팬티를 벗어서 살피기 시작했고 팬티에 아무것도 없자, 이번에는 한 사람씩 눕혀 놓고 검사하기 시작했다. 처음엔 미경이부터 시작했는데 털에서 새카만 먼지 같은 게 달라붙어 있는 게 눈에 띄어서 미경이가 범인이라고 그랬다가 나중에는 전부가 그런 것이 옮아져 있는 것을 알았다. 결국 민경이에게 새카맣도록 다닥다닥 붙어 있는 걸 보고는 민경이 짓이라는 걸 알았지만.

"어이구, 이년이네! 이년이 범인이야. 여길 좀 봐! 보지털이 새카맣도록 뭐가 붙었어. 어이구, 징그러워!"

여자들이 화들짝 달려들어서 민경의 털을 젓가락으로 이리 저리 헤쳐보고 있었다. 털 한 올에도 수십 마리의 세멘바리들이 줄기차게 붙어 있었다. 그래서 결국은 담당을 불렀다.

"선생님! 여기 좀 와보세요."

"왜?"

담당이 창살로 다가와서 방 안을 기웃거렸다.

"얘가 어제 들어온 신입인데요. 보지털에 새카맣게 세멘바리가 붙었어요. 우리가 전부 옮아서 어젯밤에 밤새도록 긁었다니까요! 오늘 한 사람씩 살펴보니까 글쎄 이년이 범인이잖아요! 가위 좀 주세요. 그리고 에프킬라도요."

여직원이 비실비실 웃으면서 가위와 에프킬라를 들여보내 주었다. 그리고는 어떻게 하는가를 지켜보고 있었다.

말분이 민경의 누워 있는 옆으로 바싹 다가앉아서는 가위로 털을 싹둑싹둑 잘라내고는 여자의 거기에다가 듬뿍 에프킬라를 치고 있었다. 그리고는 수북이 잘려진 털에도 에프킬라를 쳐서는 뻥끼통 속으로 집어넣어 버렸다.

"너희들도 옮았으니까 전부 다 팬티를 끄집어내려! 그래야 세멘바리가 죽어. 안 그러면 또 다른 사람한테로 옮는다!"

말분의 말에 여자들은 순순히 팬티를 벗어내렸고 엉거주춤 서 있었다. 그러자 말분은 일일이 여자의 그곳에다가 에프킬라의 연기를 쐬어주고 다시 팬티에다가도 에프킬라를 흩뿌렸다. 처음엔 시원한 느낌이었다가 차츰 따끔거리는지 여자들의 인상이 찡그려졌다.

"어이구우, 저년 때문에 쓰라려 죽겠네."

"이거, 이러다가 나중에 애라도 못 낳는 건 아닌지 모르겠다."

"여기다가 에프킬라를 맞아보긴 처음이다, 증말!"

여자들이 저마다 투덜거렸다. 민경이 혼자 벌겋게 되어서 민둥이가 된 아랫도리를 내려다보고 있었다. 여자들이 그러는 민경의 꼴을 보곤 한 바탕 웃어제꼈다.

"우하하하, 거 꼴 조오타! 민둥산이 되니까 더 섹시한데! 호호호."

"마치 외계인 같다! 호호홋."

여자들이 한바탕 웃고는 실눈을 뜨고서 살펴보는 거였다.

"민경이 너, 저쪽 벽에 가서 다리를 벌리고 서 있어?"

분희가 눈웃음을 치며 지시를 하자 민경이 주춤거리며 벽으로 가서 섰다. 그리고는 다리를 벌렸다.

"좀 더 벌려봐! 우리가 관상을 좀 봐줄 테니까 그대로 그러고 서 있어봐!"

아직 신입인 민경이 그러한 요구를 묵살할 만큼 대차지를 못하다. 그저 시키는 대로 그렇게 했다. 다리를 좀 더 벌리자,

"으음, 충호라? 어떤 자식이지? 네 애인이냐?"

"예…….."

"그럼, 경찰서에 있을 때 면회를 왔겠네?"

"아뇨, 영등포 구치소에 들어왔다가 지금은 청송감호소엘 가 있어요."

"호오, 그으래? 죄명이 뭔데?"

"소매치기예요. 전과가 많아서요…….."

"저런, 쯧쯧…… 그런 놈이니까 네 보지에다 그렇게 문신을 파놓지. 아무리 그래도 거기다가 그렇게 문신을 파놓는 놈치고 끝까지 여자를 지키겠다는 놈 없더라."

여자들이 또 한바탕 웃었다. 그러다가 또 물었다.

"너, 총 몇 번 했니? 그 남자랑."

"……."

민경이 입을 다물어버린다. 입에서 금방이라도 욕이 튀어 나올 것 같다. 그러나 다수의 사람들이어서인지, 그저 입만 굳게 다물고 있었다.

"어쭈, 이년이 사람 말 같지 않나봐? 말 안 할겨?"

"……수도 없이 많이…….."

민경이 우물거린다.

"와하하하, 그으래? 그러니까 네 것은 그렇게 시커멓게 변색이 됐겠구나. 아직 처년데도 저렇게 검다는 것은 하도 많이 해서 그런 거라구."

말분이 마치 그쪽 방면엔 도사인 것처럼 말했다.

"처녀들 것은 전부 붉은 분홍색이어야 돼. 그런데 넌 시커멓거든! 아마 그걸로 재미 많이 봤을 거다. 하하하."

여자들이 또 웃었다. 그러나 희자는 말분의 언행이 못마땅하다. 그녀도 에프킬라를 쏘였지만 너무 장난이 지나치다는 것을 깨닫는다. 참다 못해 말문을 열었다.

"언니. 제발 그만 좀 해줘요. 같은 여자들끼리 자꾸 그러면 어떡합니까?"

"……?"

희자가 창틀께에서 몸을 돌려 서 있는 것을 보자, 말분은 그저 말문을 잇지 못한다. 좀체 말이 없는 희자가 하는 말에는 그녀도 입을 꾹 다물어버린다. 그것은 평소에도 그랬다. 방 안에 있는 모든 여자들이 수갑을 차고 있는 희자의 말이라면 일단은 수긍하는 자세를 취하는 그네들이었다. 살인을 해서만도 아니었고, 더구나 손목에 항상 수갑을 차고 있다는 것만으로 그러

50

는 것도 아니었다. 희자의 차분한 성격에서 우러나오는 엄숙함이 그녀들을 그렇게 만들고 있었다.

희자가 한 말에 힘입어 민경은 겨우 눈치를 살피며 천천히 팬티를 올렸고 누구도 그러는 민경을 향해 꾸짖는 이가 없었다. 민경이 팬티를 끌어올리자, 사람들은 주춤주춤 제 정신을 차리는 거였다. 이때까지의 흥분은 갇혀 있는 상태에서 오기 쉬운 스트레스의 해소였지 결코 심한 장난은 아니었다. 여자들끼리 여자의 성기를 보는 것이 그리 흉 될 일은 아니었던 것이다.

희자는 어둠 속으로 나타난 김포행 비행기를 올려다보고 있었다. 비행기는 이제 마악 목적지에 다 왔는지 꼬리와 옆 날개에 불을 밝히고는 깜박깜박거리며 내려앉고 있는 중이었다. 커다란 굉음이 마치 폭풍처럼 귓속을 후벼 팠다.

희자는 그 비행기를 올려다보며 그 안의 세계를 상상하고 있었다. 나른한 잠에 취했다가 노독의 눈을 떠보는 안정된 남자들이 있을 터이고, 세련되고 우아한 여자들이 다시 화장을 고치며 손거울을 펴서 얼굴을 들여다볼 것만 같았다. 비행기 안의 포근한 불빛을 생각하자 희자는 미칠 것만 같았다. 그 불빛은 자유의 불빛이었고 포근함이 가득한 빛이었다. 여행에서 돌아온 사람들이 지어보이는 자유스러움이 그리웠다. 이 사회를 살아가고 있는 상류층의 사람들이 지어보이는 안락한 얼굴 표정.

희자는 대학을 다닐 때부터 그러한 꿈에 젖어 있었는지 모른다. 사랑하는 사람과 멀리 여행에서 돌아오면 행복해질 저라고 믿고 있었고, 그 여행에서 두터워진 애정은 남녀의 사이에 그만한 신뢰감을 쌓을 것만 같아서 여행이라는 것에 대해 동경심마저 갖고 있던 그녀였다. 그러나 그녀는 대학을 다닐 때나, 막상 졸업을 해서 사회로 첫발을 내디뎠을 때나, 지금까지 한 번도 여행다운 여행은 해본 적이 없었다.

사랑했던 현식과 같이 꼭 동해안에 가보고 싶다는 말을 한 적은 있었다. 그러나 현식은 자꾸만 바쁘다는 핑계를 대고선 멀리 떠나는 것까지 기피하는 것이었다. 그때 희자가 이미 눈치를 챘어야 하는 건데, 그렇지 못했던 것도 자신의 불찰이었다. 아니다, 엄밀히 말하자면 오히려 잘된 일이었는지도 모른다. 희자에게 있어서는 그러한 추억도 지금은 모두 과거의 아픔이 될 수도 있었다. 그 남자가 주로 서울 근교로만 희자를 데리고 다녔고 무언가 바쁜 듯이 만나서는 하룻밤의 정사로 만족하고는 또 서둘러 그녀의 곁을 떠나갔던 것이다. 그때까지도 그녀는 그 남자의 아무것도 알지 못했다. 그저 사랑이라는 것에 빠져 허우적거리고만 있었다. 눈에 보이는 것은 오로지 그의 웃는 얼굴이었고 잘 생긴 웃음이었다. 그가 다가오는 꿈만 꾸면서 그를 기다리던 그녀였다.

지나간 사랑은 영원히 추억되는가.

희자는 고개를 흔들었다. 어디서 본 시구였는지 아니면 수필

집에서 본 것인지는 모르지만 그 글이 주는 의미에 대해서 희자는 고개를 세차게 흔들었다. 진실함이 들어 있지 않은 추억이란 아무런 쓸모가 없는 기억이었다. 그 남자가 그랬었다.

그래서 희자는 자신도 같이 죽어버릴 결심을 했던 것이다. 죽음이란 모든 것을 아무말 없이 묻어주는 고마운 그림자였던 것이다. 그것도 소리 없이, 마치 잠을 자듯이 그의 곁에서 죽어버리고만 싶었다. 마취제의 힘을 빌리면 그렇게 될 수 있었다. 자신이 일생을 걸고 사랑했던 남자와 나란히 꿈처럼 이 세상을 뜨고자 했던 것이 이렇게 비참하게 들켜버린 거였다. 이미 들켜버리자, 더 이상 죽을 용기도 나지 않았다. 이 구치소에 수감이 되면서부터 한 번도 죽어야겠다는 강한 의지가 다시 되살아나지 않았다. 이젠 오히려 손목의 수갑이 제 몸의 일부인 양 느껴지기도 했다.

사형수가 남은 생에 강한 애착을 가져보듯이, 희자는 자신의 속죄인 양 밤낮으로 차고 있는 수갑에 대해 아무런 저항감도 가지질 않았다. 그렇다고 삶에 강한 애착이 생긴 것도 아니었다. 그저 혼수상태에서 깨어난 환자인 것처럼 그렇게 멍하니 하루를 살았다고 해도 과언이 아니었다. 같은 방의 여자들이 떠들어대는 이야기를 귓가로 흘려들으면서 사는 것이 이런 거구나 하는 막연한 생각뿐이었다. 흙탕물에 휩쓸려 떠내려가면서 발버둥을 쳐대다가 그만 체념을 해버리고 유유히 물살을 따라 흘러가는 그런 정도였다.

다른 여자들이 서둘러 이야기를 꺼냈고, 음탕한 이야기로 하루를 때우기를 고대했지만 그녀는 천천히 일어나서 쇠창살을 붙잡고서 하늘을 바라보거나, 4감시대의 경교대의 태도를 지켜보거나, 하얀 담이 주는 의미를 골똘히 생각하다가 보면 밤이 이슥해지곤 했던 것이다. 앞날에 대한 구체적인 계획은 아예 하지 않았다. 이미 바깥으로 나가봐야 간호사로서의 자격이 박탈당한 뒤였고 사랑했던 남자를 죽인 여자라는 낙인에 혼자 소름이 끼칠 게 뻔했기 때문이다. 차라리 무기형을 언도받고 교도소에서 폭싹 늙어버렸으면 하는 생각도 들었다. 지금 그녀에게 있어서의 자유란 오히려 고통이었다. 한 달에 한 번쯤 시골에서 올라오는 할머니를 면회하는 것도 커다란 고통이었다. 다 늙어서까지 고아나 다름없는 손녀의 옥바라지를 해야 하는 처지를 누구보다도 가슴 아파해야 하는 그녀였다.

그러나 지금 어둠을 깊게 응시하면서 새롭게 떠오르는 종태의 얼굴을 느끼며 그녀는 몸을 부르르 떨었다. 그러한 떨림은 자기도 모르는 감정이었다. 그녀는 지금 새삼스럽게 이 안에선 사랑이라는 것이 결코 용납될 수 없다고 굳게 믿고 있었다. 그저 그 남자가 자신에 대해서 별다르게 느끼고 있다는 것과 자신도 그동안 굳게 잠가두었던 마음의 문만 조금 열어놓았을 뿐이라고 애써 자위하고 있는 중이었다. 왜 자신은 저번의 답장에 시를 적어 보냈는지를 알 수 없었다. 혹시라도 자신의 의식 저편에서 남자를 부르고 있지나 않을까 해서 화르르 몸이 떨릴 지경이었다.

절대 그런 일은 일어나지 않아야 한다.

희자는 스스로 입술을 잘근 깨물면서 그렇게 웅얼거렸다.

어디서 술에 취한 취객의 노랫소리가 담 너머로 들려왔다. '타향살이 몇 해더언가아, 손꼽아 헤어어보니이…….' 어릿한 목소리의 남자는 구치소의 담벼락을 걸어가며 길게 뽑아대고 있었다. 희자는 이때껏 조용한 회상에 젖었다가 방금 남자의 노랫소리에 취몽이 깨져버린 듯했다. 천천히 몸을 돌려 창가에서 떨어져나오자 이미 방 안에는 잠자리에 든 사람들이 이리저리 뒹굴거리며 나직하게 이야기꽃을 피우고 있었다.

"난 또, 밤을 새우는 줄 알았네. 그렇게 창틀에 매달려서 하늘만 쳐다보면 하늘에서 좆이 떨어진대니, 아니면 먹을 게 떨어진대니. 철학자처럼 그렇게 궁상을 떨면 편지를 보내주는 남자가 아주 좋아하겠구나. 어떤 년은 감방에서도 사랑을 하고, 또 어떤 년들은 맨날 씹 이야기나 해대고 이렇게 엎드려 있으니…… 정말 징역 살맛 안 난다, 그지?"

분희가 옆에 있는 정옥이더러 들으라고 말을 한다. 정옥이 눈을 찡긋거리며 쿡쿡 웃는다.

사랑이라고? 이게 사랑이라고…… 희자는 홑이불 속으로 들어가며 입속으로 그렇게 되뇌었다. 자신에겐 이제 사랑이라는 단어가 없어져 버린 느낌이었다. 희자는 사랑이라고 말한 분희의 얼굴을 보며 전혀 생소한 얼굴 표정을 지어 보였다.

"왜, 꼽니? 그런 생뚱한 얼굴 표정이 왜 그래? 오늘도 네 사랑하는 남자한테서 편지가 왔던데 왜 그러니? 너무 복에 겨워서 그러는 거 아냐? 후홋."

"……."

희자는 그저 웃기만 할 뿐이었다. 홑이불을 포옥 끌어당겨 턱 밑에까지 갖다 덮었다.

"너, 더 볼 것 없이 사랑한다고 마구 써보내라. 그러면 저쪽에서 더욱 발광을 할 거 아니냐. 그 이후는 일단 나가서 하면 될 거 아냐? 그게 몇 년이 걸릴지 모르겠지만……."

몇 년? 몇 년이라는 숫자 개념이 전혀 감이 잡히질 않는다. 희자 자신에게는 영원이라는 생각만 들 뿐이었다. 희자는 가만히 누워서 천장만 바라보았다. 하얀 칠을 한 천장에는 희뿜한 빛을 발하는 알전구가 하나 달락 걸려 있었다. 그리고 방에 서로 어깨를 맞부딪히고 누워 있는 여자들은 모두 어느 장터에 들렸다가 허름한 여관에 든 떠돌이 방물장수 같은 처지였다. 서로 알지 못하는 사이였다가 우연히 같은 방을 쓰게 된 것처럼 친밀감이 들기도 했다가 서먹해지는 기분이기도 했다.

"어떤 놈 씨인지는 모르겠지만…… 이 안에 있을 때 바짝 붙들어 뒀다가 나가서 만나보고 나서 계속 만날 것인지 안 만날 것인지를 생각하라구. 물에 빠진 년이 이것저것 생각할 겨를이 있어? 심심하지만 않으면 징역은 다 깬 거라구. 그것만 해도 어디야?"

"혹시 돈 많은 홀애비인 줄 아나? 호호홋……."

"……."

희자는 여전히 천장만 바라보고 누워 있었다. 그들이 하는 말 따윈 하나도 들리지 않았다. 그저 열린 귀로 바람소리 같은 것만 들릴 뿐이었다. 자신이 이때까지 그들과 친화하지 못하는 것도 그런 것일 수도 있었다. 그들이 생각하기로는 희자의 조용하면서도 어딘지 모르게 고고한 듯한 인상이 저만치 잔정이 멀어지게 하고 있었는지 모른다.

"너 편지는 안 쓰니?"

그 말은 오늘 답장을 받았으니 당연히 편질 써야 할 게 아니냐는 말이었다. 그제서야 희자는 번뜩 정신이 들었다. 편지라는 말에 귀가 틘인 것이다.

"이제 보니 너도 그 남자한테 빠졌구나! 뭘 그리 멀뚱거리며 허둥거리니? 쯧쯧, 사랑의 힘이란 저런 거라구."

한밤이라선지 여자들의 웃음소리도 한껏 낮추어져 있었다. 희자는 슬그머니 일어나 만능노트를 꺼냈다. 그 만능노트를 끼고 엎드려서 편지 쓰기에 골몰했다.

편지를 잘 받았습니다.

저의 편지를 받고 꼭꼭 몇 번째의 편지인가를 적어주시는 그대에게 너무나도 부족한 저 자신을 느낍니다. 보내주신 시도 잘 보았습니다.

아마 시를 좋아하시리라고 믿습니다.

좋은 시를 보내주셔서 감사하구요.

이렇게 편지를 나눌 수 있음을 하나님께 감사를 드립니다. 이곳엔 아직 동료들이 자지 않고 있습니다. 밤늦도록 이야기를 하느라 소곤거리는 틈에서 편지를 쓰고 있습니다.

문득 바깥을 내다보다가 그대 생각이 났습니다. 그저 웃고만 말았지요.

저에 대해서 알고 계신 것처럼 말씀하시는데 이제 저는 사랑이라는 단어엔 불감증이 들어버린 것 같습니다.

그대의 편지를 읽을 때마다 알 수 없는 죄스러움이 들곤 하지요. 그저 이렇게 편지만 주고받아도 저는 감사할 따름입니다. 성경에 나오는 욥도 무지막지한 고통 가운데에서 꿋꿋이 하나님을 바라본 결과로서 큰 축복을 받았다는 것을 알았습니다. 저는 욥기서를 보면서 나에게도 그러한 용기를 달라고 기도하고 싶었지만 차마 그러지를 못했습니다. 순간의 감정으로 큰 죄를 저지른 죄인이 무슨 낯으로 용서를 구하겠습니까?

다만 지금은 회개할 때이기에 기도만 할 따름입니다. 저를 위해서 기도를 하신다니 정말로 감사하다는 말밖엔 드릴 것이 없군요. 어제 재판 기일을 통보 받았습니다. 첫 재판이라선지 자꾸만 떨리는 군요. 그럴 때마다 눈을 감고 기도를 드려봅니다. 아마 판사의 여름휴가가 끝나고 시작되는 첫 재판이 될 것입니다.

저의 방에서는 전부들 구형량이 대략 7년쯤 나오지 않을까 말을 해주곤 합니다. 전부가 다 판사처럼 대충은 짚어내는 게 신기하기만 합니다. 구형을 받으면 2주 뒤에 선고가 있겠지요. 저를 위해서 기도를 해주십시오.

평소엔 이곳에서 나가고 싶지 않다가도 왜 이러는지 저도 잘 알지 못합니다. 조금씩 떨리는 마음으로 편지를 쓰고 있습니다. 시를 하나 보내드립니다.

마음에게

꽃을 보면 꽃을 닮고 싶다네
저 꽃따라 꽃길 가면
누가 살고 있기에
이리 가슴이 저며댈까

어둠 속에도 그리운 이의 이름 있고

하얀 얼굴이 내비칠 적에
손짓해 불러보면
허공인 것을
잡히지 않는 그리움으로 서러워하다가
고이 접어 감춰둔 편질 꺼내
그대의 이름 불러본다네

어둠을 따라가다가
길 잃어버린 이슬처럼
이 밤은 어느 꽃잎에게
신세 한탄하는지
아침이면 새하얗게
물방울로 태어나리.

제가 마구 쓴 시입니다. 너무 욕하지 마시고 봐주십시오. 학교에 다닐 땐 학보사의 편집장을 하면서 제법 시를 쓰겠다고 애를 쓰기도 했지만 너무나 부족합니다.

틈틈이 이곳에서 떠오르는 글이 있으면 마당에선 땅바닥에다 쓰기도 하고, 만능노트란 곳에다 아무렇게나 적어두기도 합니다. 다행히 저의 시를 격찬하시니 부끄러울 뿐입니다. 오늘은 이제 밤이 깊었군요. 이만 줄일까 합니다.

내내 건강하시고 좋은 꿈꾸시길 기도드립니다.

여름 밤에
희자 드림

희자는 편지를 다 쓰고는 다시 한 번 읽어보았다. 가만히 입 속으로 소리내 읽는 동안 옆의 동료들이 내는 고른 숨소리들만 들려왔다. 희자는 동료들이 내는 숨소리를 들으면서 조금은 서글픈 감정에 젖어들었다. 어쩌다가 집을 떠나서 이런 곳에 와 있는 것일까, 비좁고 퀴퀴한 이곳엔 여러 사람들이 서로 어깨를 맞닿게 하고 있어서 무더운 여름 날씨에 자다가도 저절로 짜증이 날 만했다. 희자는 다른 동료들의 고이 잠든 얼굴을 바라보다가 서글퍼져서 갑자기 눈물이 또르르 떨어질 것만 같다. 낮 동안의 온갖 욕설과 음담패설에도 불구하고 저렇게 천진하게 잠든 모습만은 천사의 얼굴이라고 생각되었다.

희자는 눈을 돌려서 다시 한 번 편지를 적은 만능노트를 보았다가 머리맡에 두고는 다소곳이 머리를 베개에 뉘었다. 희미한 불빛에 비친 방 안의 고요가 비늘처럼 떨어지고 있는 중이었다. 쉽게 잠이 올 것 같지는 않았다. 희자는 눈을 또렷이 뜬 채로 천장의 한 곳을 바라보고 있었다.

이제 재판이 붙게 되면 수많은 사람들이 들어찬 법정에 서게

61

될 것이고, 여러 사람들이 보는 앞에서 자신의 죄명이 낱낱이 드러날 것이었다.

사랑하는 남자를 죽인 여자.

그것도 마취제를 놓아서 아, 소리도 못하게 죽였던 여자.

사랑의 배신에 몸부림을 치다가, 사랑에 눈이 멀어서 남자를 죽인 여자.

처녀가 대담하게도 마취제를 놓아서 죽이다니……

희자는 여러 방청객들 사이에서 흘러나오는 그러한 말들이 마치 자신을 애리한 송곳으로 찌르는 것처럼 들려왔다. 그 소리들은 혀를 끌끌 차는 소리와 함께 동정인지 비아냥인지 모를 정도의 애매한 질타로 아프게 살을 비집고 들어올 터였다. 희자는 눈을 감아버린다. 눈을 감았지만 그 소리들이 안 들리는 건 아니었다. 희자는 자신도 모르게 두 손으로 가슴을 감싸쥐며 낮은 한숨을 내쉬었다.

자신의 등 뒤로 수많은 사람들의 손가락질이 쏟아질 것 같아서 제대로 숨도 쉴 수 없을 것이었다. 어쩌면 자신은 사람들이 마구 던져대는 돌무더기에 머리가 터지고 뼈들이 부서져서 피를 흘리며 쓰러져버릴지도 몰랐다.

화냥년!

그러고도 네가 살아남을 줄 알아!

누군가 그렇게 소리를 내지를 것 같았고 어쩌면 그렇게 말했던 사람이 달려들어 와락 희자의 머리채를 잡고 뒤흔들면서 옷가지를 마구 찢어대기 시작하면 거기에 있는 모든 남자들이 합세해서 희자의 남은 속옷까지 죄다 벗겨서는 누런 이빨을 드러내며 마구 생살을 씹어먹을 것만 같았다. 희자는 그런 생각에 미치자 저절로 질끈 눈을 감아버렸다. 눈꼬리에서 파르르 경련이 일었다. 얼마나 지났을까. 희자는 숨이 턱턱 막히는 것을 느끼곤 벌떡 일어나서 두 손을 그러모았다.

하나님 아버지.

이 불쌍한 죄인을 용서하여 주시옵소서.

아버지께서는 이 세상의 모든 것이 헛되고도 헛되다고 하신 것처럼 이 죄인은 사랑을 쫓다가 크나큰 범죄를 저질렀나이다.

사랑이 많으신 주님.

저의 죄를 자복합니다. 죄 없이 죽은 그 사람을 용서하여 주시옵시고 부디 하늘나라에서 행복하기를 기도드립니다.

이제 이 죄인이 재판을 받으러 나갈 때 주님께서 같이하여 주시고 저의 힘이 되시기를 기도드립니다.

재판을 보러 나올 그 가족들의 마음을 헤아려 주셔서 그들의 슬픔을 위로하여 주옵소서.

예수님의 이름으로 기도드립니다.

아멘.

희자는 무릎을 꿇고 오래도록 두 손을 모으고 있었다. 기도
가 끝났음에도 그녀의 손은 쉽게 풀리지를 않았다. 천천히 그
녀의 볼을 타고 흘러내리는 눈물이 두 줄기로 뺨을 타고 내렸
다. 눈물이 뚝뚝 흘러서 앞가슴의 볼록한 부분에 달린 수번을
적셨지만 그녀는 그대로였다. 한 번 흐르기 시작한 눈물은 좀
처럼 그치질 않았고 조용하면서도 나직하게 하는 기도처럼 물
기가 밑으로 번지고 있었다.

감정을 주체하지 못했던 한 번의 실수가 이토록 커다랗게 자
신의 멍에가 될 줄은 꿈에도 몰랐던 일이었다. 한 번의 실수.
가장 어려웠고 견디기 힘들었던 그 순간의 증오가 그녀를 이토
록 처참하게 만들고 있었다. 애증의 그림자를 못 견뎌하다가
그 남자의 마지막 얼굴을 들여다보며 주사 바늘을 꽂았을 때의
그녀는 자지러들 듯한 고통으로 이미 이성을 잃고 난 뒤였는지
모른다. 한 남자에게서 버림을 받았을 때의 그 고통에서 벗어
났을 땐 이미 살인자였던 것이다.

희자는 지금 격심한 풍랑 속의 나룻배처럼 흔들리기도 했고
주체할 수 없는 슬픔의 강에 빠져 허우적거리고 있었다. 이 안
에 있는 것만으로도 족했는데, 이젠 세상의 바깥으로 나가 법
정에 서야한다는 것이 더욱 괴로웠다. 그러면 세상의 모든 사
람들이 전부 그녀를 주시하고 있다가 갑자기 돌로 내리칠 것만
같았다. 그녀가 가장 무서워한 것은 사람들의 질시에 찬 눈들

이었다.

저렇게 얌전하게 생긴 여자가 글쎄 애인을 주사를 놓아서 죽였대!

쯧쯧, 얼굴은 곱상하게 생겨가지고…….

어떻게 마취제 주사를 놓을 생각을 다 했을까, 그래…….

세상 사람들은 분명히 그렇게 말할 것이다. 퍼런 수의를 입은 희자의 등 뒤에 대고 온갖 말들을 해대면서 심심풀이 땅콩으로 질겅질겅 씹을 것이었다. 그것도 남녀의 치정에 관한 살인사건이라면 더없이 좋은 심심풀이 땅콩이었다.

희자는 그런 생각이 들수록 기도를 드리기 위해 맞잡은 손에 힘을 주고 있었다. 그리고 간절하게 기도문을 외고 있었다. 눈을 뜨는 것조차 부담스러울 정도로 마음이 안타까워지는 것이었다. 희자는 지금 중언부언하면서 했던 기도를 또다시 하고 있었는지도 모른다. 하여튼 기도를 계속하고 있지 않으면 금방이라도 모래성처럼 그 자리에 풀썩 허물어지고 말 것처럼 마음의 압박감이 상승하고 있었다. 그렇게 오래도록 고개를 숙이고 있으면서 두 손을 모았지만 어떠한 확답은 없었다. 다만 자신이 기도를 함으로써 자신의 죗값이 어느 정도 풀어지기를 바랄 뿐이었다.

희자는 오랜 기도를 마치고도 그대로 눈을 감고 있었다. 눈물이 흐르고 있었고, 코에는 콧물이 흘러 코를 막고 있었다. 그녀의 눈과 코에서 물이란 물은 다 쏟아져 나온 것처럼 뒤범벅이 되어 있었다. 희자는 이제 천천히 종태에 대한 생각이 떠오르는 것이었다.

마치 자신의 도피처처럼 그가 갑자기 그녀의 마음속으로 뛰어든 것이다. 그것은 정말 이상한 일이었다. 왜 갑자기 그가 생각났는지 모른다. 그가 보낸 '꽃에게'라는 시구가 저절로 떠올랐고 그가 갑자기 죽어버린 그 남자에 대한 보상이라도 되는 것처럼 다시금 사랑하고픈 강한 욕구가 생겨났다. 이때까지는 자신이 다시는 어떠한 남자라도 사랑할 수 없을 것만 같았는데 왜 그러한 감정이 불쑥 생겨났는지 모를 일이었다. 그를 사랑할 수만 있다면 죽어버린 그에게 어느 정도 속죄하는 마음이라도 되지 않을까 하는 생각이 퍼뜩 들었던 것이다. 그러다가 그녀는 다시 세차게 고개를 내저었다. 자신은 도저히 사랑할 수 없는 여자라는 것을 다시 한 번 각인시키곤 있는 중이었다.

희자가 눈을 들었을 때, 멀리서 찬송소리가 은은하게 들려오고 있었다. 아마도 벌써 새벽기도 시간인 모양이다. 구치소의 옆에 위치한 교회에서 부르는 찬송소리였다.

어서 돌아오오.

어서 돌아만 오오.

지은 죄가 아무리 무겁고 크기로……

찬송은 끊일 듯 이어지면서 촛불처럼 흔들리고 있었다.

희자는 나직이 그 찬송을 따라 불렀다. 찬송을 부르면서 자신의 죄인 됨을 스스로 고백하는 것만 같아서 더욱 눈물이 쏟아졌다.

어느덧 찬송이 그치고 조용해지자, 교회에서는 이미, 설교시간이 된 것 같았다. 희자는 조용히 눈을 들어 사물대에서 까만 표지의 성경책을 꺼내 펼치고 있었다.

그리스도 예수를 위하여 갇힌 자 된 바울과 및 형제 디모데는 우리의 사랑을 받은 자요. 동역자인 빌레몬과 및 자매 압비아와 및 우리와 함께 군사된 아킵보와 네 집에 있는 교회에게 편지하노니 하나님 우리 아버지와 주 예수 그리스도를 쫓아 은혜와 평강이 너희에게 있을찌어다.

내가 항상 내 하나님께 감사하고 기도할 때에 너를 말함은 주 예수와 및 모든 성도에 대한 네 사랑과 믿음이 있음을 들음이니 이로써 네 믿음의 교제가 우리 가운데 있는 선을 알게 하고 그리스도께 미치도록 역사하느니라.

이러므로 내가 그리스도 안에서 많은 담력을 가지고 네게 마땅한 일로 명할 수 있으나 사랑을 인하여 도리어 간구하노니 나이 많은 나 바울은 지금 또 예수 그리스도를 위하여 갇힌 자 되어 갇힌 중에서 낳은 아들 오네시모를 위하여 네게 간구하노라.

저가 전에는 네게 무익하였으나 이제는 나와 네게 유익하므로 네게 저를 돌려보내노니 저는 내 심복이라……

　희자는 성경에 나오는 빌레몬서를 읽으면서 울었다. 성경에 나오는 오네시모는 원래 빌레몬의 집에서 종으로 있다가 귀한 물건을 훔쳐서 달아났다가 감옥에 갇힌 죄수였다. 절도죄로 감옥에 있다가 바울을 만나 회개한 그를 사랑하는 바울의 서신을 읽으면서 희자는 눈물을 흘렸던 것이다. 희자가 특히 이 구절을 좋아하게 된 것은 저번에 토요일의 기독교 집회에 나갔다가 외부에서 들어온 목사의 설교를 듣고 감명을 받아서였다. 나 같은 죄인도 구원을 받을 수 있다는 확신 때문에 설교를 듣는 중에 저절로 눈물이 흘렀던 그녀였다. 그녀가 반주를 할 수 없을 만큼 눈물이 흘렀고 찬송을 부르면서 반주를 하다가도 눈물이 앞을 가려서 결국은 무반주로 찬송을 불렀던 예배였다.
　희자는 마지막으로 시골에 혼자 계신 할머니를 위한 기도를 드리고는 잠자리에 들었다.
　새벽의 여명이 이미 창밖에까지 와 있었다. 구치소의 15척이나 되는 담장의 윤곽이 시커멓게 드러나기 시작했고 비둘기들도 마악 잠에서 깨어나는 듯 꾸륵거렸다. 새벽이란 가장 신성한 아침이었다. 모든 게 순수했고 아직은 때가 묻지 않은 것만 같았다. 서서히 열리기 시작한 새벽은 건물들을 어둠의 덩어리로 남겨놓고 있었다.

희자의 잠 속으로 직원 식당으로 밥을 짓기 위하여 출역을 나가는 여자들의 웅성거림이 들렸고 식당에서 나는 그릇 부딪히는 소리들이 작게 들려왔다.

27

이별, 아 영등포 구치소여!

새벽의 서늘함도 잠시였고 해가 뜨면서 시작된 더위는 온종일 구치소의 건물들을 달구었고 땅바닥을 달구어서 더위의 옴 팍한 분지나 다름없었다. 높다란 담으로 둘러싸인 구치소 안에 는 바람 한 점 드나들지 못할 것만 같았다. 거기에다가 가는 곳 마다 쇠창살로 막아놓거나 철문으로 막아놓아서 저절로 답답 함을 느끼게 하고 있었다. 화단에 심어둔 화초들도 낮 동안은 잎들을 축 늘어뜨리고 가벼운 헐떡임을 하고 있었다. 건물은 한 번 달구어지면 밤새도록 후끈거려서 잠을 이루지 못하도록 만들었고 갈증만 일으키고 있었다. 이곳에서는 물이 냉장고보 다도 더 귀한 것이었다.

밖에서 넣어준 우유나 두유, 음료수들은 거의가 물통 속에

넣어져 있었으며, 과일도 물속에 집어넣지 않으면 금방 상해서 먹을 수가 없게 되었다. 낮엔 여자들이 전부 벽에 기대고 앉아 벌거벗은 채 할딱거리고 있었고, 부채질을 해봐야 더운 바람만 일렁거렸다. 하나의 찜통 속에 여러 명이 온욕을 하고 있는 모습들이었다.

점심식사가 끝나고 나서 곧바로 시켜주는 냉수목욕만 없었더라면 아마도 여자들은 팬티까지 활활 벗어부치지 않으면 돌아버릴 지경이었다. 안 그래도 방 안에서 팬티만 걸치고서도 더위를 이기느라 정신이 가물거릴 지경이었다. 비누의 냄새도 처음에는 그런대로 향긋했지만 독성이 있어서인지 나중에는 코가 다 먹먹해졌다.

"각방 목욕 준비!"

여담당이 소릴 지르자, 각방에선 우당탕, 살았구나 하고 팬티를 벗기 시작했다. 비누를 챙기고 수건을 집어드는 여자들은 그때만은 갑자기 생기가 돌기 시작했다. 찬물이라도 끼얹어야 살 만했다. 복도 쪽으로 내다보니 벌써 1방에선 여러 명의 벌거벗은 여자들이 비누와 수건을 들고 복도에 쪼그리고 앉아 있는 모습들이 보였다. 몇몇은 뒤쪽에 서서 서로 장난을 치거나 잡담을 하고 있었고 앞쪽은 그래도 여담당의 앞이라선지 얌전히 앉아 있었다.

"각 방을 다 시키려면 시간이 없으니까 한 방에 10분씩이야!

71

나중에 덜 했다고 꾸물거리지 말고 재빨리 해, 알았어!"

여직원은 미리 그렇게 지시를 하고 있었다. 목욕을 시키다가 보면 꼭 늑장을 부리는 여자들이 두서 넛은 되었기 때문에 그런 지시를 하는 거였다.

"그럼, 지금부터 목욕 시작!"

여담당의 지시가 떨어지자, 후닥닥 세면장으로 들어서는 여자들의 몸싸움이 유별났다. 서로 물통이 가까운 데를 차지하려고 기를 쓰는 여자들이었다. 그러면 아무래도 넉넉하게 찬물을 뒤집어쓸 수 있기 때문이다. 여자들이 시멘트 바닥에 철버덕 주저앉아서는 물을 끼얹고 비누칠을 해댔다.

"어이, 뒤에도 비누칠 좀 해주라."

그러면 다른 여자가 등에다가 비누칠을 해주었고, 비누칠을 했던 여자가 다시 등을 돌리면 처음에 비누칠을 부탁했던 여자가 다시 등에다 비누를 칠했다. 여자들이 가장 먼저 씻는 곳은 역시 거기였다. 여름의 땀내가 고인 샅을 씻느라 여념이 없는 모습들이 우습기도 하다. 좁은 세면장에는 열서너 명의 여자들로 만원이었고 서로 등과 등이 맞닿아서 움직일 틈도 없다.

골고루 비누칠을 한 다음에 물을 끼얹기만 하면 금방 10분이란 시간이 흘러갔던 것이다. 그 사이에 용하게도 머리를 감는 여자들도 있었다 샤워를 끝내고 마지막으로 나오기 전에 찬물을 떠서 샅을 한 번 더 헹구어내는 것으로 목욕은 끝이 났다.

그 사이, 안에서 목욕을 하고 있는 동안에 복도에서는 미리 다른 방의 여자들이 두 줄로 앉아서 먼저 들어간 방의 목욕이 끝나기를 기다리고 있는 것이었다. 기다리는 동안에 조금이라도 더 시간을 벌기 위해서 마른 몸에다가 비누칠을 해대는 여자들이 있는가 하면, 머리에도 온통 허옇게 비누칠을 하고 기다리기도 했다. 여자들이 기다리느라 아무렇게나 앉아 있는 모습은 그야말로 가관이었다. 샅을 벌겋도록 다릴 벌리고서 앉아 있으면서 서로 장난을 치다가 손으로 꼬집는 부분이 가슴의 유두 아니면 샅이었다. 그러면 여자들이 낄낄거리며 웃어제쳤고 간지럽다는 듯이 몸을 배배 꼬기까지 했다.

"아이, 만지려면 아예 흥분 좀 되도록 해주라아. 그냥 슬쩍 만지니까 감질만 나잖아? 호호호."

"그래? 그럼, 내가 슬슬 만져줄 테니까 이따가 목욕탕에 들어가서 내 등이나 비누칠 좀 해줘."

"알았어."

그러면서 여자들은 서로 젖가슴을 애무하거나 샅을 쓰다듬으면서 흥을 돋우는 거였다. 손가락으로 밀어넣어 보기도 하고, 은밀하고도 조밀한 부분의 주름진 곳에다가 손가락을 슬금슬금 문지르면 으흥, 하는 콧소리를 내기도 했다. 눈을 지그시 감고 있던 여자가 조금 흥분이 되는지 얼굴에 온통 홍조가 붉게 물들여진다.

"어이구, 조년들이 벌써 고걸 못 기다려서 벨 지랄 다하고 자빠졌네!"

앞쪽에서 목욕을 통제하고 있던 여담당이 보고는 한 마디했다. 그러나 별로 크게 나무라는 눈치는 아니다. 그저 흥미롭게 바라보면서 한 마디 내뱉은 말이었다. 그러자 다른 여자들이 전부 킬킬거리며 웃는다.

"선생님, 조년은 매일 밤 조렇게 흥분하지 않으면 잠도 알 자요. 다른 사람들한테 지껄 만져달라고 조르는 통에 통 잠을 못 잔다니까요!"

"호호호……."

여자들이 웃자, 담당도 같이 따라 웃는다. 이번에는 다른 여자 하나가 앞쪽의 여자의 등 너머로 팔을 넘겨 손바닥으로 앞사람의 유방을 꽉 잡고는 슬금슬금 문지르고 있었다. 앞의 여자는 그러는 걸 그냥 가만 내버려둔다. 그리 싫지 않은 모양이다.

"하이구우, 이년들이. 꼭 뭣에 환장한 년들처럼. 어이구우, 징그러워!"

여담당은 보다 못해 한 마디 한다. 그래도 여자들은 앉아 있는 시간이 무료해서인지 손장난을 멈추지 않았다.

목욕을 마치고 방으로 돌아온 여자들은 물기가 뚝뚝 떨어지는 몸에 싱싱함이 배어 있었다. 저마다 머리칼을 말리느라 벌

74

거벗은 몸으로 머리칼을 닦아내며 서 있었다. 여체들의 군상이었다. 머리를 털고 말렸으며 겨드랑이의 물기를 닦아냈고 샅의 물기를 닦아내고는 부채로 샅을 부쳐대면서 여자들은 또 한번 낄낄 웃는다.

"아, 시원하다!"

"그래도 목욕을 하고 나니 살 것 같으다아! 이렇게 목물을 끼얹고 나서 그거 한방 했으면 더 원이 없겠는데 말이야!"

그러자 여자들이 더욱 소리를 지르며 크게 웃어댄다.

"아암, 조오치! 그건 어디까지나 바깥에 있을 때 얘기지! 그러고 나서 술이나 한잔 쭈욱 들이키고 나서 푸욱 잠이나 늘어지게 자고 나면 그야말로 보약이지, 보약!"

"아하하하. 이제 조금만 더 기다리라구! 재판만 받으면 나가서 그 짓을 할 때가 곧 있겠지. 안 그래? 호호호."

"그래! 우리, 나가서 남자들 씨를 말려버리지 뭐. 여기서 배운 테크닉으로 한번 쥑여주는 거야! 한번 물면 절대 안 빠지는 기술로 말이야! 호호호."

"아하하하……."

"이제 나가면 남자들 허리뼈가 부러질 거다. 긴자꼬로 한번 쥑여주면 정신을 못 차릴걸, 히히히."

여자들은 이제 살맛이 나는 모양이다. 그리고 아예 옷을 입을 생각이 없는지 그냥 그대로인 채 조잘거리고만 있었다. 더러는 벽에 기대앉은 채 다리를 쩌억 벌리고 앉아서 머리를 말리고 있었고 그냥 부채질만 해대고 있었다.

희자는 목욕을 하기 전에 미리 여담당이 손목의 수갑을 풀었고 목욕이 끝난 뒤에도 어느 정도 물기를 말릴 수 있기까지는 아직 수갑을 채우진 않고 있었다. 그것이 담당이 베풀어주는 온정이라면 온정이었다. 손목에서 수갑이 떨어져나가자 홀가분한 기분이 들었다가도 다시 수갑을 찰 때의 비참함이란 이루 말할 수가 없었다. 그것은 다른 사람들과는 달리 자신만이 차고 있어야 한다는 비참함이어서 더욱 그러했을 것이었다. 오늘따라 희자는 더욱 그런 기분이었다.

자신도 모르게 뺑끼통으로 들어가서는 시간을 끌며 밖으로 나오지 않은 것이 그랬다. 예전과는 다르게 자신이 많이 변해 있음을 알고는 스스로도 놀라고 있었다. 수갑을 차지 않고 징역만 살 순 없을까. 그게 오늘따라 희자의 간절한 바람이었다. 그러나 잠깐이었다.

"희자야, 수갑 차야지."

여담당이 저만치 복도의 창살에서 소리를 치고 있었다. 여담당이야 무심코 던진 말이겠지만 희자에게는 마치 형장으로 끌고 가는 듯한 착각이 들 정도였다. 희자는 몸을 한 번 부르르 떨었고 입술을 꼬옥 깨물고는 밖으로 나왔다.

희자가 손목을 나란히 앞으로 내밀자, 담당은 아무런 표정도 없이 희자의 손목에 수갑을 채우고는 다시 손목과 수갑의 간격을 조정하느라 째깍째깍 수갑을 죄고 있었다. 그때쯤 희자의 눈에서는 보이지 않는 눈물이 고이는 것만 같았다. 여담당의 저 무심한 눈길을 애써 외면하며 바깥을 멀리 내다보는 희자였다.

"됐어."

여담당이 수갑을 만지던 손을 떼면서 말했을 때, 희자는 얼른 제자리로 돌아와 앉아버렸다. 그리고는 벽에 기대앉아 바깥쪽의 창밖으로 시선을 던지고 있었다. 마침 비둘기 한 마리가 푸드득 날아오르는 게 보였다.

자유, 희망이라는 게 비로소 눈에 가득 차올랐다. 희자는 자기도 모르게 눈물을 보일 것 같아 다시 뺑끼통으로 들어가 그 위에 걸터앉고선 하염없이 울었다. 오늘따라 감상적이 돼버린 그녀였다.

예전에는 몰랐던 자유가 그토록 소중하다는 것을 깨달았다. 자신만이 하루 24시간 수갑을 차고 지내야 한다는 사실이 너무나 서글퍼서 울었고, 갑자기 할머니 생각이 나서 또 울었던 것이다. 모든 것이 자신을 철저히 외면하고 있었다는 사실 자체가 갑자기 무서워지기 시작했다. 심지어는 방 안에 있는 사람들까지도 자신을 외면하는 듯이 느껴졌다.

그들은 전부 징역을 즐기는 쪽으로 하루를 보내려고 애를 쓰고 있었고, 또 가능하면 그렇게들 하고 있었다. 기껏해야 절도

거나, 폭력이거나, 사기였고, 간통이었으니 많이 받아봐야 1년 아니면, 2년이었던 것에 비하면 자신은 적어도 5년에서 7년은 살아야 할 것이었다. 희자는 갑자기 삶에 대한 애착심이 솟아나고 있었다. 이러고 있을 게 아니라, 담당 판사에게 탄원서라도 올려야겠다는 생각이 퍼뜩 머리를 스쳤다.

"선생님, 저 탄원서 좀 써야 할 거 같아요."

희자의 요청에 여담당은 싱긋 웃다가 금새 사방문을 땄다. 희자가 밖으로 나가자 여담당은 책상에서 볼펜과 탄원서 용지를 꺼내서는 일일이 용지의 장수를 헤아리는 것이었다. 아마도 비밀편지를 쓰지 못하도록 용지의 장수를 헤아려서 나중에 다 쓰고 나서 용지의 매수를 확인할 모양이었다. 희자가 용지와 볼펜을 집어들자, 담당은 다시 수갑을 눈으로 가리켰다."

"탄원서를 쓰려면 수갑을 풀어야지. 손 내밀어!"

희자가 손을 내밀자, 조그마한 키를 집어넣어 우측으로 돌리자 수갑이 힘없이 아가리를 벌리며 열렸다. 여담당이 책상 위에 수갑을 올려놓았고 희자는 여담당의 앞에 앉아 탄원서를 쓰기 시작했다.

존경하옵는 재판장님.

그동안 많은 재판에 얼마나 노고가 많으시겠습니까.

저는 현재 영등포 구치소의 여사에 수감 중인 4016번, 재소자 조희자입니다.

모든 만물도 싱그러움을 발하는 이때에 제가 지은 죄를 속죄하며 묵묵히 살아오면서 꼭 판사님께 제 사정을 적은 탄원서를 올려야겠다는 마음에서 이 글을 씁니다.

존경하옵는 재판장님.

저는 충청남도 두메 산골에서 태어나 어려운 가정의 3남 2녀 중 맏이로 태어나서 누구 못지않게 재롱을 피우며 자랐습니다. 부모님의 따뜻한 사랑과 보살핌으로 비록 시골이었지만 국민학교를 다녔고, 산으로 들로 쫓아다니며 어린 날을 보낼 수 있었습니다.

아버지는 면사무소의 말단 공무원이셨지만 너무나도 자상하셔서 매일 저녁이면 우리는 한 방에 둘러앉아 오손도손 정담을 나누면서 가정의 행복을 만끽했습니다.

어머니는 우리들에게 암탉처럼 포근한 울타리였고, 학교에서 돌아오면 언제나 장독을 덮으시거나 고추를 말리는 모습이셔서 어린 날의 저에게는 그럴 수 없이 자랑스러운 어머니였습니다. 제가 자랄 동안에 두 분이 한 번도 싸움을 하는 것을 본 적이 없는 그런 다정한 부모 밑에서 어린 동생들과 같이 소꿉장난도 하고, 오이며 호박잎을 따면서 놀았더랬습니다.

그런데 신은 그러한 행복한 가정에 돌팔매질을 했던가 봅니다. 제가 국민학교 3학년 때의 일이었습니다. 하루는 학교에서 돌아와 보니 어린 동생들도 보이질 않았고 어머니도 보이지 않았습니다. 제가 학교에서 돌아올 때쯤이면 어김없이 마당이나, 방 안에서 일을 하고 계셨을 어머니랑 동생들이 보이지 않자 저는 그저 이상하기만 했습니다. 다른 날과 같이 책가방을 마루에 던져두고는 밖으로 나오는데 이웃집 아주머니가 저를 붙잡고는 우셨습니다.

아버지가 교통사고를 당해서 지금 병원에 계신다는 것과 어머니와 저희 식구들이 모두 병원에 가 있다는 소식을 듣고는 저도 무작정 병원으로 달려갔습니다. 운명이란 묘하게도 쉽게 우리 가정을 풍비박산으로 만들어버렸습니다.

아버지는 결국 뇌진탕으로 돌아가셨고, 어머니는 실의에 빠진 채 시름시름 앓아누우셨습니다. 제가 맏이로서 할 수 있는 것은 어머니를 대신해서 밥을 짓는 것과 동생들을 거두는 일이었습니다. 행복했던 가정에 갑자기 몰아닥친 불행은 아무 예고도 없었습니다.

어머니가 다시 자리를 털고 일어났을 땐 또 얼마나 기뻤던지요. 우리 형제들과 같이 밤새도록 우시기만 하던 어머니였습니다. 그런 어머니가 돈을 벌겠다고 가까운 대전으로 나갔고 우리들은 할머니 집으로 가서 살았습니다.

돈을 많이 벌면 대전으로 이사를 간다는 소망으로 들떠서 열심히 공부를 했고 동생들을 보살폈으나 어머니는 점점 이상해지기 시작했지요. 가끔 한 번씩 들르던 어머니에게선 술 냄새가 풍겼고, 그런 날 밤이면 어머니는 우리 삼남매를 붙잡고는 하염없이 우시다간 대전으로 돌아가시곤 했었지요. 여자 혼자서, 그것도 젊은 어머니가 도시에 나가 산다는 것이 무척 어려웠을 거라는 것을 나중에야 겨우 깨달았습니다. 저는 어머니가 있는 대전엘 한 번도 가보진 못 했습니다만 아마 제가 가면 도리어 어머니에겐 불리한 직업이었을 겁니다. 그 후로도 저는 결국 할머니에게서도 어머니에 대한 말을 듣고 싶진 않았습니다.

어머니는 삶에 지쳐서 허덕이다가 어떤 한 남자를 만났는가 봅니다. 그 남자도 역시 술주정뱅이에다가 능력이 없는 남자였던지 동생들을 데리고 간 뒤로 어머니에게선 연락이 뚝 끊어져 버리고 말았습니다. 아무것도 모르는 나이 많으신 할머니도 어머니의 주소를 몰랐을 겁니다. 그때부터 저는 오로지 어머니가 언젠가 나타날 것이라는 사실만 믿고서 할머니 밑에서 어렵게 공부를 했습니다. 할머니가 손수 밥을 지으셨고, 제가 학교에 나가고 나면 이웃동네로 가서 허드렛일을 하고 밤늦게 돌아오시는 할머니를 위해 열 살짜리였던 제가 저녁밥을 짓곤 했습니다. 할머니의 등은 점점 꼬부라지셨고 밤중마다 기침을 심하게 하기도 했지만 다음날이면 어김없이 일어나셔서는 또 이웃동네로 가셨지요. 하나뿐인 손녀를 위해 그러는 것을 보며 죽도록 어머니가 미웠지만 어린 가슴에 못만 커져 갔습니다.

중학교를 다니면서부터 장학생이 되어서 고등학교, 대학교까지도 모두 장학생으로 겨우 다녔습니다. 다른 학생들이 점심을 먹을 땐, 저는 학교의 운동장으로 나가 벤치에 앉아서 하늘만 쳐다보다가 어머니와 동생들의 이름만 부르다가 교실로 들어오기도 했습니다. 어떻게든 열심히 공부해서 훌륭한 사람이 되어서 내 손으로 어머니와 어린 동생들을 찾겠다는 일념으로 공부를 했을 겁니다.

대학을 다닐 땐, 아르바이트를 해서 조금은 넉넉해졌던 관계로 시골에 계신 할머니에게 용돈이라도 부쳐드리며 가장 행복했던 시기가 아니었던가 생각이 듭니다. 저한테는 유행이라는 것이 오히려 사치였고 당장에 먹고 산다는 게 제일 급선무여서 한눈을 팔 겨를도 없었지만 그래도 제일 행복한 시기가 아니었나 생각합니다.

존경하옵는 재판장님.

제가 대학을 수석으로 졸업을 하고 취직했던 병원에서 그 남자를 만났습니다. 그 남자는 환자였고 저는 간호사였습니다. 아직은 이성에 눈을 돌릴 만한 처지가 아니었음에도 나약한 인간인지라 자신도 모르게 끌리는 걸 어쩔 수가 없었습니다. 그 남자는 늘 병실을 드나들던, 제게 호감을 가지고 좋은 이야기를 걸어오고 있어서 제가 아무리 마음 문을 닫으려고 해도 막무가내였습니다.

그게 제 불행의 씨앗이었습니다.

그 사람은 제가 사랑에 굶주려 있다는 사실을 알았던지 어쩌면 그렇게 제 마음을 사로잡았는지 모릅니다. 좋은 학교를 나왔고 좋은 회사에 근무하고 있었던 그를 놓치지 않으려고 그랬던 것인지도 모르겠습니다.

그 남자도 그랬고 저도 그를 사랑했습니다. 아직 사랑이 뭔지도 모르면서 사랑을 했다는 표현이 맞는지는 모르겠습니다. 그 남자는 제게 달콤한 말로써 사랑을 고백했으니까요. 그러면서 저는 그 남자를 진짜 제 남자로 생각하며 몸까지 다 바쳤습니다. 남자의 고백만큼 확실한 것은 없다고 믿었던 게 제 잘못이지요.

그 남자를 만나면서부터 저는 간호사이면서도 임신중절 수술을 한 번 받기도 했을 정도로 열렬했었습니다. 그 남자는 수시로 제게 몸을 요구했고 그것이 사랑하는 사람끼리는 당연한 일이라고 달콤하게 말을 하기도 했었지요.

그러다가 어느 날 갑자기 조금씩 달라지기 시작한 그를 발견했습니다. 그쪽 집안에서 결혼을 서두르면서 저와의 거리를 두기 시작했습니다. 나중에 우연히 알게 된 그러한 사실 앞에서 저는 하늘이 무너져내리는 것만 같았습니다. 세상에 이럴 수가. 이럴 수가 있단 말입니까. 제 몸까지 허락했던 남자가 다른 여자와 결혼을 한다는 말을 들었을 땐 먼저 제 자신이 죽어버리고만 싶었습니다. 차라리 그때 제가 죽어버렸어야 하는 건데 말입니다.

　존경하옵는 재판장님.

　이미 공소장에 나와 있는 대로 저는 그 남자를 증오하다가 마지막으로 죽음이라는 것을 선택하기로 마음을 다잡아먹었습니다. 어머니도 버렸고 그 남자도 저를 버렸다는 사실 앞에서 어떻게 다시 일어설 수가 있겠습니까. 그때는 정말 죽어버리는 것이 제일 편할 것이라는 생각뿐이었습니다.

　그래서 생각한 것이 병원에서 쓰던 마취제 주사약을 생각했고 저는 몰래 병원에서 마취제 주사약과 주사기를 준비해 나갔습니다. 마지막으로 만나 달라는 저의 요구에 선뜻 나온 그 남자를 보자, 자꾸만 마음이 약해지려는 저를 달래야 했습니다. 속으로 이를 악물면서 그와 술을 마셨고, 커피를 마셨고 여관엘 들어갔었습니다. 그 남자는 저의 마지막이라는 말에 마음껏 농락하려고 마음을 먹은 것 같습니다. 그가 저를 농락하고 나서 잠이 들었을 때, 저는 마치 짐승을 내려다보는 것만 같았습니다. 제 생애를 다 바쳐서 사랑했던 남자가 아니라 이젠 증오의 대상이었던 것입니다. 저는 모든 걸 잊어버리기로 이미 작정을 했고 천천히 그의 몸에 마취제 주사를 놓았습니다. 그리고서 저에게도 마취제를 놓으려다가 너무 흥분한 나머지 그 남자에게 전부 놓아버려 마취제가 없음을 알고는 저는 저의 동맥을 끊었던 것입니다.

존경하옵는 재판장님.

저는 지금 죽어도 아무런 미련은 없습니다. 사람을 죽인 죄인이 무슨 할 말이 있겠습니까. 그러나 이곳에 수감되어 있는 동안 성경을 보면서 많은 걸 깨달았으며 그 남자를 위해서 기도를 드리고 있습니다. 그리고 그 가족들을 위해서도 간절한 기도를 드리면서 제가 그 남자에게 속죄하는 길은 판사님께서 아량을 베풀어 주셔서 다시 이 세상으로 나갈 수만 있다면 열심히 사는 것뿐이라고 생각했습니다.

한 여자가 남자에 의해 일생이 좌우될 수 있다는 사실을 저는 깊이 깨달았습니다. 이곳에서 영어의 몸이 된 채, 손목에 수갑을 차고 있으면서 저는 늘 그런 깨달음을 준 하나님께 깊이 감사를 드리고 있습니다.

존경하옵는 재판장님.

저의 엄청난 실수로 인해 한 남자가 죽었고 지금도 그 가족들이 가슴 아파할 것이라는 것을 알고 있습니다. 저도 진정으로 고인의 명복을 빌며 그 가족들에게 깊이 머리를 숙여 사죄를 드리고 싶습니다.

재판장님의 넓으신 아량으로 이 죄 많은 한 여자의 탄원을 들으시고 법이 허용하는 최대한의 관용을 베풀어 주신다면 이 은혜는 죽어도 잊지 않겠습니다. 끝까지 이 글을 읽어주신 판사님께 간절히 기원드리면서 이만 줄일까 합니다.

재판장님의 앞날과 댁내에 두루 평안하시기를 하나님께 간절히 기도드립니다.

영등포 구치소 수감중

재소자 번호 4016번

성명 조 희 자 올림

서울 형사 지방 법원 형사 제 2부 재판장님 귀하

얇은 양면 괘지를 네 장이나 겹쳐서 중간 중간에 먹지를 넣어서 네 부를 작성하고 나자 손끝이 아파왔다. 맨 밑바닥의 종이에까지 먹지의 글씨가 써지도록 하자면 꼭꼭 눌러써야 했기 때문이다. 희자는 다시 한 번 자신이 쓴 탄원서를 들고는 천천히 읽어 보았다. 어디 하나 오자라도 있는가 살피기 위함이었다. 자신이 살아온 내력과 사건을 일으킨 동기가 모두 적나라하게 들어가 있도록 공들여서 쓴 글이었다.

희자는 글자 한 자 한 자를 모두 다듬어서 읽고 난 뒤에 먹지를 빼내고 다시 책상 위에 한 장씩 놓아서 모두 네 권으로 만들 참이었다. 그래서 책상 위에 차례대로 엎어놓은 종이를 끌어모아서는 가지런히 끝을 모으고는 볼펜으로 종이의 윗부분에 구멍을 내었다. 그리고는 다시 남은 종이를 찢어서 돌돌 말아서 묶을 끈을 만들어서 꿰었다. 모두 네 권이 만들어지자 희자는 책상 너머에서 책을 보고 있는 담당에게 내밀었다.

"선생님, 다 썼어요."

"……."

여담당이 희자에게서 탄원서를 받아들고는 한 장씩 읽어 내려갔다. 그러는 동안 희자는 담당의 얼굴을 물끄러미 바라보고만 있었다. 속으로 읽는지 입술만 달싹거리고 있는 모습이었다.

"이거 참 잘 썼네. 아마 판사도 눈물깨나 흘리겠는데."

담당이 하는 말이었다. 희자는 그저 웃고만 있었다.

"자, 그럼 다 묶었으니. 무인이나 찍지."

담당이 손가락으로 가리키는 곳에다 벌겋도록 인주를 묻힌 엄지를 눌러 찍었다. 조희자라는 이름마다 찍었고 종이와 종이 사이에도 연결 부분마다 무인을 눌러 찍었다. 탄원서 한 장에 수십 번이나 무인을 눌러 찍었을 것이다.

"이제 됐어. 아마 모레쯤이면 판사한테 도착이 되겠지."

담당은 그렇게 말을 하고는 자신의 서랍에 탄원서를 집어넣고 있었다. 희자가 엄지에 묻은 인주를 휴지로 닦으면서 그걸 보고 있었다.

"앉아. 그리구 방에 들어가면 뭘 해? 여기서 이야기나 하다가 들어가지."

"……."

희자가 다시 의자에 앉자, 담당은 말을 꺼냈다.

"아마 한 7년쯤 받을 거야. 내가 보기엔 그래. 탄원서를 잘 썼으니까 판사도 동정을 하겠지. 잘하면 그 이하도 나올 수 있을 거고. 기도나 열심히 해. 내가 보기엔 희자가 새벽마다 일어나서 기도를 하더라구. 이 안에선 아무 희망이 보이지 않을 때 그때 기도를 하지. 그러면 하나님이 그 기도를 불쌍히 여기셔서 들어주시는 거구……."

"고맙습니다, 선생님."

"고맙긴. 다 희자가 하는 거지 뭐. 나도 희자의 재판을 위해서 기도를 하고는 있어. 이 안에는 직원들로 이루어진 기독신우회라는 기도회가 있어. 나는 거기에 나가서 우리 여사에서 꼬옥 기도가 필요한 사람이라며 희자의 이름을 대고는 서로 통성으로 기도를 하곤 해. 매일 아침마다 출근을 해서 남사의 교회당에서 모여서 기도회를 갖는데 벌써 한 달이 넘었어. 우리 직원들이 몇몇 재판을 앞둔 중형수들을 위해서 기도를 하는데 희자에게도 좋은 결과가 있어야지. 이 안에 있을 때 열심히 성경책을 보면서 간증거리가 될 수 있도록 해봐. 하나님은 기도하는 자에게 긍휼을 베푸시는 자이심을 믿으니까 분명히 이번에 이적이 나타나길 바래."

"고마워요, 선생님. 저는 바깥에서는 교회를 나가지 않았어요. 이 안에서 우연히 답답해져서 방에 있는 성경책을 보기 시작하면서 교회엘 갔었는데 그렇게 마음이 편할 수가 없었어요. 거기에 나가서 피아노를 칠 수 있는 것만 해도 얼마나 고마운 일이겠어요? 선생님께서 그렇게 저의 재판을 위해 기도를 하고 계신다니 더욱 고맙구요."

"한 영혼을 주님께로 인도한다는 게 얼마나 힘든지 몰라. 여기에 있어보면 전부가 다 제 잘난 멋에 여길 들어와서는 진실되게 참회를 하는 여자들은 별로 없었거든. 희자는 내가 보기에도 참다운 신앙인이 될 거 같애. 아직 나이도 있으니까 한 7년쯤은 금방이야. 교도소로 가보면 10년이나, 그 이상 되는 무기수는 수두룩해. 그들도 하루를 뼈저리게 후회를 하면서 살고 있는데 예수를 믿는 희자야 뭐 그것쯤 못 참겠어? 그러다가 만기 전에 가출옥이나 좀 먹으면 빨리 출소할 수 있을 거야."

지금 담당은 진실된 말로써 희자를 위로해주고 있었다. 그녀가 그토록 믿음이 강한 여자일 줄은 몰랐었다. 희자는 그녀 앞에서 저절로 고개가 숙여지고 있었다.

"어려운 일이 있으면 나한테 이야기를 하라구. 내가 비록 힘은 없지만 믿음 안에서 희자를 도울 수는 있어. 무엇보다도 지금 필요한 것은 재판을 잘 받을 수 있도록 기도가 필요할 거야. 나도 내가 나가는 교회의 목사님에게 말씀을 드려서 특별기도를 부탁드릴 테니까 희자는 희자대로 이 안에서 같이 기도를 하자구."

"예, 알겠습니다. 저는 이 안에서 새로 태어났다는 생각으로 하루하루를 살아요. 얼마나 감사한지 몰라요."

"우리 신우회에서 이곳에서 기도를 해주다가 다른 교도소로 넘어간 재소자들한테서 많은 편지가 와. 교도소 안에서 신학을 공부하는 재소자들도 있고. 희자도 만일에 교도소로 넘어가면 신학이나 한 번 해봐. 배운 것도 있겠다, 신학을 하면 남들보다도 빠를 거야."

"저야, 뭐 그 정도까진 안 되구요. 아직 믿음이 초보단계예요. 그리고 사람을 죽인 제가 어떻게 감히 신학을 공부해요."

희자는 서글프게 웃어보이고는 그렇게 말했다.

"아냐. 누군 죄인이 아닌가? 사람은 다 죄인이라구. 나도 죄인이지. 단지 푸른 수의만 안 입었을 뿐이지 뭘. 이제부터가 중요한 거라구. 희자는 앞으로 창창하게 앞날이 많이 남았으니까 신학을 해서 좋은 신랑감이라도 만나면 결혼을 할 수도 있잖아?"

"아뇨, 전 결혼은 못 할 거예요. 아마 늙어 죽을 때까지 혼자 살다가 죽을 거예요. 한 번 상처를 받았는데 또 어떻게 남자를 사귀겠어요. 그저 내가 할 수 있는 일만 있다면 조용히 일을 하면서 더 공부나 했으면 해요. 시골에 계신 할머니를 모시고 살 거예요."

담당은 희자의 말을 잠자코 듣기만 하고 있었다. 그 눈빛이 너무나 아름다웠다. 비록 관복을 입은 교도관이었지만 그럴 수 없이 너그러운 품성이었다. 희자는 여담당의 눈빛을 들여다보며 그렇게 느꼈다.

"선생님. 혹시 시를 좋아하세요?"

"그건 왜?"

담당이 의외라는 듯이 놀란다. 희자가 풀썩 웃었다. 희자의 가지런한 이가 하얗게 빛나고 있었다.

"저한테 편지를 보내오는 남자가 있어요. 저는 그 분을 알지는 못 하지만 그 사람은 저를 알고 있는 것 같아요. 근데, 제가 매번 답장을 보내면 그 남자는 저의 몇 번째의 편지라는 것까지 알고 있어요. 그래서 저는 매번 시를 부쳐 보내곤 해요. 저도 시를 좀 공부를 할 겸해서 시집이라도 있으시면 좀 빌려볼 수 없나 해서 물어본 거예요."

"그래? 그럼 내가 내일 퇴근을 하면 시내에 나가서 시집을 한 권 사다주지 뭐. 혹시 아는 시인이라도 있어?"

담당이 진지하게 물었다.

"아무 시집이라도 좋구요. 가능하다면 이해인 수녀님의 시집이 좋아요. 너무 선생님께 실례를 끼치는 건 아닌지 모르겠네요."

"아니지. 나도 희자가 잘 되기를 바라고 있어. 폐라고 생각하면 내가 더 섭섭해. 여기 있는 동안이라도 믿음의 식구라고 생각하고 그렇게 지내."

"……."

여담당의 말에 희자는 눈시울이 시큰거렸다. 구치소에 들어와서 처음으로 따뜻한 위로의 말을 듣는 것만 같았다. 하얀 담과 쇠창살이 건네주는 삭막함, 저절로 정이 뚝뚝 떨어질 법한 이곳에서 신앙 안에서의 동지를 만난 기쁨이었다. 화자는 여담당의 얼굴을 고이 훔쳐보면서 마음의 평화를 느꼈다.

"더울 텐데. 이왕 나왔으니 세면장으로 가서 세면이나 하든지 머리라도 좀 감고서 방으로 들어가지?"

"……."

담당의 배려가 또 고마웠다. 기어코 참았던 물기가 그녀의 맑은 눈에서 툭 번져 나오고 있었다. 희자는 얼른 고개를 외면함과 동시에 세면장으로 뛰어들어갔다. 세면장에 서서 희자는 주체할 수 없는 울음에 복받쳤다. 왜 그렇게 서러웠는지, 참았던 봇물이 한꺼번에 터져버린 듯했다. 신인애 담당과는 그다지 친숙하게 지내지 않았는데도 마치 잃어버린 옛날 시골의 소꿉친구거나, 언니 같은 느낌이었다. 갑자기 행복에 겨워서 우는 울음이었는지 모른다.

희자는 조용히 울음을 거두고 두 손을 모두어 기도를 했다.

하나님 아버지.

이 벌레만도 못한 죄인을 이토록 사랑하여 주시니
정말로 감사를 드립니다.
신인애 선생님을 만날 수 있도록 해주신 하나님.
그분에게 사랑을 주셔서 험악한 이곳에서 근무를 할 때에
조금도 피곤치 않게 하여 주옵소서.
저와 같은 죄인들에게 주님을 증거하는 그의 삶을
눈동자같이 지켜 주시옵소서.
예수님의 이름으로 기도드립니다, 아멘.

기도를 드리고 나자 마음이 평온해졌다. 희자는 찬물을 떠서
세수를 했고 머리를 감았다. 시원한 물이 살갗에 닿자 마음까
지 차분해지는 것이었다. 신 선생님의 배려가 다시 한 번 고마
웠다. 희자는 세면장을 나와 담당의 책상으로 다가갔다.
그리고는 손목을 내밀었다. 희자의 뽀얀 손목의 살결이 슬프
리만치 희고 아름다웠다. 신 선생은 말없이 희자의 손목에 수
갑을 채웠고 손목과 수갑과의 간격을 최대한으로 넓히려는 듯
눈에 보이지 않는 배려를 하고 있었다. 하얀 손목에 수갑이 걸
리고 나서 담당이 희자를 보자 희자는 맑게 웃어 주었다.
"가끔 안에 있기가 답답하거든 밖으로 나와. 이야기를 하다
가 세면이라도 하고 들어가면 한결 낫지……."
희자가 먼저 사방 앞으로 걸어가자, 담당이 따라와서 방문을

열어주었다. 희자가 방 안으로 한 발짝 들여놓자, 금방 후끈한 더위와 악취가 코로 쏟아져 들어왔다. 그 냄새는 여자들의 몸에서 나는 이상한 냄새와 뺑끼통에서 나는 냄새, 그리고 나중에 먹으려고 플라스틱 그릇에 담아놓은 고추장이나 간장, 그런 것에서 나는 냄새가 서로 어우러져서 만들어내는 눅눅한 악취였다.

"이야, 너 희자. 바깥에서 목욕을 하고 왔구나아? 비누 냄새가 막 나는데?"

희자가 방 안으로 들어서자, 희자의 머리에서 나는 비누 냄새를 맡고서 그러는 것이었다.

"신 선생님이 기독교인이라서 특별히 너한테 선심을 베푼 모양이지? 그래, 탄원서는 잘 썼냐?"

"예……."

"어제 네가 초안을 잡아놓은 것을 보니까 참 잘 썼드라. 아마 판사도 읽어보면 탄복을 할 거다, 아마."

"일심 구형에서 한 7년쯤 받고, 항소를 해서 2년만 깎으면 딱 5년인데. 그러면 어영부영하다가 가출소를 먹으면 땡잡는 데 말이야."

"……."

여자들이 이러쿵저러쿵 말들이 많다.

"탄원서에서 그 새끼가 아주 고의적으로 희자의 처녀를 뺏으려고 한 것과, 아주 지능적으로, 그것도 배운 놈이 얍살스럽게 슬슬 피해 다니면서 몸만 건드리고 만 것도 같이 쓰지? 그렇게 썼어?"

"……."

분희의 말에 희자는 슬며시 웃고 만다. 그렇게 험담할 필요까지 있느냐는 투였다. 그러자 분희가 조금 억울해한다.

"그래, 그렇게 안 썼어? 그런 놈은 모가지를 칵 비틀어서 쥑여야 한다구 써야지. 배운 놈이 뭐가 모자라서 어렵게 커서 겨우 대학을 졸업한 희자를 건드려. 데리구 살 것도 아니면서 맨날 불러내서 그짓만 부지런히 하다가 뒈져버린 거지 뭐. 나라도 그런 놈은 청산가리를 타서 먹였겠다!"

"언니……."

분희의 말에 희자는 얼굴을 잔뜩 찌푸리며 그렇게 말을 꺼내려다가 도로 그만둬 버렸다.

"아니, 왜? 내가 뭐 못할 말을 했니? 넌 아직도 정신을 못 차렸어. 남자들이란 자고로 겉으로는 뻔지르르 하지만 속으로는 전부 다 속물들이야. 여자들 몸뚱이만 올라탔다 하면 이건 전부 다 제껀 거야. 여자들은 하나같이 정액받이밖엔 안 되는 줄 아나 봐. 지 혼자 재미만 보면 고만이다는 식으로 사는 놈은 그렇게 해도 돼. 잘 생각해봐라, 희자는 남자 하나 때문에 신세를 조진 거 아니니? 씹 대주고 뺨 맞는다는 게 바로 그런 거라구!"

"……."

이제 희자는 더 이상 대꾸하지 않았다. 분희에게 한 번 말려봐야 소용이 없다는 걸 안다.

"아예, 고런 놈은 가위로 좆을 짤라 버려야 돼."

"호호호호, 그럼 병신이게."

여자들이 분희의 말에 맞장구를 치며 나왔다. 다른 여자들이 응수를 해줌으로써 분희는 항상 입에 거품을 무는 것이었다.

"그으럼!, 그래야 남자들이 좀 정신을 차린다구! 여자들이 그저 당하고 가만있으니까 남자들이 여잘 우습게 보는 거라구. 그거 한번 짤리고 나면 평생 병신이 되어서 아예 여자 앞에는 얼씬도 못하지. 호호호."

"남자들이 전부 그걸 짤리고 없으면 우린 무슨 재미로 살어, 언니?"

"하이구, 이년들아! 이가 없으면 잇몸이라도 없냐? 그런 걱정을 다 하고 자빠졌네."

"호호호, 언니는 매일 안 하면 하루도 못 산다고 하구선, 또 그런 말씀은 무슨 뚱딴지유? 내 참, 남자들 앞에서 언니나 허리를 배배꼬며 근질근질하다는 표시나 내지 마슈!"

"햐, 이년들이…… 보자보자 하니까! 난 그래도 마음에 안 차면 남자를 재깍재깍 바꿔버려. 너희들 하고 같냐? 내가 먼저 남자 새끼 덜 차버리는데."

"하기사! 언니는 이미 배 위로 일개 중대가 지나갔다니 말이 되지 뭐. 그래, 그런 거 모아 가지고 언니는 자서전이라도 하나 쓰면 되겠수? 지나간 놈들 중엔 그래도 별의별 놈들이 다 있을 테니까."

"그래, 나도 그럴 생각이다. 그거 할 때 보면 남자들 성격을 죄다 알 수 있지. 겉으론 점잖을 빼면서도 막상 배 위에 올라가선 허겁지겁 속세에 좆 베인 것처럼 설쳐대는 놈이 없나, 안 싸려고 이를 악물고 버티는 놈이 없나, 거기에다가 이상한 고무줄을 칭칭 감고 들어오는 놈이 없나, 사정할 때쯤이면 사정을 안 하려고 눈알을 부라리면서 갑자기 빼버리는 놈이 없나, 나보고 물구나무서라고 해 놓구선 하는 놈이 없나, 그야말로 한심한 놈들이 많아. 나도 약간은 좋긴 좋더라. 호호호."

"언니두. 좋으면 좋은 거지. 약간은 또 뭐유? 호호홋. 아마 언니도 밑에 눌리기만 하면 또 달라질 거 같은데?"

누군가 은근히 분희를 건드린다. 활짝 웃고 있던 분희가 눈을 희번덕거린다.

"미친년 보게. 그럼 넌 그거 할 때 안 좋아? 너 같은 건 눈물 콧물 한 바가지 다 흘리면서 징징거릴 거다. 호호홋."

여자들의 웃음소리가 쇠창살을 타고 밖으로 나갔다. 밖은 여전히 하얗도록 뙤약볕이 내리쬐고 있어서 웃음소리가 밖으로 나가자마자 햇빛에 말라버릴 것처럼 보여졌다. 정말 한낮에는 방 안에서 숨을 쉬는 것조차 불안할 정도였다. 더운 공기가 폐로 들어가면 뜨거운 햇빛에 비닐이 쭈그러들 듯 폐가 녹아버릴 것 같았다. 한 가지 살아있다는 것은 그런 가운데서도 진한 이야기밖에 없었다.

"어젯밤에 10방에 새로 신입이 들어왔는데 웃기는 애야."

"왜?"

"글쎄 귀때기가 새파란 년이 집에서 결혼을 반대한다고 남자 새끼랑 같이 복면을 하고 자기 집에 들어가. 강도질을 했다는 거야. 값나는 것을 훔치려고 공범이랑 같이 시커먼 복면을 하고선 칼을 들고 들어갔다가 한바탕 소란을 피우고는 물건을 훔쳐 달아났다가 장물 때문에 걸린 거래. 그런 미친년이 다 있나 그래."

"허이구, 어디 할 게 없어서 자기 집에다 강도질을 해? 나이가 얼마나 된대?"

"한 열여덟쯤 되는 가봐. 아직 맛도 제대로 모르는 년이 그저 남자한테 꿰어서 그 지랄들이니 원, 괜히 미역국 먹고 배가 아프게 자슥 새낄 낳은 거지 뭐. 지 부모한테 칼을 들이대는 년이 어딨어? 이젠 세상이 정말 말세다, 말세!"

"호호 걔들이 뭐 맛을 알아서 그 지랄들이야? 그저 같이 뒹구는 게 그저 좋을 얘지. 요즘 애들은 전부 조숙해서 말이야. 아마 비디오를 보면서 알 건 다 알고 있을 거라구. 봐! 미경이도 중학생인데도 벌써 중학생만 되어도 반에서 거의 절반은 성관계를 가진 애들이라잖아! 중학생들이 벌써 빠구리맛을 안다니 얼마나 빠른 거야."

호호호, 미경이 너, 넌 언제부터 했니?"

봉희가 미경에게 시선을 던지며 묻는다. 미경이 앳되게 웃고 있다.

"중 2때요. 남자들이랑 밤에 학교 운동장에서 놀다가 교실에 가자고 해서 따라갔다가 그랬어요."

미경은 하나도 부끄럽지 않은 듯 천연덕스럽게 말을 했다.

"그럼, 너 하고 남자랑 둘이?"

"아뇨. 여자 친구가 하나 더 있었어요. 남자애들도 둘이었구요. 한 동네에 사는 친구들이에요."

"어쭈, 조막만한 것들이 무슨 친구들이냐? 그래, 교실에 들어가서 컴컴한 데서 그 짓을 했단 말이지? 남자들이 먼저 옷을 벗기대?"

이제는 여자들이 슬금슬금 군침을 흘리며 미경에게로 다가든다.

"예. 처음에는 그저 교실 바닥에 앉아 있다가 장난도 치다가 입을 맞추기도 했지요. 그저 그렇게 하다가 남자 하나가 먼저 그렇게 이야길 하대요. '우리 그거 한 번 해볼까?'하고요. 그래서 나는 친구랑 둘이 저쪽으로 가서 어떻게 할까 하고 이야기를 하다가 친구가 그럼 그렇게 하자고 먼저 이야길 했어요. 남자들 쪽으로 다가오니 남자들이 달려들어서 옷을 벗겼어요. 내가 가만히 보니까, 친구도 그냥 가만히 있대요. 그래서……."

"하이구, 조년이…… 아직 대가리에 피도 안 마른 것이 …… 그래, 재미는 있디? 남자 놈이 올라가서 오래 하지는 못했겠다? 호호호. 안 그러니?"

여자가 짓궂게도 물었다. 여자들의 호기심이 전부 미경에게로 쏠리자, 미경도 조금은 우쭐해지는 기분이다. 대인수들 틈에서 마치 어른이 된 기분이다.

"모르겠어요. 처음엔 아프다가…… 어떻게 조금 끄떡거리더니 이내 내려오더라고요. 바지를 입는 걸 보고 일어났는데 밑에서 끈적한 물이 줄줄 흘러내려 오더라고요. 그때는 뭐가 뭔지 아무것도 몰랐어요. 그저 남자 친구가 좋아하니까 그래본 것뿐이에요."

미경은 그저 아무렇지도 않은 듯이 말을 했고 여자들은 박장대소를 하며 웃었다. 배꼽을 잡고 웃는 여자들도 있었다.

"그래, 남자들이 올라가서 한 1분이나 있었니? 아니면 몇 번이나 쿡쿡 쥐어박디?"

"호호호, 아주 세밀하게도 묻는다! 그거 보나마나 뻔한 거 아니야? 아직 중학생짜리들이 얼마나 하겠어? 호호홋."

"모르겠어요. 그저 기분은 좋았어요. 남자 친구랑 그러고 있다는 것이 좋았을 거예요."

"그럼, 너 그때는 겁은 안 나디? 혹시 아기가 생길지도 모른다는 생각은 없었어?"

"그런 건 모르겠어요. 그때는 중 2였으니까…… 나중에 반에 있는 친구들이 이야길 해줬어요. 피임을 해야 한다고요. 그래서 나중부턴 걔보고 콘돔을 사오라고 해서 했어요. 그 다음부턴 남자친구 걔는 어디서 구해 왔는지 그걸 갖고 다니더라고요."

"그래. 그래서 매일 학교 교실에 가서 그 짓을 했어?"

"아니에요. 학교 교실에서 그러다가 나중에는 동네에 있는 산으로 가서 그러기도 하고, 아파트 짓는 데에 가서 그러기도 했어요. 어떤 날은 극장에 들어가서 남자친구가 손을 내 치마 밑으로 집어넣어서 그러기도 했구요……"

"흐이구, 너도 날샜다! 벌써 그 지랄하고 다니니 언제 공불 했겠어? 니도 일찌감치 공불 때려치우고 술집이나 가야겠다! 니 신세도 앞날이 훤하다, 이년아!"

"흐흐흐, 다 똑같은 주제에 미경이한테 저러네. 미경이도 일찌감치 알 것 다 알아 가지고 나중에 속을 차릴 줄 알어? 너, 이제 나가면 다신 그런 짓 하지 말어! 아직 너희들 때는 열심히 공부나 해서 이담에 커서 실컷 그 짓을 해도 돼! 안 그러냐?"

"호호호, 그래. 이담에 신물 나게 할 때가 있을 거야. 그래,

정말로 니들 중학생만 돼도 반에서 절반이나 되는 애들이 그런 것 하고 그러니?"

이번에는 준자가 집요하게 물었다.

"예, 우리 학교는 남녀공학이라서요…… 친구들끼리는 다 그런 이야기들을 해요. 누가 누구 하고 잤다, 언제 했다는 말들을 해요. 다른 학교에 다니는 친구들도 이야기를 해보면 대개 다 그런 이야기들을 해요. 내가 생각하기로도, 대충은 그래요."

"하이구나, 이거 딸년을 키웠다간 작살이 나겠네!"

이번엔 선숙이었다. 그녀의 이맛살이 온통 찌푸려져서 입맛이 쓴 표정이다.

"호호호, 그러니까 언니는 이런 데 한번 잘 들어 왔다니깐! 여기서 이런 걸 배우고 듣고 나가는 것만 해도 어디우? 밖에 있으면 딸이 뭘 하고 다니는지 알 게 뭐유? 이제 나가면 딸년 잘 보살피시우.

"호호훗, 아하하하."

"그럼 너, 미경이 너도 혹시 그거 하는 비디오를 본 적이 있어?"

역시 선숙이었다. 나이는 역시 못 속이는 거였다. 이미 그녀는 딸애가 중학생과 고등학생이 있었기 때문인지도 몰랐다.

"딱 한 번, 남자친구네 집에 놀러갔다가 게네 친구네 부모가 없어서 한 번 본 적이 있어요. 남자친구가 그걸 보면서 한 번 하자고 그래서…… 보면서 한 번 했어요…….”

미경이 그렇게 말했을 때, 이번엔 방 안의 여자들이 웃음을
뚝, 그쳐버렸다. 너무나 충격적이었던 모양이었다. 잠시 어색
한 분위기가 되자, 미경이 얼굴이 화끈 달아올라 있었다.

“호오? 그것도 봤어?……”

“…….”

미경이 얼굴을 푹 숙이고는 아무 말도 없다. 여자들이 얼굴
을 바짝 들이밀고는 미경의 얼굴을 살핀다. 그러나 재미있는
건수를 놓치지 않겠다는 표정들이다.

“그래, 미국 놈들 꺼, 하는 거 봤니?”

“…… 그것도 보고, …… 일본 꺼도 봤어요. 게네 집에는 그
런게 몇 개나 있었어요…….”

“그럼, 걘 어디서 그걸 구했지?”

“걔가 구한 게 아니구요…… 게네 부모가 빌려놓은 거래요.
그래서 몰래 보고는 다시 그 자리에 갖다 놓았어요. 친구가, 게
네 부모님이 알면 안 된다구 하고선 처음 있었던 그대로 똑같
이 해 놓았어요. 그러면 게네 부모들도 그걸 모르는 모양이예
요…….”

“쯧쯧, 게네들 부모도 날쌨다! 그런 거나 보고 있으니 어떻게
자식새끼덜 그러고 있는지도 모르지. 하여튼 그런 거 밝히는
놈치고 제대로 된 집안이 없다니깐!”

희자는 창문에 붙어 서 있다가 미경과 방 안의 여자들이 나누는 이야기를 가만히 듣고만 있었다. 우스운 이야기가 아니라 스스럼없이 이야기를 하는 미경이가 측은해졌다. 방 안의 여자들은 우습다고 미경을 살살 꼬드겼지만 희자는 널름널름 묻는 대로 이야기를 하고 있는 미경이에게 측은한 눈길을 보내고 있었다. 아직 중학생인 나이에 벌써 세상의 더러운 것을 죄다 알아버린 암고양이 같다는 생각이 들었다. 이미 미경인 성의 깊숙한 덫에 걸려서 빠져나올래야 빠져나올 수 없는 그런 상태인 것 같았다. 더구나 이런 징역에까지 들어왔으니 더 배울 게 틀림없었다.

모든 범죄는 처음엔 배가 고파서 하겠지만 차츰 호기심에 의해 저질러지고 있다는 것을 알았다.

여러 명이 같은 방을 쓰는 혼거의 감방에서 맨날 이야기꽃을 피우는 것이 범죄의 유형이었고, 완전무결한 수법이었다. 범죄자에게는 완전범죄만큼 유혹적인 것은 없었다. 학문에 있어서 최고의 경지는 박사이거나 달인의 경지이겠지만 이곳에서는 완전범죄만이 유일한 최고봉이었다.

모든 재소자들은 이곳에서 또 다른 범죄의 유형을 그리고 있었다. 그들은 틈만 나면 더 재미있고 큰 건수를 올릴 수 있는 대담한 범죄를 저질러서 평생을 놀고먹고 살 궁리만 하게 된다. 사회라는 것이, 인간의 완성에 있는 것이 아니라 얼마만큼 돈을 긁어모아서 부자가 되어있느냐로 인격과 지위를 가늠했기 때문에 그들을 이미 버린 몸, 아무려면 어떠랴, 하는 식으로 돈이라면 물불을 가리지 않았다. 전과가 많이 쌓여가면 갈수록 그러한 범죄의 크기는 더욱 커졌는데 그만큼 사회에 발을 붙이기가 어려운 점도 더욱 그러한 것으로의 부채질을 하는 촉매제의 역할을 했다.

희자는 비록 이곳에 온 지 얼마 되지 않았지만 그러한 이곳의 생리에 대해 점점 회의적이었다. 가능하다면 하루라도 빨리 사회로 나가고도 싶었지만 지금 자신에게 짐 지워진 죄명은 너무나도 엄청났다. 모든 죗값이 치러져야 만이 쇠창살로부터 풀려날 수 있었다. 그렇지 않고서는 지금 그냥 나가라고 한다고 해도 그녀는 밖으로 나가고 싶지 않았다. 자신이 이곳에 있는 기간은 썩는 중이 아니라 오히려 맑아지려고 하는 정화의 단계였고 속죄의 시간이었다. 너무 쉽게 사랑했던 아픈 상처가 다 나을 때까지는 밖으로 나가고 싶지 않았다.

희자는 햇빛에 타들어가고 있는 마당의 마른 흙을 바라보며 갑자기 갈증이 솟았다. 높은 담벼락 때문인지 쇠창살로 바람 한 점 들어오지 않았다. 화단의 시든 나뭇잎도 마치 정물처럼 굳어져서 흔들리지도 않고 있었다. 희자는 콜라병에 담아둔 식수를 그릇에 부어서 입을 축이면서 계속 바깥을 바라보고 있었다.

그에게서 편지를 받았고 그 편지에는 어김없이 시도 한 편이 들어 있었다.

　사랑하는 그대에게

　벌써 서른한 번째의 편지를 받았습니다.

　무더운 날씨에 건강은 괜찮은지 모르겠습니다.

　저는 그 안의 생활을 이해합니다. 희자 씨가 꿋꿋이 견디고 있으리라고 믿고 있습니다.

　보내주신 시도 잘 보았습니다. 어쩌면 희자 씨는 시인이 될 걸 하고 생각을 해봅니다.

　이번에 시집 한 권을 넣었습니다.

　희자 씨가 좋아하실 지는 모르겠습니다만 마음에 들었으면 합니다.

　제가 면회를 할 수만 있다면 희자 씨의 눈빛을 보면서 수많은 이야기를 할 수 있을 터인데 그러지를 못하는군요.

　아마 희자 씨께서는 저의 이러한 마음을 모두 이해해주실 줄로 믿습니다.

　저번의 편지에 저보고 기도를 부탁한다고 써보낸 대로 저도 새벽이면 일어나서 희자 씨를 위해서 기도를 하고 있습니다. 이번 재판에서 좋은 결과가 있기를 두 손 모아 빕니다.

　희자 씨의 마음씨를 읽고 아마 판사도 마음을 열 것입니다. 재가 감히 부탁을 드리고 싶은 건 희자 씨께서 여러 번 판사한테 탄원서를 올려서 판사의 마음이 움직여질 수 있었으면 합니다.

그리고 주제넘은 말인지는 모르겠지만…… 제가 후배한테 시켜서 사선 변호사를 선임하도록 시켰습니다. 미리 양해를 구하고 나서 그렇게 해야 마땅하나 시기적으로 이미 늦은 감도 있고 해서 희자 씨의 동의도 없이 그러고 말았습니다.

혹시 후배가 면회를 가더라도 다른 오해는 없기를 바랍니다. 국선 변호사야 있으나마나 한 것이므로 조금이라도 형량을 낮추려면 아마도 사선 변호사가 더 유리할 겁니다.

그럼 시 한 편 보내드리겠습니다.

이별하기

(1)
스쳐지나가는 어떤 것에도
인연이 있다 하지만
나는 옷깃을 여미며 조심스레
밤길을 거닐어보았다
낙엽처럼 변색되지 않도록 내 안의
모든 문들을 걸어 잠그고
혹시라도 낯선 바람
만날까보아 조바심하며

스스로 내 손으로
비에다,
커피를, 프림을, 설탕을 넣고 저었다.
슬픔처럼 달라붙어 녹지 않는 티스푼을
내려놓으며

헤어질 때마다 우리는
어색한 웃음을 지어보였다.
내가 무엇인가를 주고 싶어 안달을
하면서도
헤어지고 나면 아쉬움이 남았던 것은
무엇 때문일까
왜, 나는 아무것도 전해주지 못하고
그대 앞에서 젖어만 있었을까 가만히
생각해보면
아주 오래 전의 일이다.

(2)
이젠,
잊어야 한다.
함부로 한 사랑처럼

가슴에 앉은 딱지만 커져 있다.
내가 기도하는 동안
길은 여러 갈래로 나뉘었으며
그대는 가장 가깝고도 넓은 길로
나아갔다.
나는 이 지상에 남아 있는 최후의
배신자처럼
하늘만 쳐다보다가
시리도록 박혀 있는 별들을 따모으면서
잠이 들곤 했다.

여태껏 키워 온 강가에서
물고기들을 구워 먹으며
그대를 원망하기도 했다
그리고 강가에서 나의 잎을 모두
떨구어버렸다.
이제 혹독한 겨울이 오나보다
맨살로 겨울을 맞으리라.

희자 씨.
이 시가 (4)번까지 나가고 있어서 오늘은 (2)번까지만 적었습니다. 다음엔 나머지 (3), (4)번을 싣겠습니다.

희자 씨가 생각이 나면 저는 희자 씨가 보내준 시들을 봅니다. 처음부터 지금까지 희자 씨가 보내준 시들을 보노라면 하루의 피로가 다 씻어지는 것만 같습니다.

재판이 있는 날도 제가 가 보지 못하는 것을 안타깝게 생각합니다. 그러나 어쩌면 잘된 일인지도 모르지요. 어쩌면 희자 씨께서 그걸 원하지 않을지도 모른다는 생각이 들었습니다.

그럼 이제 밤이 깊었습니다. 이만 줄이겠습니다.

몸 건강하십시오.

무더운 여름밤에

그대를 생각하며

희자는 수갑을 찬 손을 들어 자신의 가슴팍에 있는 호주머니에서 종태의 편지를 꺼내서 읽고 있었다. 편지를 읽으면서, 거기에 적혀 있는 시를 읽어 내려가면서 절로 눈물이 흘러내렸다. 눈물이 한 방울 편지지에 스며들면서 파란 볼펜의 글씨를 젖게 하고 있었다. 희자의 눈이 침침해지다가 너무 흐릿해져서 아예 볼 수 없게 되었다. 희자는 한 손으로 쇠창살을 붙잡고 겨우 서 있는 듯했다. 그녀가 우는지를 모르고 있는지 방 안에서는 아직도 떠들썩한 잡담이 이어지고 있었다.

희자는 눈물을 닦을 생각은 않고 하늘로 얼굴을 들어 마치 눈물을 다시 마시겠다는 듯이 눈을 섬벅거려서 물기를 닦아내고 있었다. 그러자 막혔던 하늘이 다시 환하게 트이기 시작했고 하늘은 파아랗도록 구름 한 점 없었다. 그녀의 이사이로 자기도 모르게 탄식 같은 소리가 새어 나왔다.

하나님 아버지……

그 소리는 마치 자신에게만 들리도록 하는 기도였고 그 기도문은 비록 두 마디로 짧았지만 그 기도문 속에는 하나님에 대한 기도와 종태에 대한 말들이 모두 들어가 있었다. 어찌 할 말이 그것뿐이겠는가. 그녀는 말이 필요했지만 더 이상의 말은 하지 않았다. 여러 번 반복적으로 하나님 아버지…… 라는 말만 계속하고 있었다.

"조희자, 내일 재판이다!"

여담당이 쪽지를 들고 서서 그렇게 말했을 때 희자는 창가에 서 있었다. 좀 전에 상호라는 남자가 면회를 왔을 때, 희자는 재판을 앞두고서 시골에 계신 할머니가 다녀가시는 줄로만 알았다.

면회실로 가면서 할머니가 어떻게 재판날짜를 알고 용하게도 오늘쯤 면회를 와주셨는가 하고 면회실로 들어섰을 때, 거기에는 전혀 낯선 남자가 서 있었다. 그래서 희자는 면회실로 들어서려다가 멈칫 하며 입회 여직원에게 물었던 것이다.

"저어,…… 선생님. 전 모르는 분인데요…… 아마 수번을 잘

못 알았…….”

이라고 마악 말했을 때, 여담당이 말했다.

“아는 사람이라는데?”

“……?”

희자는 마악 문을 밀고 나가려다가 다시 멈칫했다. 그리고 다시 찬찬히 그 남자를 바라보았다. 남자가 씨익 웃고 서 있었다.

“저 말인가요……?”

희자는 자신도 모르게 그렇게 말했고 남자는 손짓으로 가까이 오라는 시늉을 했다. 이제 여담당은 그들을 올려다보지도 않은 채 묵묵히 무언가를 적고 있는 중이었다. 아마 접견대장을 정리하는 모양이었다.

“희자 씨 맞습니까?”

남자는 짧은 스포츠형 머리에 체격이 우람했다. 목소리가 쩌렁거려서 가뜩이나 움츠린 희자를 단번에 놀래킬 음성이었다.

“……그런데요?”

희자의 음성이 조금 떨려나왔다. 그러자 남자는 다시 한 번 씽긋 웃고는 둘 사이에 가로막혀진 쇠창살과 유리창 쪽으로 바싹 얼굴을 붙였다.

“종태 형님이 보내서 왔습니다. 고생이 많으시지요?”

“아!……”

희자는 종태라는 말에 가느다란 신음이 뱉어져 나왔고 그를 유심히 바라보기 시작했다. 그리고 자신도 더욱 바싹 다가갔다. 면회실의 쇠막대와 유리만이 그들 둘 사이에 가로막혀 있었다. 유리의 숭숭 뚫려진 구멍으로 말소리가 또 들려왔다.

"상호라고 합니다. 아마 들었을 겁니다. 형님이 그렇게 저를 소개하셨다니…… 참말로 반갑습니다. 내일이 재판이라는 것을 알고 미리 찾아뵙지 못해서 죄송합니다. 저번에 변호사는 다녀가셨지요?"

"네……."

희자는 굳어졌던 얼굴이 펴지면서 가느다랗게 말했다. 그러자 남자는 다시 쑥스러운 듯 머리께를 긁적이고 있었다.

"형님이 알면 대단히 화를 내실 것 같은데…… 아무튼 대단히 미안하다는 말밖엔 드릴 게 없습니다. 변호사는 최고로 샀습니다. 아마 잘 될 겁니다. 나중에 형량이 최저로 떨어지면 보너스로 더 얹어주겠다는 조건으로 계약을 했습니다. 어떻게 말씀은 잘 나눴습니까?"

"네……."

희자가 대답을 했는데도 남자는 궁금하다는 듯이 재차 물었다.

"사건이 일어났을 때의 감정 같은 거…… 그런 걸 특히 강조를 하지 그랬어요?"

남자는 어느 정도 재판에 대해서는 자세히 알고 있는 듯한 말투였다.

"네에…… 그렇게 사실대로 말했어요……."

"네에, 변호사한테 전화를 하고 오는 길인데, 변호사도 어느 정도 자신이 있다고 말을 하데요. 이번 사건은…… 형수님의……."

남자는 말을 하다가 그만 뚝 그치고는 다시 얼굴을 확 붉혔다. 희자의 얼굴이 붉어졌다가 목덜미에까지 온통 붉어 있었다. 잠시 둘은 말이 없었다. 희자가 고개를 숙이고 있었고 남자는 천장을 올려다보다가 다시 남자가 먼저 말을 꺼냈다.

"형님이 앞으로 그렇게 부르라고 말을 했습니다…… 제가 앞으로 재판에 관계되는 일은 다 맡아서 할 겁니다. 변호사는 형수님에게 유리한 조건이 된다고 말을 했어요. 아마 판사를 만나서 이야기를 했을 겁니다. 그리고 형수님이 써낸 탄원서도 변호사가 다 본 모양입디다. 잘 썼드라고 말을 하데요. 그만하면 판사도 어느 정도 참작은 할 거라고 했습니다. 어차피 1심에선 최대한으로 끌어내리고, 2심에서 최저형을 받도록 할 모양입니다. 너무 걱정은 하지 말고 계십시오."

"예, 고맙습니다……."

"뭐, 고맙긴요. 그렇다고 재판을 받고 당장 나오실 것도 아닌데…… 하여튼 최대한으로 잘 되리라고 믿고 있으면 됩니다.

그리고 뭐, 필요한 거 있으시면 말씀을 하십시오. 시집이랑 책은 넣었습니다……."

"없습니다……."

"아니, 그러지 마시고 뭐든 말씀을 하십시오…… 그러면 제가 알아서 넣겠습니다. 방에 몇 사람이나 있지요?"

"……."

희자는 말을 잇지 못했다. 눈물이 핑 돌 것 같았다. 울먹거리고 있는데 상호가 다시 말을 꺼냈다.

"형수님, 그러지 말고 말씀하세요. 저도 이 안에 대해선 잘 압니다. 방에 몇 사람이나 되죠?…… 아니면 제가 알아서 넉넉하게 넣고 가겠습니다. 그리고 여름 한복이라도 입고 재판에 나가도록 넣어 드릴까요?"

"아니에요. 그건 넣지 마세요."

희자가 번쩍 고갤 쳐들고 그렇게 말했다. 아예 손사래까지 하면서 만류하고 있었다.

"왜요? 그게 더 편할 덴데…… 그리구, 판사가 보기에도 좋고……."

"아니에요. 제가 죄인인데 어떻게 그런 걸 입겠어요……."

"……."

상호는 희자의 흰 얼굴을 똑바로 쳐다보았다. 전혀 가식이나 꾸밈이 없는 얼굴이었고 겸손함이었다. 진정으로 죄를 뉘우치고자 하는 마음을 엿볼 수 있었다.

"그럼, 그렇게 하십시오. 제가 잘못 생각한 것 같습니다. 아마 판사에게도, 한복을 입은 것보다도 차라리 관복을 그대로 입고 나가는 게 더 유리하게 작용할 거 같습니다. 혹시 책이라도 필요하시면……."

"아니에요, 됐어요. 그분한테 고맙다고 전해주세요."

"예, 알겠습니다. 그럼 다음에 또 오겠습니다."

상호는 면회를 마치는 벨이 울리지도 않았는데 희자에게 깊숙이 고개를 숙여 보이고는 뒤를 돌아서 성큼성큼 면회실을 빠져나가고 있었다. 희자는 그저 멍하니 상호의 뒷모습만 바라보고 있다가 때마침 울린 벨 소리에 화들짝 놀라서 허둥대었다.

면회실을 나와 방으로 돌아오면서 희자는 마치 땅을 밟는 게 아니라 허공에 뜬 기분이었다. 아무리 땅의 감각을 느껴보려고 애를 썼지만 검정 고무신으로 느껴지는 것은 구름 같은 기분이었다. 자신에게 있어 이러한 일이 일어나고 있다는 게 도무지 믿기지 않았다. 그저께 변호사가 다녀갈 적만 해도 그저 의아하기만 할 뿐, 별 다른 느낌은 없었다. 그러나 지금 면회를 마친 그녀는 마치 꿈을 꾸고 있는 것만 같았다.

자신에게 형수님이라고 했던가?

그 말뜻이 주는 충격으로 인해 그녀는 길을 걷다가도 잠시 걸음을 멈추고서 하늘을 올려다보고 나서 다시 걸을 수 있었다. 그가 그렇게 부르라고 시켰다고 했던가. 희자는 갑자기 알수 없는 현기증을 느꼈다. 사방까지 돌아가는 길은 불과 몇 발자국 되지 않은 거리였지만 가다가 주춤거리며 벽이며 나뭇가지를 붙잡고 서서 잠시 그렇게 서 있지 않으면 앞으로 한 발자국도 나아갈 수 없었다. 희자는 머릿속에 아득히 피어오르는 생각들로 인해 갑자기 몸이 무거워진 느낌이었다. 한 발자국씩 겨우 앞으로 내딛으며 나아갈 수 있었고 마침내 사방에 닿자마자 시멘트벽에 머리를 기대고 서 있었다. 신 담당이 문을 열다 말고 희자를 쳐다보았다.

"아니, 왜 그래?"

"……."

희자는 벽에 머리를 기댄 채 지그시 눈을 감고 있었다. 마치 극심한 현기증으로 인해서 팔과 다리의 힘이 완전히 빠져 달아난 것처럼 보였다. 신 담당이 약간 놀란 표정으로 희자의 이마에 손을 얹었다.

"아니, 머리엔 열은 없는데…… 면회하러 나갔다가 무슨 말이라도 들었구나."

"…… 아뇨, 선생님……."

"그럼 왜 그래? 어디 아픈 거야?"

신 담당은 염려스러운 듯 계속 희자에게 말을 건네고 있었다. 희자는 아직까지도 벽에서 떨어지지 않고 있었다. 손이라도 놓으면 금방 허물어질 것 같았다.

"……."

희자가 아무런 말이 없자,

"그럼, 방에 들어가서 누워. 아마 매일 방에서만 갇혀 있으니까 현기증이 돌겠지……."

희자는 방으로 들어와 맨바닥에 드러누웠다. 아찔한 현기증이 머릿속으로부터 생겨나와 멍멍해졌다. 이번에는 방 사람들이 거들었다.

"와 그래? 누가 왔어?"

"아는 사람이요……."

"누군데?"……."

여자들은 저마다 희자의 안색을 들여다보며 낮게 얼굴을 찌푸렸다. 걱정스러운 눈초리들이었다.

희자가 대답이 없이 돌아눕자, 여자들은 혀를 끌끌 찼다.

"허이구, 또 남잔가 뭔가 하는 사람이 왔는가 보구먼 …… 할머니가 왔으면 생기가 나서 팔팔거릴 텐데 말이야. 대체 누가왔었어?"

분희가 약간은 역정을 내며 캐물었다. 그건 어디까지나 희자의 보호자라도 된 듯한 말투였다.

"아뇨, 그저 아는 사람이 왔었어요. 갑자기 속이 답답해져서 그래요. 아무 걱정하지 말아요. 이제 곧 괜찮아질 거예요……."

희자가 그렇게 말하자 여자들은 빙 둘러앉은 채로 희자를 내려다보며 입속으로 혀를 찼다. 희자는 그러한 소리를 들으면서 조용히 눈을 감았다. 여자들이 서로 눈짓을 하며 물러가자 희자는 가만히 생각에 골똘해졌다.

나보고 형수님이라고 불렀던가?

그 사람이 시켰다구? 희자는 종태의 환하게 웃는 얼굴이 떠올랐다. 자신에게 그토록 깊은 관심을 보였고 지금은 자신의 변호사 선임 문제까지도 해결한 그였다. 그를 어떻게 해석해야 하는가 하는 문제로 희자의 머리는 자꾸만 치닫고 있는 중이었다. 희자는 옆으로 누운 채로 수갑을 찬 손목으로 머리를 받친 채 옹그리고 있었다. 손끝에 와 닿는 머리칼을 이리저리 꼬면서 그녀는 벽면을 바라보고 있었다. 누군가 손톱으로 긁어서 글씨를 쓴 흔적이 어렴풋이 보였다.

영등포 날파리 이홍순 다녀가다.
다시는 이곳을 향해서 오줌도 싸지 않으리.
죽어도 이곳을 향해 소음순을 벌리지 않겠다.

희자는 그런 글씨들을 무의미하게 읽었으므로 하나도 우습지 않았다. 그저 눈만 뜨고 있었을 뿐 그게 글자였는지도 모를 판이었다. 희자의 생각은 오로지 그 남자에 가 있었다.

119

이게 사랑이라는 걸까.

혹시 자신에게 무심코 다가온 사랑이 또 엄청난 풍파를 던져주지나 않을까 해서 더럭 겁이 났다. 자신의 마음을 흐트리지 않으려고 하면 할수록 그가 더욱 가까이에 와 있는 것이었다. 그가 보낸 편지에 답장을 쓰고 시를 짓느라 애를 쓰는 그녀 자신의 모습에 그녀도 지금 깜짝 놀라고 있었다. 처음엔 무료함에서 시작했고, 이상한 호기심이랄까, 믿음직스러워 뵈는 남자의 갑작스런 농담에 미처 대답할 틈도 없이 고개를 끄덕거려서 그의 대답에 순응해버린 꼴이었다. 이유라면 그것밖엔 없었다. 그런데 지금 그가 그녀의 가슴 속으로 깊숙이 들어와 있어서 바윗돌처럼 무겁게 가라앉아 있는 것이었다.

희자는 모로 누운 자세에서 더욱 웅크리며 무릎을 위로 끌어모아 당겼다. 그 모습은 어쩌면 자신의 품 안에서 종태가 빠져나가지 못하게 하려고 하는 것일 수도 있었고, 아니면 그가 그안으로는 다가들지 못하도록 경계하는 듯하였다. 자신이 생각해도 명백한 결론이 없는 의식의 좌충우돌이었다. 그러다가 설핏 희자는 나른한 잠에 빠져들었다.

잠에 빠져들었다.

그가 천천히 다가오고 있었다.

그는 그녀의 곁에 다가와서는 품속에서 사탕 봉지를 꺼내서 알사탕의 비닐을 벗겨내고는 희자의 조그만 입속으로 넣어주었다. 희자가 아, 하고 입을 벌리면 그는 이 지상에서는 맛볼 수 없었던 달콤한 사탕을 계속 집어넣어주고 있었다. 희자가 눈이라도 뜰라치면 그는 쑥스러운 듯 아직은 눈을 뜨지 못하게 했다. 그녀가 눈을 감고 있는 동안 그는 그녀의 주위를 맴돌면서 계속 이렇게 말을 했었다.

나 그대 사랑하오.
천사보다도 더 고운 그대를 놓치고 나면 나는 이제 영영 이곳에서 나갈 수 없는 몸이 될지 모르오.
그대를 위해 죽으라면 이미 죽을 각오라도 되어 있소⋯⋯
난 이미 벌써 죽었던 목숨이오.

희자가 그 말에 번쩍 눈을 떴다. 눈을 뜨자 눈앞에는 아무것도 보이지 않았다. 바로 앞에 있는 벽면이 마치 무너질 듯이 기우뚱거리고 있었다. 희자는 눈을 섬벅거리다가 다시 눈을 감았다.
아, 꿈이었구나!
잠깐의 꿈속이었다. 그 시간은 채 1분도 되지 않았을 것이다. 희자는 다시 눈을 감고 조용히 그의 이름을 불러보았다. 차종태. 차종태 씨⋯⋯ 그녀의 입술에서 그 이름은 맴돌다가 다시 입안으로 기어들어왔다. 그녀는 목이 메이는 것 같았다. 이번엔 그녀 스스로 입술을 잘게 깨물어 자신의 감정을 죽이려고 애를 썼다. 그러자 이번에는 눈에서 물기가 핑그르르 돌았다. 희자는 그 물기가 방울이 되어 떨어질 때까지도 그대로 꼼짝 않고 있었다. 눈도 깜박거리지 않았다. 물기에 의해 서서히 가려지기 시작한 시야는 뿌우옇게 안개만 잔뜩 피워올렸다.

이제 내일이면 재판이다.

나가서 진술을 해야만 한다고 생각하니 또 목이 메이기 시작했다. 무엇을 ,어떻게 말을 해야 할지 도무지 몰랐다. 엊그제 다녀간 변호사가 몇 가지 질문을 하겠다고 말은 하고 갔지만 그게 어디 소용이 있을까 싶었다. 모든 결과는 이미 그 남자가 죽은 것으로 더 이상 무슨 변명이 필요 있으랴.

희자는 변호사의 지시 따위와는 상관없이 그대로 형을 받고 복역하는 것만이 그에게 사죄하는 것이라고 믿고 있었다.

저녁밥이 날라져 오자, 또 하루가 저무는지 노을이 창틀 밑에까지 서글프도록 번지고 있었다. 희자는 그 노을을 바라보며 서 있었다. 화단에 심어진 꽃나무와 잎들에게도 노을이 내려앉아서 황금빛으로 물들고 있었다. 구치소에서 가장 서글픈 시간이 바로 이런 때였다.

징역 안에서 자신을 그나마 되돌아보게 하는 그런 시간이었다. 마악 지려는 해가 붉게 타들어 가고 마치 우리네 인생도 저 해와 같이 마지막 산등성이를 넘고 있다는 착각이 들 만했다.

그녀의 흰 얼굴이 노을빛에 물들면서 더욱 처량해 보이는 것도 해 저물녘의 시간이 주는 묘한 분위기에서 비롯되었다.

"애, 희자야. 밥 먹어야지! 넌 뭘 그렇게 하루종일 멍하게 있냐?"

"……."

희자가 이미 배식이 끝난 자리로 와서 앉자, 방 안의 모든 사람들이 빙 둘러앉은 채로 마악 밥숟갈을 뜰 찰나였다.

"저어, 나 내일 재판에 나가요. 오늘 저녁만이라도 저를 위해서 기도를 해주세요. 오직 하나님의 뜻으로 재판을 받고 싶어요."

"……."

희자가 그렇게 말을 꺼내자, 여자들은 일순 잠잠해진 표정으로 희자를 바라보고 있었다. 희자가 다시 입을 열었다.

"저는 아직 제 마음을 알지 못해요. 마음이 두 갈래로 나누어져 있어요. 여기 있는 여러분들이 저를 위해 어떻게든 기도를 해주셔서 그대로 되었으면 해요. 그게 하나님의 뜻이라고 믿겠어요."

그러자, 누군가 기침을 한 번 하고 난 후 무릎을 꿇기 시작했다. 아마 그가 기도를 할 모양이었다. 방 안의 사람들이 어정쩡하게 고개를 숙여 주었다.

하나님 아버지.

우리 희자가 내일 재판에 나갑니다.

사람이 미웠던 것이지 애초에 그 사람을 증오했던 것은 아닙니다.

오늘 우리 식구들이 모두 머리를 숙여 기도를 하옵기는, 내일 있을 재판이 모두 하나님의 뜻대로 되게 하옵소서.

죄인을 부르러 이 땅에 오신 하나님,

우린 모두 죄인입니다.

하루에도 수십 번 죄를 지었다가 허무는 저희들이옵니다.

우리들 모두가 하나님의 은총을 받게 하옵소서.

예수님의 이름으로 기도드립니다.

아멘.

기도가 시작되면서부터 눈물을 흘리기 시작한 희자의 눈에서는 하염없는 눈물이 흘러내리고 있었다. 기도가 끝나서 사람들이 막 숟갈을 들었을 때도 희자는 기도의 손을 풀지 않고 있었다. 여자들은 천천히 밥을 떠서 입안에 넣으면서 희자의 그런 모습을 곁눈질로 힐끗거렸다. 희자에게서 풍기는 무엇이 그녀들을 조용하게 만들고 있었다. 희자가 손등을 들어 눈물을 닦았을 때야 여자들은 안도의 숨을 내쉬었고 달그락거리며 밥을 먹는 것이었다. 희자는 수갑을 찬 두 손으로 숟가락을 집었고 두 손으로 밥을 떠서 입안에 넣었다.

사람들은 희자의 그런 모습을 보며 스스로 자책감이 드는 거였다. 자신들은 두 손으로 마음껏 손을 놀리면서 밥을 먹을 수 있었지만 희자는 수갑이 채워진 관계로 항상 두 손이 같이 움직이지 않으면 안 되었다. 밥을 먹을 때만이라도 수갑을 풀어주기라도 했으면 하는 바람이었지만 그것은 결코 용납될 수 없는 일이었다. 그들이 밥을 먹을 때만은 시시껄렁한 음담패설을 함부로 하지 못하는 이유도 희자의 그런 모습 때문이었다. 아마, 희자가 여느 잡범들처럼 같이 떠들어댄다면 그들도 한결 마음이 가벼워질 수 있었겠으나 지금 그럴 분위기가 아니었다.

"내일 나가거든 무조건 판사한테 죽을죄를 지었습니다 하는 자세로 서 있어. 그리고 무엇이든지 물으면. 무조건 울어. 그래야 판사도 동정을 할 게 아냐. 꼭 그렇게 하라구."

"아암, 그렇구말구. 진술할 때 어떻게 하느냐에 따라서 형량이 많이 좌우되니깐. 나도 저번에 재판을 나갔는데 저쪽 방에 있는 여자가 하도 살기가 괴로워서 자기 새끼 둘을 차례로 강물에 빠뜨리려고 했는데…… 하나는 빠뜨리고 또 하나를 빠뜨리려다가 그 애가 두 손을 싹싹 빌면서 무릎을 꿇고 빌더래. '엄마, 나 이제 배 안 고파요. 배고프다고 안 할 테니까 제발 빠뜨리지 말아요.'하고 빌더래. 얼마나 찢어지게 배가 고팠으면 자기 뱃속으로 낳은 자식을 먼저 빠뜨리고 자기도 빠져 죽으려고 했겠어? 그런데 아이가 눈치를 채고 싹싹 비는 것을 보고는 못 죽인 거야. 그래서 하나만 죽고 영아 살인으로 들어온 여잔데, 판사가 물으니까 그 여자가 울더라구. 그저 울기만 하더라구. 그래서 판사는 2주 뒤에 다시 선고를 하겠다고 했는데 다음번 선고에서 나가더라구. 집행으로 나갔어. 아마 판사도 같은 사람인데 눈물이 없겠어? 그러니 희자야, 너도 이제 변호사도 있겠다, 네가 잘 하면 판사도 한 번쯤은 용서를 해 줄 거야. 아예 나가기야 못 하겠지만…….”

그렇게 말을 하는 건 선숙이었다. 비록 간통으로 들어왔지만 그래도 희자에겐 위로의 말을 하고 있었다.

“그래, 네가 써 낸 탄원서도 읽어봤을 거구. 변호사가 어련히 알아서 유리한 질문만 골라서 안 하겠냐? 넌, 그저 잘못했다고만 해. 그리고 많이 반성을 했다고 하면 되는 거야.”

“…….”

희자는 천천히 밥을 뜨던 손을 들어 눈시울을 찍어냈다. 손이 흔들릴 때마다 손목의 수갑이 쩔렁거렸다. 희자는 입안의 밥알을 다 씹지도 못한 채 밥을 삼키느라 애를 쓰고 있었다. 그리고는 밥숟갈을 놓아버렸다.

“마저 먹어. 그렇게 마음이 약해서야 원…… 저런 것이 어떻게 사람을 죽였을꼬? 하여튼 좆 찬 놈이 우리 희자를 이 모양이 꼴로 다 만들어놨다니깐…….”

"……."

희자는 아무 말도 하지 못하고 뻥끼통으로 가는 척하고선 슬그머니 일어났다. 그리곤 칫솔통에서 칫솔을 뽑아 뻥끼통으로 들어갔다. 남들이 보는 눈도 있고 해서 칫솔질을 하고 있으면서도 그녀의 눈에서는 눈물이 솟아나고 있었다. 그녀는 뻥끼통에 걸터앉아 그저 울고만 있었다. 눈물이 볼을 타고 흐르다가 칫솔을 타고 입안으로 흘러들어왔다.

아, 미운 사람……

희자의 입보다도 뇌 속의 뇌세포들이 먼저 그렇게 말을 만들어 내었다. 그 말은 뇌 속에서만 맴돌다가 이내 사그라들고 말았다.

여명의 하루가 조용하게 구치소의 담을 넘어 기어들고 있었다. 아직 기상을 하지 않은 시간인데도 그녀는 자리에서 조용히 일어나 무릎을 꿇었다. 그리고는 간절하게 기도를 드렸다. 입으로만 달싹거리며 기도를 하고 있었다. 그녀는 자신의 기도를 했고, 판사를 위해 기도를 했고, 또 시골에 계신 할머니를 위해서 기도를 했다. 그리고 마지막으로 종태를 위해서도 기도를 했다. 그 시간이 길어서 좀처럼 기도는 끝나지 않고 있었다.

멀리서 들리는 경교대의 근무교대 목소리가 아득하게 들렸고 그것은 아마도 1감시대이거나 2감시대일 것이었다. 그녀가 기도를 하는 중에 사그락거리며 걷는 발자국 소리는 아마 여담당이 시찰을 하기 위해 복도를 걷는 발소리일 것이다. 그 소리는 희자가 있는 방에서 멈춰서는 더 이상 나가지 않았다. 신 담당도 희자의 방 곁에 서서 두 손을 모으고 있었다.

　하나님 아버지시여.
　저 불쌍한 죄인을 굽어 살펴 주시옵소서.
　한 남자로 인해 불행을 맞은 저 자매의 앞날을 붙들어주사
　이 악의 소굴에서 벗어나게 하여 주시옵소서.
　판사의 마음을 움직여주셔서 좋은 결과를 주시옵고,
　저 자매가 다시는 죄의 노예가 되지 말게 하소서.
　그리고 편지를 보내오는 남자의 마음을 붙들어주사
　죽도록 자매를 사랑하게 하소서.
　그 사랑으로 한 영혼이 소생하는 역사가 있게 하소서.
　아멘.

　신 담당의 기도가 끝났을 때까지도 그녀의 기도는 아직 그치질 않고 있었다. 그녀는 두 손을 모은 기도의 손을 방바닥에다 대고 있었고 그 손 위에 자신의 머리를 얹어놓고 있었다.
　그리고 아침이었다.
　아침을 먹고 나자 곧바로 '출정자 준비!'라는 말이 들려왔다. 희자는 자신의 번호표를 반듯하게 붙이고 있다가 일어나서 방

문으로 다가갔다. 신 담당이 문을 열자, 미경이 얼른 검정고무신을 밖으로 나란히 꺼내놓았다.

"언니, 재판 잘 받고 와요."

미경이 그렇게 말하자 희자는 슬픈 눈빛으로 미경을 한 번 바라보고는 다시 방 안의 사람들에게 눈인사를 보냈다. 그러자 언제 준비를 해놨는지 누군가 소금가루를 희자에게로 뿌리면서,

"휘어이, 집행유예로 나가뿌리랏!"하고 소리를 질렀다. 그것은 이곳의 미신이라면 미신이었다. 재판을 받으러 나가는 사람에게 행하는 의식이었다. 지금 집행유예라는 말은 희자에게는 얼토당토 않는 말이었지만 동료들이 희자에게 보내는 축사나 다름없었다. 그것 말고 달리 말해줄 게 없었으므로 무심코 던진 말이었을 것이다. 일반 잡범들에겐 그것이 재판을 받으러 나가는 사람에게 보내는 최고의 찬사였을 것이다.

희자는 신 담당에게 고개를 숙여 보이고는 등을 돌렸다. 그러자 신 담당이 그녀를 세웠다.

"아마 잘 될 거야. 너무 겁먹지 말고. 불안하거든 하나님만 찾아. 그리고 틈만 나면 기도를 해."

담당의 말에 희자는 고개를 끄덕이고는 천천히 복도를 걸어나갔다. 복도의 출입구 쇠문을 빠져나가자 이미 그곳에는 남자 직원이 포승줄을 갖고 서 있는 게 보였다. 남자 직원의 발아래에는 하얀 포승줄과 색깔이 다른 포승줄과, 수갑들이 여러 개

놓여 있었다. 희자는 일단 검신을 받아야 했으므로 그 직원의 곁을 지나 검신실로 들어갔다. 거기에는 여직원이 기다리고 있다가 말을 건넸다.

"응? 희자가 오늘 재판이구나아. 심리지?"

"예⋯⋯."

"옷 벗어 봐. 검신을 해야 하니까."

"⋯⋯."

희자는 수갑을 찬 손으로 더듬거리면서 웃옷의 단추를 끌렀고 바지의 끈을 풀어 내렸다. 그러자 바지가 힘없이 후루룩 내려갔다. 이번에는 여직원이 희자의 윗 내의를 더듬으며 검신을 했고 그 손은 다시 밑으로 주르륵 내리면서 아랫도리를 훑어 내려갔다. 손으로 더듬는 검신 방법이었다.

"고무신도 벗어볼래?"

희자는 고무신을 벗고서 한 발짝 뒤로 물러섰다. 여직원이 고무신을 살피고는 다 됐다는 듯이 눈짓으로 옷을 입으라는 시늉을 했다.

아까 번에 남자 직원이 있던 곳으로 오자, 남자 직원이 물었다.

"이름은?"

"조희자예요⋯⋯."

"⋯⋯?"

남자 직원도 약간 놀란 표정이었다. 갖고 온 명단에서 조희자의 이름을 찾다가 죄명이 살인이라는 것을 알고는 놀라는 눈치였다. 살인이라면 단독 포승을 해야 하는 거였다. 단독 포승이라는 것은 일반수들이 나란히 세 명씩 묶이는 것과는 달리 혼자 단독으로 묶는 시승이었다. 그래서 묻는 말이었다.

"왜 그랬지?"

남자 직원이 물었다. 거의 사무적인 투다. 어쩌면 약간의 놀람이 묻은 그런 말이었다.

희자는 아무 말이 없었다. 그 대신 손목을 앞으로 내밀었다. 이미 채워진 수갑 외에 살인이라는 죄명은 또 하나의 수갑을 더 채우는 거였다. 그래서 희자는 아무 말 없이 손을 내민 것이다. 직원이 수갑을 채우면서 또 물었다.

"피해자가 누구야?"

"…… 남자예요."

희자는 그것도 말을 않으려다가 억지로 말을 꺼냈다. 너무 무안을 주는 것 같아서 대답을 한 것이었다. 그러자 남자 직원은 더욱 눈이 동그래진다.

"애인?……."

"네……."

"……?"

직원은 이제 하얀 포승줄로 희자의 손목을 묶기 시작했고 팔

뚝을 묶었고 허리께를 묶었다. 손가락 굵기만 한 포승줄로 그렇게 묶고 나서 남은 포승줄을 둘둘 말아서 희자의 등 뒤쪽에다 말아 넣었다. 그리고는 그 다음으로 검신을 받고 나온 여자들을 묶기 시작했다.

시승이 끝나자, 그 직원은 다시 한 번 제대로 묶었는가를 일일이 확인한 후,

"자, 됐어. 밖으로 나가!"

세 명씩 같이 묶인 조가 세 조였고 그리고 희자였다. 여자들이 밖으로 나와서 보안과 앞의 마당을 가로질러서 걸어갔다. 통용문을 지나자 거기에는 커다란 호송버스가 몇 대 서 있었다. 그리고 그 호송버스의 주위에는 이미 포승줄에 묶인 많은 남자들이 즐비하게 앉아 있었다. 여자들은 천천히 걸어가서 그 남자들의 뒤쪽에서 섰다.

그러자 남자들의 시선이 일제히 여자들 쪽으로 쏠렸다. 여자 구경이라곤 못 했던 남자들의 눈알이 마치 자갈밭을 굴러다니는 듯했다. 그 눈빛들은 마치 금방이라도 달려들어서 여자들의 수의를 벗기고 내의마저도 벗길 것만 같았다. 자연 여자들은 움츠러들었다. 서로 병아리 새끼들처럼 얼굴을 마주 향하고는 고개를 숙였다. 여자들이 빙 둘러서서 무슨 귀엣말을 하는 것처럼 보였다. 남자들의 시선이 떨어질 줄을 모른다.

"야, 이새끼들아! 뭘 봐! 뭐 흘린 거라도 있냐! 그저 여자들

이라면 사족을 못 쓰는 게! 전부 고개 숙여!"

남자들의 고개가 일순 푹 꺾여졌다. 그러나 조금만 있으면 다시 고개를 쳐들고는 여자들 쪽으로 돌아보았다. 남자들이 히히 웃는 이빨이 다 드러났다.

"야, 저쪽에 있는 계집애 말이야. 단독승 한 걸 보니 집시법인가?"

"그런가 봐. 얼굴이 제법 하얀 게 예쁜데!"

"조런 걸 벗겨노면 삼삼하겠는데! 히히히……."

남자들은 희자가 단독승을 한 것만으로 대학생인 줄로 착각하고 있었다. 아직 앳된 얼굴에다 제법 배운 티가 나서였을 것이다. 남자들이 자신을 묶은 포승줄을 잡고선 비비꼬며 서로 히히덕거렸다.

"저 여자 말이야. 벗겨노면 어떨까?"

"누구?"

"아, 저쪽에 혼자 서 있는 가시나 말이야. 그리구 그 맞은편에 있는 가시나도 몸매 하난 기똥차게 빠졌겠는걸? 두 년을 팍 엎어놓고…… 이그, 좆이 꼴린다, 꼴려!"

"얀마, 재판 받으러 나가는 놈이 재수 없게, 아침부터 그게 꼴리면 어떡허냐? 미리 어젯밤에 육손이로 딸딸이나 쳐 두지? 나는 어젯밤에 미리 뺑끼통에서 딸딸이를 쳤는데 씨알만한 자식새끼들이 허옇게 소릴 지르더라구. 아부지하고 말이야. 흐흐

133

흐."

"콩밥 먹고 무슨 힘이 남았다고 맨날 그걸 하냐? 그러다가 출소하면 불알에 씨가 하나도 안 남겠다. 흐흐흐."

"그래도 이 안에서 그거밖에 무슨 낙이 있냐? 쌔비는 이미 고무신 거꾸로 신고 도망갔고, 징역이나 배뜸하는 놈이 그거밖에 더 낙이 있냐구? 난, 이 안에서 법무부 자식들을 수도 없이 쌌어. 매일 영양제 먹고, 우루사 먹고 사니까 끄떡없드라. 하하하."

"흐흐흐, 그래. 나도 일주일에 두 번은 한다. 그래야 좀 살 것 같거든."

"임마, 거봐라. 니가 말 안 해도 다 안다. 니네 방에 좋은 사진 없나?"

"왜"

"그거 할 때 쓸려구…….."

"얀마, 니네 방엔 잡지도 하나 없냐? 니 방엔 전부 개털들만 있구나 야…….."

"아, 새끼털. 돈도 없는 개털들이 주둥이만 살아 가지고선…… 그런데도 딸딸이는 얼마나 쳐대는지 뻥끼통이 허옇게 쌓였어, 쌓여."

"히히히…….."

남자들은 저마다 여자들을 바라보며 아침의 성욕을 돋구고

134

있었다.

"야, 임마! 너희덜 자꾸 통방 할래! 확 잡아내버린다! 한번 맛을 볼 거야!"

남자 직원이 그렇게 소릴 치자 찔끔한다. 호송버스의 입구에서 일일이 재소자를 확인하면서 호명을 하는 직원이 눈알을 부라렸다. 괜히 걸려서 재판을 나가는 마당에 뺨이라도 한 대 맞을까 싶어 조용해진다. 그러나 고개를 숙인 남자들의 눈길은 여전히 뒤쪽으로 흘끔거린다. 표적은 역시 하얀 얼굴의 희자였다.

"저 가시나, 디기 예쁘네! 나가면 남자들 몇 명은 잡아묵을 기다."

"학생인데?"

"학생이면 다냐? 뭐 학생은 그게 없다냐? 쟤들도 다 그거는 하고 산다고. 운동권이라는 애들이 더 화끈하게 주는 것 몰라? 짜샤, 저런 애들은 마음만 맞으면 막 주는 거라구. 그게 포섭하는 거야, 임마."

남자는 이해가 가지 않는 얼굴이다. 그저 멀뚱하게 희자를 바라보고 있었다.

"쟤들은 임마, 같이 도망을 다니다가 보면 아무 데서나 잠을 같이 자기도 하고…… 심지어는 사상을 맹세한다구 하구선 라면을 삶을 물에다 서로 발을 씻기도 하구, 그렇게 해서 라면을 삶아먹는다는 거 몰라? 그만큼 지독한 애들이라구."

"……너, 봤어?"

"얀마, 내가 다 알어. 담당님이 그렇게 말을 했어. 담당이 뭐 비싼 밥 먹고 할일이 없어서 우리보고 거짓말하냐?"

"……?"

"남자는 이해가 되지 않는다는 듯이 고개를 갸우뚱거리면서 또 한 번 희자를 바라보다가 자신을 호명하는 소리에 벌떡 일어나서 호송차로 올라탔다. 이야기를 나누던 세 명이 동시에 버스에 올랐다. 아마 그들은 전에 같은 방에 있었거나 아는 사이임엔 틀림이 없었다. 맨 나중에서야 여자들이 버스에 올랐고 버스는 곧 출발했다. 통용문을 지나자 불과 3초도 지나지 않아서 정문이 나타났다. 육중하게 높다란 회색빛의 철문이 닫혀 있는 앞에서 버스가 멎었고 교도관 두 명이 버스 안으로 올라섰다.

"인원 좀 헤아려보겠습니다."

하고 말하자, 버스에 타고 있던 교도관이 말했다.

"뭐 보나마나 70명이야. 그냥 가지 뭐."

직원의 그러한 말만 믿고서 정문 근무자는 곧바로 하차를 해버린다. 그러고 나자 버스는 육중한 몸의 엔진에다 한껏 액셀러레이터를 밟으며 외정문을 빠져나갔고 왼쪽으로 난 길을 달렸다. 고척동 공구상가의 가게문이 열리고 있었고 금방 일터로 나온 듯 사람들의 얼굴이 싱그러웠다.

희자는 버스 맨 앞좌석의 여자들만 앉는 좌석에서 밖을 내다보고 있었다. 버스의 유리가 온통 시커멓게 선팅이 되어 있었지만 안에서 밖을 내다보는 것은 무난했다. 마악 출근이 시작된 서울의 거리는 과연 젊었다. 여자들의 허리께로 올라간 짧은 미니스커트가 그랬고 가슴 부분이 깊게 패인 블라우스의 시원함이 더욱 그러하였다. 여름의 아침을 걷는 사람들의 표정이 오후의 시든 표정과는 달라 보였다. 구치소 안에서도 그랬지만 여름이라면 아침이 그래도 사람에게는 제일 활기찬 시간이었다. 호송차가 지나가는 도로의 횡단보도쯤에서 무심히 서서 신호등이 바뀌기를 기다리고 서 있는 사람들에게서 진한 그리움이 배어 나오고 있었다. 그녀 자신이 구치소에 있는 짧은 시간 동안 벌써 이 도시는 많이도 변해버린 것 같았다. 길가에 서 있는 사람들이 갑자기 외국에서 만나는 한국인들인 것처럼 창밖으로 손을 내저으며 부르고만 싶었다. 아무라도 불러서 눈인사라도 나누어야만 할 것 같았다.

희자는 사람에 대한 그리움으로 가벼운 흥분까지 일어났다. 호송차는 지붕의 붉은 경광등을 휘둘러대며 마구 차 속으로 질주를 했고 길거리의 차들은 주춤거리며 호송차를 피했다.

희자는 조용히 눈을 감고 기도를 하고 있었다. 불안하고 떨리기 시작한 두려움을 잠재우기 위해서였고 오늘 받을 재판을 위해서였다. 희자가 입속으로 나지막이 기도를 하자, 남자 교도관들이 옆쪽의 좌석에 앉았다가 희자를 물끄러미 바라보고 있었다. 희자는 입술을 달싹거리며 기도를 했고 기도가 끝났어도 눈은 뜨지 않았다.

어제 면회를 와서 이야기를 해주던 상호의 말을 되새기고 있었다.

'아무 걱정 마십시오, 잘될 겁니다…… 형님이 앞으로 형수님이라고……' 상호의 말은 거기쯤에서 왕왕거리며 혼란의 잡음을 일으키고 있었다. 희자는 '형수님이라고……' 하는 부분에 닿자 자기도 모르게 입술을 질끈 깨물었다. 이상했다. 그것은 자기 자신에게 부끄러운 것인지, 아니면 혹시 누가 엿듣기라도 해서 부끄러웠는지 모르게 무심코 입술을 꼬옥 깨물어버린 거였다. 그리고 어제 오후에 잔밥을 푸러 왔던 종태를 만났다. 멀찌감치서 종태가 씨익 웃고만 있었지 그날따라 그녀의 곁으로 다가오지는 않고 있었다. 그의 눈빛이 바로 내일의 재판을 잘 받으라는 표시였다. 희자가 무언가 '할 말이 있어요.'라고 입술을 달싹거렸는데도 그는 그녀의 곁으로 다가오질 않았다. 그때의 안타까움이란…….

운동 시간이 먼저 끝나서 사방으로 들어가면서 그를 놓치지 않으려고 힐끗 보았을 때, 그는 슬쩍 손을 들어 올리려는 시늉을 하다가 말았다. 누구에겐가 들킬 것 같아서였겠지만 희자는 그러는 그가 더 안타까웠다.

호송버스가 문래동으로 접어들어 남부지원의 마당으로 들어서는지 차가 획 급커브를 하는 통에 희자는 눈이 떠졌다. 왼편으로는 자신이 처음에 조사를 받았던 검찰청이 보였고 우측으로 법원의 건물이 있었다. 차는 그 사이에 난 좁은 길로 들어가서 그 안의 마당에서 멈췄다. 거기에는 희자가 처음 경찰서에서 이곳으로 넘겨져 와서 경찰서 유치장엘 대기하고 있다가 구치소로 다시 넘겨졌고 지금 또다시 재판을 받기 위해 온 것이다.

차에서 줄줄이 엮인 사람들이 일렬로 해서 내렸고 곧 구치감으로 들어갔다. 거기에도 사방처럼 쇠창살로 쳐진 감방이 있어서 그 방 안에 대기하고 있다가 교도관이 불러내면 복도로 나가 재판정으로 향하든지, 아니면 검찰청으로 조사를 받으러 올라가게끔 되어 있었다. 여기에서 희자는 좁은 독방에 여자 셋이 수감되었다. 아직 법정이 열리지 않아서인지 그저 대기를 시켜놓은 상태였다. 독방에는 함부로 바깥으로 오줌을 흘려놓아서였는지는 모르겠지만 코를 찌르는 듯한 암모니아 냄새가 기분을 역하게 만들고 있었다. 이곳에서는 재소자들이 소변을 보거나, 대변을 보더라도 절대 포승줄이나 수갑을 풀어주지 않았기 때문에 그대로 엉거주춤 용변을 보다보니 오줌이 바깥으로 튀었고 시멘트 바닥에는 물기가 즐비했다. 같이 독방에 들어갔던 여자들은 들어가자마자 벽면에 등을 붙이고 있었다. 엉덩이를 내려찧은 여자가 대번에 말을 꺼냈다.

"에이, 씨팔. 무슨 냄새가 이렇게 나누? 씨팔년들이 어디다 대고 오줌을 갈겼길래 코가 썩어문드러질 거 같애."

그러자, 같이 엉덩방아를 찧은 또 한 여자는 말끄러미 그렇게 말한 여자를 바라보고만 있었다. 희자는 바닥에 앉는 것조차 불편할 것 같아서 그대로 선 채였다. 먼젓번에 말한 여자가 또 말을 내뱉았다.

"에이, 드런 늄의 세상…… 오늘 또 연기를 탈 게 뻔해. 변호사가 없으면 빽하면 2주 연기라니깐."

여자는 마치 침이라도 탁 뱉을 것처럼 말했다. 아마 변호사가 없어서 자꾸 연기를 태우는 모양인지 볼이 잔뜩 부어 있었다. 그러자 그 옆에 있던 여자가 슬그머니 말을 꺼냈다.

"뭘로 들어왔어요?"

"법이란 게 차암 웃기는 거지. 그저 아직 하지도 않고 마악 샤워만 하고 둘이 앉아 있었는데도 그게 간통이래. 하 참, 내 웃겨서…… 검찰에서도 아직 안 했다고 우겼는데도 그게 죄라니 말이야? 어디 그게 죄가 되우? 죄라는 것은 범죄를 해야 죄가 되는 것인데 아직 범죄도 안 한 상태에서도 간통이라고 뒤집어씌우니 말이야. 경찰에선 뭐라는 줄 알아? 정황이라는 게 있어서 간통이라는 거야. 그런 얼어 죽을 놈의 법도 다 있어. 그래서…… 지금 우리는 서로 안 했다고 우기니까 판사는 무조건 2주씩 연기만 태우고 있는 거라구. 누가 손해 보나 한 번 보자는 식이지 뭐……."

"차라리 그냥 했다고 시인을 해버리고 재판을 받는 게 더 낫지 않아요?"

다른 여자가 그렇게 말하자, 그 여자는 도끼눈을 떴다.

"아니, 그걸 말이라고 씹어돌리는 거예요, 뭐예요? 누가 짱구예요? 내가 몇 번이나 연기를 타면서까지 안 했다고 우기는 게? 법이란 증거가 없으면 무죄가 아닙니까? 아마 이렇게 연기를 태우다가 끝에 가서 무죄를 주려고 그러겠지 뭐. 끽해봐야 6개월이니까…… 그 안에야 판결이 나겠지 뭐."

그랬다. 모든 사건은 6개월 안엔 판결이 났다. 여자는 그 말뜻이었다. 희자는 코로 들어오는 악취 때문에 견딜 수 없어서 쇠문에 조그맣게 난 시찰구 쪽에다 얼굴을 향한 채 서 있었다. 그래야만 구역질을 견딜 수 있을 것만 같았다. 시찰구를 통해서 복도를 바라보자 이미 남자들은 복도로 몰려나와 두 줄로 앉아 있는 게 다 보였다. 아마 곧 법정으로 갈 모양이었다.

"나와!"

담당이 문을 열었고, 희자가 먼저 활짝 복도로 나갔다. 독방에 있는 것은 마치 악취의 지옥 같았다. 복도로 나오자 조금은 살 것 같았다. 그러나 또다시 쏟아지는 남자들의 시선이 칼날 같았다. 희자는 남자들에게서 등을 돌린 채 서 있었다. 남자들이 우르르 밖으로 나가고 나서 여자들이 그 뒤를 따랐다. 이곳에서는 언제나 여자들이 남자들의 뒤쪽에 따라붙도록 만들었다. 마당에서 쪼그려 앉아 있는 동안, 직원의 일장훈시가 계속되었다.

"에, 여러분들은 오늘 재판을 받고 밖으로 나가는 사람도 있을 것이고, 또 아니면, 징역을 받을 사람들도 있을 겁니다. 법정에 들어가면 일단 가족들이나 동료들을 보려고 뒤로 고개를 돌려서는 안 됩니다. 그리고 법정에서는 절대 조용해야 되고, 판사가 부르면 대답을 하고 앞으로 나가는데, 심리나 선고를 받을 동안 수갑을 풀어주게 되면 한 손으로 수갑을 감싸쥐고 덜그럭거리는 소리가 나지 않도록 할 것이며 선고나 심리가 끝난 사람 중에서 집행유예를 받은 사람은 그냥 들어와서 다시 자리에 앉고, 실형을 선고받은 사람은 그 옆에 있는 쪽문으로 나가서는 다시 시승을 해야 하니까 내 말을 잘 듣고 그대로 명심하도록! 서로 공범끼리는 절대 이야기를 해선 안 되고, 만일 법정에서 서로 통방을 하다가 적발되면 안에 들어가서 그만한 보상을 하겠다! 그럼, 일어섯!"

굴비를 엮듯 사람과 사람끼리 묶어놓은 포승줄을 잡고서 고개를 숙이고서 법정으로 향하자, 바깥에 모여 있던 가족들이나 친지들이 우르르 달려들었지만 미리 방어선을 치고 차단해 있던 교도관들이 교도봉을 들고 제지하고 있었다. 수많은 눈동자들이 굴비를 엮은 사람의 행렬을 눈여겨보는 것처럼 느껴져서 희자는 부끄러웠다. 어쩌면 자신을 아는 사람이 섞여 있을지도 모른다는 생각이 들었다.

일단 구치소 밖으로만 나오면 죄스럽고 부끄러운 것이었다. 일반인들이 보는 눈빛이 마치 자신을 경멸하는 것처럼 느껴졌고 어쩌다 처녀가 다 죄를 지었을까, 하는 눈빛들이었다. 사람의 눈빛만큼 두려운 것은 없었다. 그것은 죄인이라는 희자의 의식을 아프게 건드렸고 주눅들게 했다. 걸으면서도 땅만 보고 걸었는데, 그저 앞사람의 발뒤축만 바라보고 걸었는데도 그랬다. 뒤통수로 와 닿는 시선들은 칼날이었다.

판사가 들어서자, 법정 정리가 소리쳤다.

"일동 기립! 착석!"

사람들은 아무것도 모르는 체 그저 남이 일어서니까 일어섰다가 다시 자리에 앉았다. 이제 재판이 시작되는 모양이었다. 판사가 가지고 온 서류를 펴며 말했다.

"부르는 사람은 앞으로 나오시오. 선고가 끝나고 불복이 있는 사람은 다시 일주일 내에 항소를 할 수 있음을 알려드립니다."

그렇게 말을 하고 나서 호명을 했고 재소자들은 불려나갔다. 차례차례로 배급을 하듯이 형량이 주어졌다. 집행유예를 받은 사람은 신이 나는지 슬금 뒤를 돌아보며 웃고 있었다. 교도관들이 눈짓으로 윽박질렀지만 아무런 소용이 없었다. 나가는 마당에 그걸 들을 재소자들이 어디 있겠는가. 선고가 끝나고 나서도 심리가 계속되는 동안에 희자는 지루하게 기다리고 있었다. 귀로 판사의 말들이 들려왔다.

"피고는 어떻게 해서 여러 번 징역을 살았으면서도 자꾸 죄를 짓는가? 기록을 보면 전에도 집행유예를 받았고 선처를 베풀었는데도 자꾸 그러면 되나? 탄원서에는 여러 번, 이 사회가 전과자라고해서 취직도 안 되고, 어딜 가서도 받아주는 데도 없다고 하소연을 했는데 그렇다고 법이 한 번 은전을 베풀었는데 또 베풀 수는 없잖은가? 마지막으로 할 말 있으면 해봐."

판사는 반은 나무라는 쪽이었고, 반은 또 충고를 하는 격이었다. 아마 앞에 고개를 숙이고 있는 남자는 여러 번의 전과가 있는 남자인 모양이었다. 희자는 힐끗 고개를 들어서 남자를 봤지만 한복을 입은 남자의 뒷모습만 보일 뿐이었다.

"재판장님, 이번에 한 번만 용서를 해주시면 다시는 그러한 일이 없도록 하겠습니다. 구치소에서 많이 반성을 했습니다……."

남자는 미리 많은 연습을 했거나, 염두에 두고 있었던 말을 줄줄 꺼내고 있었다. 그러자 재판장이 또 인상을 찌푸렸다.

"이번에도 용서를 해달라고 하지만 피고는 이미 여러 번 같은 범죄를 저질렀어. 더구나 집행유예 기간이라 법이 허용하는 최대의 것을 준다고 하더라도 피고에게는 용서가 어려워. 다음 재판은 2주 뒤에 선고를 합니다. 다음! 32045번! 이름 김준철!"

판사의 다음 사람 호칭이 있자, 그 남자는 어쩔 수 없이 그 자리를 물러나야 했다. 김준철이라는 사람이 앞으로 불려나갔다. 그 사람은 변호사가 있었는지 변호사가 지루하도록 질문을 던졌고 판사에게 일일이 알아듣도록 동의를 구하는 얼굴 표정을 건넸고, 다시 마지막으로 피고에게 당부하는 걸 잊지 않고 있었다.

"마지막으로 묻겠는데, 피고는 본 건 사건에 대해 깊이 반성을 하고 있지요?"

"네."

"네, 네라고 대답을 했습니다. 그리고 구치소에 수감되어 있었던 기간이 얼맙니까?"

"석 달입니다."

"이미 그 동안 합의를 했고 피해자와는 원만하게 보상이 되었지요?"

"네."

"한 가지 유감스러운 것은, 피고가 그 안에 있는 동안 아내가 바람이 나서 가출을 해버려서 상당히 어려운 처지지요?"

"네."

"얼마나 어렵습니까? 뭐, 구체적으로 말하자면, 당장에 학

145

교엘 다니는 아이들이 할머니 밑에서 지금 학교를 다니고 있지요?"

"네."

변호사와 재소자는 미리 그러한 질문이 오갈 것이라고 약속이라도 된 듯이 척척 들어맞고 있었다. 그러다가 변호사가 다시 판사에게 고개를 돌리고는 말했다. 마지막 변론 부분이었다.

"네, 이상으로 피고는 아시는 바와 같이, 상당히 어려운 처지에 빠져 있습니다. 짧지 않은 세월 동안 그 안에서 깊이 반성을 하고 있는 점을 참작해주셔서 법이 허용하는 관용을 베풀어주시기를 바랍니다."

변호사가 그 말을 마치고 흡족한 표정을 지으며 변호인석에 앉았다. 판사가 이번에는 입을 열었다.

"마지막으로 하고 싶은 말은?"

"많이 반성했습니다. 앞으로 절대 이러한 일이 없도록 주의하겠습니다."

"그럼, 다음 재판은…… 2주 뒤인 28일 오후 2시입니다."

그 남자는 변호사가 있어서인지 시원하게 재판이 끝났다. 희자가 다시 고개를 숙이려는데 "조희자"라는 소리가 들렸다. 희자는 벌떡 일어났다. 그리곤 "네!"하고 대답을 하고는 앞으로 나갔다.

"변호인 변론을 하시오!"

판사가 그렇게 말하자, 변호인석에서 변호사가 안경을 추켜올리며 일어섰다. 며칠 전에 구치소로 찾아왔던 변호사였다. 그의 손에는 한 장의 종이가 빳빳하게 세워져 있었다.

"먼저, 피고에게 묻겠습니다. 솔직하게 말씀해 주십시오. 에, 피고는 어려서 공무원이었던 아버지가 갑자기 돌아가시고 나자 시골에서 살기가 막막했죠? 그래서 어머니가 대전으로 나가서 조그만 가게를 했지만 식구들을 먹여 살리기에는 상당히 벅찼죠? 그러다가 어머니는 재가를 하면서 어린 동생들을 데려갔는데 그때부터 피고는 할머니와 단둘이 살게 줬죠? 할머니는 그때 이웃마을로 다니면서 허드렛일을 해서 피고를 학교를 보냈고, 피고는 중학생 때부터 장학생으로 학교에 다녔죠? 어떻습니까? 본 변호사가 알기로는 피고는 계속 장학생으로 어렵게 고등학교를 마쳤고 대학에 들어가서는 가정교사를 하면서 자신의 학비를 벌었죠? 또, 그때부터는 시골에 계신 할머니한테 용돈까지 부쳐드렸던 게 맞습니까?"

"네……."

"그리고서 대학에서도 수석으로 졸업을 해서 졸업과 동시에 병원에 취직이 되었죠? 병원에서도 상당히 친절하고 부지런한 간호사라고 소문이 날 정도였다는데…… 맞습니까?"

"그건 피고가 말 안 해도 되겠습니다. 그리고 그때 본 건 피

147

해자인 김현식이라는 남자가 그 병원에 입원을 해서 간호사로서 친절히 하다가 보니까 서로 약간의 농담도 했죠? 그 남자가 먼저 농담을 걸었고 피고는 여자로서 당연히 그 농담을 받아주었겠죠? 어떻습니까? 흔히 병원에서, 또는 바깥에서도 있을 수 있는 그런 말들이었겠죠?"

희자가 말을 않자 변호사는 다시 말을 잇고 있었다.

"피해자인 김현식이라는 남자는 일류 대학을 나와 일류 회사에 다니고 있어서 서로 대화가 되었겠죠? 어떻게 해서 서로 사귀게 되었습니까? 아무래도 남자가 먼저 프로포즈를 했겠죠? 그래서 여러 번 만나면서 서로 정이 들었고 남자가 먼저 결혼이라는 말을 꺼냈고 피고는 자연 몸을 허락했죠?"

"아아, 그건 판사님에게 알려드리기 위해서 묻는 겁니다. 피고는 지금 말을 안 해도 인정을 하고 있는 부분입니다. 다시 말하지만, 피해자인 남자는 여러 번 피고를 불러내서 여관에서 관계를 가지면서도 피고가 결혼하자는 말을 꺼내기만 하면 차츰 회피를 했죠? 내가 저번에 피고한테 듣기로는, 곧 해외에 나갈지도 모른다, 곧 연수를 들어가야 할 것 같다, 지방출장이다, 라면서 자꾸 피하기만 했죠? 그래서 나중에 들리는 소문에 의하면 그 피해자가 정말 다른 여자와 결혼을 한다는 말을 듣고 피고는 하늘이 무너지는 슬픔을 맛보았겠죠? 이미 많은 병원 사람들은 둘이 곧 결혼할 거라고 믿고 있었는데 그런 말이 사실이라고 믿어지자 피고는 상당히 괴로웠죠? 그리고는 남자는 아예 만나주지도 않았던 거죠? 이 말은 맞습니까?"

"네……."

"본래, 결혼까지 약속한 상태에서 여자의 모든 걸 바쳤습니다. 그런데 남자는 그때 이미 다른 여자와 결혼을 약속하고 만나고 있었던 거죠? 이게 중요하다고 봅니다. 피고는 그때 스스로 자살이라도 해보려고 여러 번 시도를 했다가 미수에 그쳤죠? 그래서 마지막으로 그 남자와 하룻밤을 보내고는 같이 죽어버리려고 그랬던 거지 의도적으로 그 남자를 죽일 생각은 없었던 거죠?"

"네……."

"이제 결론적으로 말씀을 드리겠습니다. 본 건 피고는 나약한 여성으로서 한 남자의 성적인 도구로 일방적으로 당하기만 했습니다. 물론 병원에서 쓰는 마취제를 가지고 나온 것은 잘못됐다고 봅니다. 그렇지만 한 여성이 살아보려고 발버둥을 치는데 남자가 먼저 배신을 했고 피고를 망쳐 놓았습니다. 우리 사회의 아직도 취약한 여성의 성차별을 대하는 것만 같아서 본 건 변호인도 상당히 가슴 아프게 생각합니다. 어려서부터 불행한 삶을 살았던 한 여성이 무참하게 짓밟히고 나자 아마 이성적인 판단이 흐려진 상태에서 저질러진 사건이라고 봅니다. 더구나 피고는 자신도 자살을 하려고 동맥을 끊었다가 병원에서

의식을 되찾은 것입니다. 이 사건은 그저 무심히 보아 넘길 것이 아닌, 우리 사회의 한 단면이라고 보아집니다. 그리고 영등포 구치소에 수감되어 있는 동안 피고는 열심히 종교에 심취하여 속죄의 기도를 올리고 있습니다. 피해자와 그 가족들을 위해서 피고는 종교를 가진 것입니다. 재판장님께서 현명하게 판단하여 주셔서 법이 허용하는 한도 내에서 최대의 선처를 해주시기를 바랍니다."

변호사는 조리 있게 변론을 끝마치고는 자리에 앉았다. 판사가 침묵한 채로 재판기록 서류를 뒤적거려 보이고 있었다. 그러다가 한참 만에 입을 열었다.

"피고가 낸 탄원서는 잘 봤습니다. 마지막으로 하고 싶은 말은?"

판사가 그렇게 말했지만 희자는 얼른 입이 떼어지지 않고 있었다. 가슴속이 솜방망이로 마구 치는 것 같았다. 마른 침을 삼키면서 겨우 입을 열었다.

"죽은 그분을 위해서 기도를 드리고 있습니다……."

그 말밖엔 없었다. 희자는 자기도 모르게 쿡, 눈물이 흘러서 더 이상 말을 잇지 못했다. 갑자기 황당해지면서 눈앞이 흐려져서 판사가 다음 재판은 언제 몇 시라고 하는 말도 알아듣지 못했다. 희자는 판사의 얼굴 표정을 보고 말이 끝났다는 것을 알아차리고는 복도의 대기실로 나왔다. 눈물이 볼을 타고 흘러내렸다. 다시 포승줄에 묶이면서도 계속 눈물이 흘러내리고 있었다.

구치감에서 마지막으로 조사를 받는 재소자들을 기다리다가 어두워져서야 구치소로 돌아왔다. 구치소의 어두운 마당에서 포승을 풀고 사방으로 돌아오자 희자는 이제 내 집으로 돌아왔구나 하는 안도감이 들었다. 그전까지는 불안하고 답답해서 도무지 안정이 되질 않았다. 집 떠나면 고생이라는 말을 재소자들은 자주 썼지만 사실 그랬다. 구치감에 갇혀 있는 동안, 이미 밥때는 지났으므로 사방으로 돌아오자 식은밥 한 덩어리가 기다리고 있었다. 밥알이 말라서 꺼멓게 굳어 있었다.

"희자야, 그래 변호사가 말 잘하디? 어떻든?"

준자가 밥알을 우물거리는 희자의 옆으로 바싹 다가앉으면서 물었다.

"몰라……."

"넌, 변호사가 잘만 하면 판사의 동정표를 얻을 수 있어. 나도 니가 나오는 거 보구 니를 맡았던 변호사를 사려고 그래. 판사의 표정이 어떻디?"

"잘 모르겠어…… 계속 고갤 숙이고 있었어……."

"에이, 쯧쯧, 또 울었구만?"

"……."

희자는 밥을 떠넣고 있었지만 밥맛이 없었다. 몇 숟갈 먹다가 그만두었다. 다른 여자들이 몇 번이나 말을 걸었다가 희자가 그저 빙긋 웃기만 할 뿐, 좀처럼 입을 열려 하지 않자 저희들끼리 앉아서 이야기를 나누고 있었다.

희자는 창문께로 다가가서 어두운 바깥을 바라보았다. 더운 열기가 방 안으로 자꾸만 기어들어오고 있었다. 어쩌면 방 안의 더운 열기를 그렇게 느꼈는지도 몰랐다. 희자는 후우, 하고 숨을 한 번 크게 내뿜었다가 쇠창살을 붙잡았다. 서늘한 기운이 손바닥을 타고 흘렀다. 이제는 낮 동안의 재판도 깡그리 잊어버리고 오직 종태의 생각이 떠올랐다. 지금 그도 아직 자지 않고 있을까?

희자는 그를 생각했다. 그가 웃는 모습이 오늘따라 시원하게 느껴지고 있었다. 희자는 바깥에다 대고 조용히 불러보았다. 그 소리는 입안에서조차도 울리지 않았지만 희자의 귀에는 크게 들렸다. 점점 그를 생각하는 것이 정겹게 느껴지는 게 그리 싫진 않았다. 이런 걸 사랑이라고 하기엔 어렵겠지만 아무튼 애틋한 감정임에는 틀림이 없었다. 희자의 물결이 잔잔하게 울리고 있었다. 그 파문은 처음에 동그란 원으로 그려지다가 점점 커져서 나중에는 강가에까지 다다르고 있는 것이었다. 지금 그녀의 가슴에는 그러한 파문이 일었다.

그녀는 사물함을 꺼내 만능노트를 꺼냈다. 그리고는 만능노트를 쇠창살에다 비스듬히 대고는 글을 써 나갔다.

고마웠습니다.

오늘 재판을 받았지요. 얼마나 떨렸던지 다리가 마구 후들거렸어요.

상호라는 분도 면회를 다녀갔어요. 그날은 뭘 그렇게 많은 것들을 넣었는지 우리 방 사람들이 전부 포식을 했을 겁니다.

참 좋으신 분 같았어요. 그리고 그대에게도 고마움을 전합니다.

변호사님이 잘 변호를 해준 거 같아요. 확실한 것은 다음 선고 때 가봐야 할 것 같습니다. 무더운 여름 날씨에 거기도 고생이지요. 저는 매일 이렇게 창문에 붙어서서 살다시피 하고 있습니다. 지금도 쇠창살에다 대고 이 글을 쓰고 있습니다.

제가 한 가지 부탁을 드릴 게 있습니다. 꼬옥 들어주시리라 믿어요.

저를 좋게 생각해 주시는 것도 감사하지만 열심히 성경을 보는 것이 제일 감사하다고 생각하고 있습니다. 저를 위해서가 아니라 그대를 위해서 하는 말입니다. 우리 하나님은 만홀히 여기심을 받으시는 분이 아니시라 영광을 받으시기에 합당하신 분입니다.

저는 그대가 성경책을 보고 있다면 제일 기쁠 것 같습니다.

그대를 위해서도 기도를 하고 있습니다. 항상 건강하시기를 빌며 좋은 날이 다가오기를 빌고 있습니다. 저는 이곳에서 오래도록 있어야 할 사람이므로 큰 욕심은 부리지 않을 작정입니다. 기도 생활이나 열심히 하면서 조용히 지내고 싶습니다. 가능하다면 이 안에 있는 동안 많은 책을 읽을 생각이구요.

시 하나 보냅니다.

그대에게 드리는 시

그대
누구던가요.
바람같이 와서
바람같이 떠나갈 사람이던가요.

꽃잎이 지는 것을 바라보며
우리들도 언젠가는 저렇게
흩어지고 말 거라는
바람이라는 것을 깨닫고는
정말 바람이 되어버렸습니다.

어떻게 불어쳐야
내 마음이 잔잔해질까요.
그대에게 다가가면 갈수록

뜨거워지는 바람

같은 것

내가 누구인지 정말 알지 못하는 사이,

그대는 언제 그렇게 다가왔든가요.

아아, 고요하여라

당신의 바람.

이 시가 마음에 드실지 모르겠어요.

우연히 그냥 써본 시입니다. 이곳에 있는 동안 더욱 많은 시를 써야겠다는 마음뿐입니다. 그리고 더 많이 그대에게 편지를 보내드리고 싶습니다.

좋은 시 있으시면 많이 보내주세요.

오늘은 시골에 계신 할머니에게도 편지를 쓸 생각입니다. 오늘 재판에 혹시나 오셨나 해서 뒤를 돌아다봤지만 뒤엔 허전하더군요. 늙으신 할머니를 생각하기만 하면 눈물이 납니다. 차라리 오지 않은 게 다행이었는지 모르지요. 수갑을 차고 포승줄에 묶인 손녀의 꼴을 보이지 않은 게 다행입니다.

우리, 새벽마다 만나기로 해요.

저는 새벽기도 시간이면 어김없이 일어나서 기도를 드리지

요. 그대도 그 시간에 일어나셔서 영적으로 대화를 나누었으면
해요. 꼭 그렇게 하세요.

아무튼 정말 고마웠습니다.

그럼 이만 줄일게요.

재판을 받고 들어와서

희자 드림

희자는 편지를 쓰고 나서 그대로 서서 한참 동안 바깥을 보
았다. 어둠에 휩싸인 구치소 안의 그늘은 왠지 더욱 짙게 느껴
졌고 손이라도 뻗으면 금방 어둠의 오랏줄에 손목이 칭칭 동여
매져 버릴 것 같았다. 다시 편지를 읽어보다가 희자는 또 밖을
내다보고 있었다. 도시의 그늘 한끝에서 적막하게 혼자 서 있
는 기분이었다. 종태를 자꾸 떠올리지만 실상은 종태도 먼 곳
에 있는 거나 마찬가지였다. 지금 곁에 있다면 무슨 말이라도
할 수 있었을 텐데 하는 아쉬움이 슬그머니 일어났고 갑자기
보고 싶었다.

저 재판 잘 받았어요.

희자는 그렇게 나지막하게 소리를 내어보았다. 마치 종태에
게 말하듯 바깥의 어둠 속으로 말을 절었다. 아무런 대답이 없
었지만 이미 그 남자가 들은 것으로 생각하니 마음 또한 편안
해졌다.

156

그녀는 천천히 방 안으로 돌아와서 자리에 앉았다. 여자들의 화제가 희자에게로 쏟아진다.

"애, 또 편질 썼니? 그 남자 참 재밌는 남자다. 편지만 보내고선 나타나지 않으니 희자가 벌겋게 달아서 이 야단이지……."

"호호호, 그러게 말이야. 희자는 좋겠네. 나가면 님도 보고 뽕도 딸 수 있을지도 몰라. 변호사까지 사댈 남자라면 응큼한 놈은 아니겠고…… 혹시 나이 많은 홀아비 아냐? 나타나기가 뭣하니까 뒤에서 은근히 돈으로 유혹하는 거 아니야?"

그렇게 말한 건 정옥이었다. 정옥이 은밀한 웃음기를 흘려대고 있었다.

"야야, 그런 소리 하덜 말어. 누가 희자한테 그런 악담이야? 누가 그런다고 희자가 아직 젊은데 돈 때문에 같이 살 이유라도 있어? 만일 나가서 그런 홀애비라면 당장에 걷어차 버려!"

희자는 아무 말도 하지 않았다. 그저 의미 있게 들으면서 웃고만 있었다. 방 안의 사람들은 아마 종태를 늙은 홀아비쯤으로 여기고 있는 것 같았다. 희자는 자꾸 웃음이 번져 나왔다. 그러자 또 꼬리를 물기 시작한다.

"하여튼 이 안에 있을 동안엔 살살 꼬리를 치라고. 편지를 보내오는 내용으로 봐선 절대 나이 많은 쭈그렁이는 아닌 것 같고. 그러니까 저쪽에선 바짝 달아서 더 많은 것으로 대시를 해오도록 해놓구선 나중에 생각을 하라구. 아, 말이야 말이지. 희자만 하면 뭐가 어때서? 키도 적당하겠다, 얼굴 예쁘겠다, 또 배운 게 있겠다, 죄가 하나 있는 거 그거 하난데 그게 뭐 상관이 있겠어? 나가면 보란 듯이 한 번 잘 살아보는 거야. 안 그래?"

그 여자가 희자에게 동의를 구하듯이 눈웃음으로 끝마무리를 하고 있었다.

"제가 뭐 나가서 산데요? 또, 제가 그럴 여자도 못 되구요…… 아마 그분은 제가 생각하는 것보단 더 좋은 사람일 거 같아요. 편지 내용을 보더라도 그런 생각이 들어요."

희자는 자신도 모르게 종태에게 호감의 말을 꺼내고 있었다. 알 수 없는 일이었다. 그렇게 당당하게 말할 수 있다니…….

"어이쿠, 이제 죽자 살자 못 잊는 거구면. 누구 약 올릴 일이 있나? 나도 남자한테 편지를 써서 당장에 답장을 하라고 해야겠구면. 이거 원, 서러워서…… 호호홋."

"늙은 할머니께서 노망이 드셨나? 젊은 애들이 편지질을 한다고 노인네께서 그렇게 나오요? 히히히히."

"앗따, 그러지 말어. 나도 자꾸 늙었다 하면 늙은 나도 서러운 법이여. 나도 이쁜이 수술만 하면 그거 기차게 할 수 있다구! 하하하."

말분은 지지 않겠다는 투다. 더 이상 말장난을 할 수 없도록 커다랗게 웃었다.

"희자는 징역을 살아도 복을 받을 게야. 그러니까 어떻게 알고서는 남자가 이곳으로 편지를 다 하겠누? 그거도 다 지복인 기라. 먼젓번 놈팽이가 악마라면 이번 것은 천사일지도 모르지 뭐. 나타나지도 않고 변호사를 댄다는 것은 흔히 있을 수 있는 일은 아니지 뭐. 희자가 워낙 착하니까 그런 일이 생기는 거야. 아마 재판도 좋은 결과가 있을 거라구. 두고 봐."

"……."

희자는 가만히 있었다. 모두가 고마운 사람들이었다. 음담패설이나 짓궂은 장난을 할 때는 전부 다 정신병자처럼 날뛰었지만 이럴 때에는 마치 어렸을 적의 어머니 같은 여자들이었다. 서로 기쁨을 나누어 가지려고 하는 흔적이 엿보였다. 희자는 그날 밤 잠자리에 들기 전에 무릎을 꿇고서 방 안의 사람들을 위해서 간절히 기도를 했다.

종태는 오늘 낮에 여사로 들어가면 희자에게 몇 가지 물어보고 싶은 게 있었다. 그녀가 운동을 나가는 시간대에 맞춰서 여사로 작업을 나가는 건 그의 마음먹기에 달렸다. 담당은 모든 일의 처리를 반장인 종태에게 일임하고 있었고 그 대신 종태는 나름대로 빈틈없이 일을 처리하면 되었다. 오후가 되자, 은근히 기다려지기 시작한 여사의 작업이 신경 쓰여졌고, 찜통 같은 막사 안에서 기다리는 것이란 정말 고역이었다. 가만히 앉아 있어도 저절로 런닝 속으로 땀방울이 흘러내렸고 갑갑증만 일었다.

세월은 그저 덧없이 흘러간다. 희자는 재판이 순조로이 진행되어 갔다.

"반장, 이리 와봐."

담당이 불렀다. 종태가 다가가자,

"내일 청주여자교도소로 이송이 있다는데 혹시 희자가 그리로 이송을 가는 건 아닌지 모르겠어. 이미 재판이 끝났으니까 내일 이송을 가는 팀에 끼일지도 모르지……."

담당이 그렇게 말을 하면서도 은근히 걱정스런 눈빛이었다. 종태는 덜컥 겁이 났다. 자신의 마음속으로 통밥을 재고 있던 문제여서 더욱 그랬는지 모른다.

"담당님, 확실합니까? 내일 청주여자교도소 이송가는 거…… 말입니다."

"아까 보안과에 들어갔다가 칠판에 써둔 글씨를 봤거든. 분명히 내일 청주로 이송이 있는 모양이야. 거기에 희자가 들어 있는진 모르겠지만……."

"……?"

종태는 드디어 그동안 염려하고 불안해했던 그녀의 이송 문제가 구체적으로 다가왔음을 느꼈다. 청주여자교도소라면 틀림없이 그녀가 포함되어 있을 듯도 했기 때문이다. 이미 1심에서 7년을 선고 받았고 그 뒤의 항소심에서 최저형인 5년을 받은 상태였기 때문에 이제 어디로든 이감을 가야 할 처지였다. 그동안 숱하게 편지를 나누면서도 막상 그녀의 이송에 대해선 일절 언급을 하지 않았던 것도 그런 두려움 때문이었다. 이제 그러한 것이 구체적으로 다가오자, 종태는 이제쯤 물어보고 싶었던 것이다. 그런데 담당이 지금 말했던 청주의 이송 이야기는 한 마디로 충격적이었다.

"담당님, 이송자 명단을 좀 알 순 없을까요?"

"글쎄, 그건 어렵겠는데. 그건 워낙 비밀사항이라서 말이야…… 명적과에서 이야기를 안 해주지. 혹시 이송 도중에 사고가 생길까봐 절대 미리 말하는 법이 없거든…… 혹시?…… 이따 폐방을 하고 나면 알 수 있을지도 몰라. 내일 이송자들은 미리 접견대장이나 신분장들을 챙겨 놓는데 만일 접견실에서 희자의 접견대장을 빼놓았다면 내일 이송이라는 게 확실한 거지."

"……?"

종태는 이제 얼굴빛이 굳어 있었다. 그저 담당의 처분만 기다리고 있는 눈치였다.

"내가 한 번 알아볼까? 그래서 폐방 후라도 9동으로 가서 반장한테 알려주지. 그렇지만 이미 늦은 감이 있어서…….”

담당은 말꼬리를 흐렸다. 폐방 후라면 종태가 안다고 한들 어떻게 하겠는가? 그녀에게 무어라고 말이라도 해줄 수도 없는 입장이었다. 난감한 상태였다. 담당과 종태는 서로 얼굴만 들여다보고 말이 없었다. 무슨 묘안이 없었다. 지금 알 수만 있다면 여사로 들어가면서 그녀에게 무슨 언약이라도 해둘 수 있었겠지만…….

종태가 난감한 표정을 짓자, 담당은 무슨 생각을 했는지 황급하게 말머리를 꺼냈다.

“아, 있다! 그걸 모르고. 아마 지금쯤 영치계에선 알고 있을 거야. 내 동기가 영치계에 있으니까 슬쩍 가서 한 번 알아보고 오지.”

담당의 말에 종태도 번쩍 스치는 게 있었다. 영치계라면 피의자가 처음으로 구치소로 들어올 때, 입고 왔던 옷가지와 돈과 소지품을 맡아두는 곳으로서 이송이 있는 재소자들의 것을 미리 창고에서 뽑아내서 따로 보따리에 담아두려면 시간이 필요했으므로 명적과에서 제일 먼저 이송자 명단을 통보해 주는 곳이기도 했다. 아마 그곳에 가면 미리 이송자 명단과 수번을 알 수 있었다.

“그럼, 담당님. 한 번만 알아봐주십시오. 만일 내일 이송이라면 제가 무슨 말이라도 해둬야겠습니다.”

"그래, 그렇겠지! 이때까지 서로 편지를 주고받았는데 말이야. 내가 지금 가서 알아보고 오지."

담당의 말에 종태는 절로 고개가 숙여졌다. 담당이 자리애서 일어나며 인터폰을 집어 들었다.

"아 네, 내청 담당입니다. 교대근무자 있으면 내가 급한 일이 있다고 하고 좀 빨리 내청으로 근무교대를 보내줘…… 갑자기 집으로 전화할 일이 생겨서 말이야…… 응, 그래, 빨리 좀 보내줘."

담당은 보안과 직원에게 그렇게 부탁을 하는 모양이었다. 옆에 서 있던 종태의 주먹에서 진땀이 배어 나오고 있었다.

"됐어. 교대담당이 오면 금방 갔다 올게."

"고맙습니다, 담당님."

"뭐, 내가 더 도움을 받았지 뭐. 이런 일쯤이야 아무것도 아니지…… 둘이 잘 되기를 바라는 것뿐이야."

담당의 도움이라는 이야기는 종태가 담당에게 수시로 건네준 돈을 말하는 거였다. 그동안 희자의 편지를 중계해서 들여보내주는 것과 자신의 편지를 갖고 나가서 희자에게 보내주는 수고와, 그 외에도 여러 번 희자의 생일날이라든지, 종태의 마음을 담아 보내주고 싶을 때마다 담당을 시켜서 시집을 사서 넣어 주었고 내의를 사서 넣어주기를 부탁했던 것이었다. 담당은 그리 큰 문제가 될 것이 아니어서 종태의 심부름이라면 다

들어주었던 것이다.

조금 있으니까 교대담당이 달려왔고, 담당은 얼른 밖으로 나갔다.

"조금만 있어. 내가 깜빡 집으로 전화를 한다는 것이…… 잊어버려서……."

담당이 그렇게 말하면서 나가자 종태는 비로소 안도의 숨을 내쉬었다. 이제 이삼십 분 후면 그러한 것들을 알 수 있었다.

종태는 자리에 앉아 곰곰이 생각에 잠겼다. 이때까지 사흘에 한 번씩은 꼭꼭 편지를 나눴던 그녀와의 헤어짐이란 깜깜한 징역을 연상시키고도 남을 일이었다. 여태껏 수십 통에 이르는 편지를 주고받으면서 아기자기한 추억들이 만들어졌던 것이었는데 이송이라는 문제 때문에 산산이 부서질 판국이었다. 이제 한번 헤어지고 나면 다시는 영영 못 만날 것처럼 아득해졌다. 어쩌면 서로 멀리 떨어져 있는 동안, 서서히 색깔들이 퇴색해져서 한때의 부질없는 장난쯤으로 치부되어 버릴지도 모르는 일이었다. 그게 마음에 걸렸다. 백여 통에 이르는 그녀의 편지를 다 보관하고 있지는 못하지만, 그녀가 직접 써서 보내준 시들은 전부 오려서 갖고 있었다.

무엇보다도 가장 두려운 것은, 멀리 떨어져 있다는 거리감과 시차가 주는 것으로 인해서 어쩌면 멀어질지도 모른다는 생각이었다. 그리고 남자 죄수와 여자 죄수와의 편지 왕래는 애초에 검열에서 발각될 터이었고, 또 다른 이유로는, 이곳 영등포 구치소에서 같이 있었다는 이유만으로 또 잘못될 수도 있는 일이었다. 그렇게라도 된다면 모든 게 끝장이 나고 말 일이었다. 구치소에 있는 동안 서로 밀회를 했다는 것은 도저히 용납될 수 없는 일이었다.

약 이삼십 분이 지났을까.

내청 담당이 슬그머니 막사로 돌아왔다.

"어이, 수고했어. 이젠 가보라구."

내청 담당이 근무교대 담당에게 그렇게 말해서 보내버리고는 얼른 눈짓으로 종태를 불렀다.

"큰일 났어! 희자가 내일 이송에 끼였더구만. 내일 청주여자교도소로 열 명이 가게 돼 있어. 어떡허지?"

"……."

종태도 놀란 표정으로 굳게 입을 다물고 있었다. 그저 양손 주먹을 쥐어 우두둑, 관절만 꺾어대고 있었다.

"살인이라서 이곳에선 도저히 출역이 안 되니까 할 수 없는 일이지만…… 그곳으로 가면 편지하기가 어려울 덴데……."

아까 번에 종태가 했던 염려가 그대로 튀어나왔다. 계속 담당의 집을 통해서 편지를 주고받을 수는 있었지만 내청 담당도 언제 인사이동으로 타 부서로 전출될지도 모르는 일이었다. 만일에 타 부서로 전출이 되고 나서도 자주 내청 막사에 들러서 종태에게 편지를 전해준다는 것은 한계가 있는 일이었다. 새로 온 담당에게 눈치가 보이는 일이었다. 이곳에서는 어디까지나 직원들이 단독으로 범치기를 하는 게 불문율로 되어 있었다. 직원과 재소자가 단독으로 서로 거래를 하다가 또 다른 담당에게 넘긴다는 것은 직원 간에 서로 의리가 상하는 일이기도 했다.

하여튼 이러나저러나 일단 문제는 터진 것이었다.

우선 희자를 만나면 무슨 이야기라도 해둬서 서로의 끈이 끊어지지 않도록 할 일이 급선무였다. 나중은 좀 절차가 복잡하더라도 여러 사람의 직원들이 개입되더라도 아무런 상관이 없다는 쪽으로 생각을 굳혔다.

"반장, 내가 내일 이송을 가는 데에 같이 따라가 볼까? 가면서 이야기도 좀 나누고…… 내가 어떻게 해줄 이야기도 좀 있고 말이야…… 지금 보안과로 전화를 해서 내일 이송에 내가 자원을 해서 계호 직원으로 따라가겠다고 말하면 되지. 마침 청주에 내려갈 볼일이 있어서 자원을 한다면 아무런 의심 없이 따라갔다가 올 수 있어."

"내일 근무는 어떻게 하구요?"

종태가 근심과 우려의 말투로 물었다.

"하루쯤 휴가를 내도 돼. 청주까지 구경삼아 갔다가 오면서 마지막으로 그녀한테 종태의 심경이나 얘길 해주지. 그러면 아마 출소할 때까지도 반장을 기다리게 될지 모르잖아? 반

166

장이 일단 먼저 출소를 하게 되면 그쪽으로 면회를 가기 시작하면 확실히 더욱 좋아질 거구 말이야. 아무튼 나도 둘의 사랑에 어떠한 몫을 했다는 데에 자부심을 느끼고 있으니까. 이게 부정이라는 것도 알지만 반장이 너무나 열성적인 데에 나도 반한 거야. 우리 둘 사이에 물론 돈이란 게 개입이 되어 있었지만 나는 이번의 일을 바라보면서 사랑의 힘이 얼마나 크다는 것을 느꼈어. 하루쯤 휴가를 내서 청주로 출장을 갔다 와도 하나도 피곤하지 않을 거 같구만. 다른 직원들은 이송 출장을 가라고 하면 피곤하다고 서로 피하겠지만 반장이 사랑했던 그 여자와 마지막으로 이야기를 하면서 다녀오는 것도 괜찮을 거라는 생각을 했어."

"담당님, 고맙습니다. 그렇게까지 저를 생각해 주시니…… 저도 그 여자에게서 알 수 없는 끌림을 받았습니다. 그녀의 모든 과거를 들었고 불쌍하다는 생각이 들면서 마치 어린 날에 동네에서 같이 자랐던 누이 같다는 생각이 들었습니다. 어떻게든 제 사람으로 만들어서 새 출발을 하고 싶습니다. 가능하다면 피곤하시더라도 이송을 같이 따라가 주신다면 그 후담은 제가 하겠습니다. 제가 출소를 하면 꼭 면회를 내려가겠다고 해주십시오. 그리고 당분간 계속 담당님의 집주소로 편지를 해달라고도 말해주십시오."

"알았네. 내가 지금 보안과로 인터폰을 해서 하루 휴가를 내고 청주에 볼일이 있다고 얘길 하지…….”

담당은 말을 마치자 곧바로 인터폰을 들었다. 신호가 가고 저쪽에서 전활 받았는지 담당은 재빨리 말했다.

“응, 난데. 배치 주임님 계시냐? 좀 바꿔줘…… 아, 네 내청 담당입니다. 내일 급히 청주에 내려갈 볼일이 있는데 하루 휴가 좀 주십시오…… 네, 뭐…… 집안에 급한 일이 있는가 봅니다…… 마침 내일 청주여자교도소로 이송이 있는데 같이 내려갔다가 거기서 사복으로 갈아입고 다녀올랍니다…… 네…… 고맙습니다, 주임님.”

담당은 인터폰을 내려놓자 종태를 보며 씨익 웃었다.

“이제 됐어. 계호 직원으로 군복을 입고 내려갔다가 거기서 사복으로 갈아입을 수 있도록 사복도 같이 가져가야지. 거기서 혹시 동기생인 여직원이라도 만나게 되면 내가 슬쩍 그 여자에 대한 부탁을 해놓지 뭐. 나중에라도 그 직원과 종태가 선이 닿을 수 있도록 말이야.”

“여러 모로 폐를 끼쳐서 죄송합니다. 나가서도 이 은혜는 절대 잊지 않겠습니다, 담당님.”

종태가 그렇게 말하자, 담당은 손사래를 크게 흔들면서 웃었다.

“아니, 됐다니까! 벌써 반장에게서 받아쓴 돈만 해도 그 값어치는 충분해. 나도 종태가 밀어주는 돈을 보태서 집이라도 한

칸 마련했으니까. 공무원 하면서 집이라도 갖고 있다는 것만 해도 나한텐 정말 다행인 셈이지 뭐. 반장이 출소를 하면 언제 한 번 그녀랑 같이 우리 집엘 와봐. 그땐 정말 내가 한 턱 낼 테니까! 하하하.”

“하하하…….”

종태는 담당의 웃음에 따라 웃었다. 정말 흥겨운 웃음이었고 호탕한 웃음이었다.

이제 조금만 더 있으면 그녀의 방이 운동을 나올 그런 시간이었다. 종태는 출역수들에게 지시를 내렸다.

“이제 슬슬 여사로 작업 들어갈 준비나 하지.”

그 한 마디면 척척 알아서 하는 그들이었다. 그들이 밖으로 나가 작업도구를 챙기고 모자를 뒤집어쓰고 벗어놓았던 웃도리를 입는 동안 담당과 종태는 아직 막사 안에 있었다.

“여사엘 들어가면 내가 한쪽에서 여직원과 이야기를 하고 있을 테니까 자연스럽게 얘길 나누라구. 내가 마침 여사의 직원에게 바깥에서 알았던 사이라고 말했으니까 별다른 의심은 안 할 거야. 뭐, 손만 안 잡는다면 별로 의심할 게 없으니까. 하하하, 안 그래?”

“네, 그렇죠 뭐. 뭐 이 안에서 또 손을 잡으면 뭘 하겠습니까? 이야기만 할 수 있어도 큰 다행인 셈이지요…….”

어느 정도 작업준비가 다 끝난 것 같아서 둘은 막사 밖으로

169

나왔다. 밖은 여름날의 뜨거운 열기로 인해 금방이라도 후끈 살갗을 데일 것만 같았다. 막사 안은 더운 공기로 인해 찜통이었고 밖으로 나오자, 바깥은 따가운 햇빛이 마구 쏟아지고 있었다. 종태는 햇빛을 피하기 위해 밀짚모자를 쓰고 있었다.

"자, 가지."

종태가 그렇게 말을 했고 리어카가 두 대 움직이자 사람들이 그 뒤를 따라 움직이기 시작했다. 햇빛에 그을린 얼굴들이 검다 못해 차돌처럼 반들반들 윤이 나는 얼굴들이었다. 여름의 더위는 사람들을 느릿거리게 했고 작업을 나가는 그들의 어깨가 축 처져 있었다.

신발을 질질 끌면서 일터로 향하는 그들과는 달리 종태는 무언가 심각하면서도 골똘했다. 담당과 항상 같이 걷던 그도 오늘따라 자꾸만 담당의 곁에서 처져서 걸었다. 혼자 걸어가면서 무언가 생각하고 싶은 게 있었다.

짧지만 길게 다가온 이곳에서의 뿌듯한 행복도 내일로 끝이구나 하는 생각에 이르자 저절로 가슴이 아파왔다.

희자가 멀리 떠나버린 이곳이란 정말 그가 겪었던 여러 번의 징역 생활 중에서도 가장 혹독한 징역이 될 것 같았다. 스스로를 돌아보자면 지금 자신이 처한 상황이 마치 탈옥이라도 하고 싶도록 갑갑하게만 느껴졌다.

그녀가 떠남으로 해서 텅 빈 것 같은 구치소에 혼자 남아서 징역을 살 일을 생각하니 도무지 걸어갈 힘조차 없어지는 거였다. 밖에서라면 안 되는 일이 없을 정도로 종태의 힘이 안 닿는 곳이 없었지만 이곳에서는 힘을 쓸 수 없는 것이 안타까웠다. 자신이 갖고 있는 돈의 한계란 것도 있었다. 대개 살인이나 중형수인 경우엔 재판이 끝나기가 무섭게 교도소로 이송을 해버리는 것이 이곳의 원칙이었다. 그것은 이곳 구치소의 무거운 짐이라도 하나 벗어버리고 싶은 심정 때문이었을 것이다. 중형수들은 흔히 재판이 끝나고 나면 지독한 허탈감과 자괴감에 빠져서 허우적대다가 자기도 모르게 뺑끼통의 쇠창살에 목줄을 걸어 자살을 하는 일들이 종종 일어나곤 했기 때문에 구치소 측으로 봐선 한 시간이라도 더 두려고 하지 않는 게 사실이었다. 선고가 끝나자마자 법무부로 상신을 해서 이송보고를 하고 나면 곧바로 이송에 들어가는 게 당연시되었다. 대개 이송 중에도 사고가 안 일어나리라는 보장이 없었으므로 중형수들이 떠나는 이송에는 더 많은 직원들이 계호를 했고 총기 등이 지급되고 있었다.

종태는 여사의 하얀 담벼락이 보이자, 자꾸만 뒷걸음질 쳐지는 기분이었다. 분명히 앞으로 나아가고 있었는데도 마음은 뒷걸음치듯 달아나고 싶었다. 그녀를 마지막으로 본다는 아까의 설렘과는 달리 지금 그는 달아나고 싶었다. 마치 보지 않으면 그녀가 이송을 못 떠날 것 같은 생각에서였다. 그러나 꼭 그런 것만은 아니었으므로 종태는 어떻게든 그녀를 봐야 하겠다는 의무감이 들면서 차츰 마음의 갈등을 없앨 수가 있었다.

같은 출역수인 은수가 쪽문의 벨을 누르는 동안에도 종태는 또다시 마음의 불안을 느꼈다. 여직원이 쪽문의 조그만 구멍을 통해서 바깥을 내다보았고 확인을 하는 사이, 종태는 아, 이렇게 그녀와의 숨가뿐 밀회도 끝이구나 하는 안타까움이 들고 있었다. 자신도 모르게 다가온 그녀의 체취가 달아나려는 것을 그는 애써 감추려고 애를 쓰고 있었다.

문이 열렸을 때, 활짝 드러난 마당에는 이미 여자들이 운동을 나와 있었고 여자들의 무리들 저 멀리쯤에 그녀가 혼자 걸어다니고 있는 모습이 눈에 들어왔다. 아직도 그녀는 아무것도 모른 채 그러고 있는 것만 같았다. 종태의 눈에서 눈물이 피잉 돌 것만 같았다. 그러나 눈물은 보이지 않았다. 그 대신 콧날이 시큰거리다가 그만두는 것이었다. 출역수들이 잔밥통으로 다가서면서 잔밥을 흘리지 않도록 바닥에다 자루를 깔았고 장갑을 끼면서 흘끗 여자들 쪽으로 눈을 돌리는 사이, 담당이 여직원 쪽으로 다가가면서 종태에게 눈을 찡긋해 보였다. 그 눈짓을 알아차린 종태는 고마움을 느끼면서 천천히 그녀에게로 다가갔다.

그녀도 종태가 다가오는 걸 느꼈는지 걷던 동작을 멈추고 서서 다가오는 종태에게서 눈을 떼지 않고 있었다. 운동을 나와 있던 여자들이 힐끗 이쪽을 바라보다가 저희들끼리 히히덕거리며 웃다간 다시 잔밥통에서 일을 하고 있는 남자들에게로 눈길을 주고 있었다. 종태가 거의 다가갔을 때 그녀는 눈을 내리깔고서 땅만 보고 있었다.

"희자 씨……."

종태는 여기까지 말을 꺼내놓고선 더 이상 말을 잇지 못했다. 그녀는 그저 평소의 습관대로 그저 땅만 보고 있다. 종태는 입술을 한 번 깨물었다가 그녀의 흰 목덜미께에서 눈을 들어서 담벼락을 보았다. 그리고 지나가는 말처럼 지껄였다.

"내일 이송이랍니다……."

"……?!"

희자가 깜짝 놀라서 고개를 쳐들었다. 그녀의 흰 얼굴이 더욱 창백해졌다. 종태는 그런 그녀를 얼핏 보았다가 다시 하늘로 시선을 고정시키고 있었다.

"내일 청주여자교도소로 이송이 있다고 들었습니다. 영치계에서 명단을 확인했구요…… 오늘이…… 마지막이라고 생각하니 왠지…… 말한 대로 나도 이날까지 성경책 한 권을 다 봤습니다. 어느 정도 믿음도 들었습니다. 서로 기도를 하면서…… 편지라도 나누다가 보면 언젠가는 만날 날이 있겠지요. 제가 출소를 먼저 하게 되면 청주로 내려갈 겁니다. 몸 건강하시고…… 밥이라도 많이 드십시오. 마침 내일 이송에 내청 담당님이 같이 계호를 하면서 가게 될 겁니다. 제 심정은 편지에도 다 못 썼지만 아마 담당님이 하는 말씀 중에 제 뜻이 담겨 있을 겁니다…… 처음으로 사랑이라는 것을 알았습니다. 내가 희자 씨가 나오는 그날까지 기다리겠습니다.”

종태는 말이 나오는 중에 복받쳐 오르는 슬픔 같은 걸 느꼈다. 자주 눈을 들어 하늘을 올려다보며 겨우 말을 끝냈다. 남자의 세계에서만 살아온 자신으로서는 전혀 상상할 수 없는 일이었지만 지금은 그랬다. 희자가 조그만 입을 오물거리더니 겨우 말을 꺼냈다.

“그동안 고마웠어요…… 무어라 말을 해야 할지…… 내려가면 곧 편지를 드리겠어요. 종태 씨가 제게 베푼 은혜를 생각하면서 조용히 살고 있을게요. 하나님께선, 뜻이 계시다면 저희들을 그냥 두시진 않을 것입니다. 저도 기도를 하면서 하나님의 뜻이 무엇인지를 기다려보겠습니다. 미천한 저를 사랑하고 계셨다니…… 흑!”

희자가 한 방울 눈물을 떨궈냈다. 그녀의 어깨가 흔들거릴려는 찰나에 종태는 얼른 그녀를 가렸다. 운동장에 나와 있는 여자들이 볼까 봐서였다. 희자가 얼른 눈물을 훔치며 다시 말했다.

“기다리고 있을게요, 안 오신데도…….”

“아니, 정말 갈 겁니다. 그건 나의 변함없는 의리입니다. 그

174

리고 나갈 때까지 그 약속을 지키는 뜻에서 성경책을 한 번 더 통독할 작정입니다. 그러면 되겠습니까? 희자 씨"

"…… 네, 고마워요……."

희자는 종태가 무슨 말을 하려는지 다만 조용하게 듣고만 있겠다는 표정이었다. 재판이 끝나고 이렇게 빨리 이송이 될 줄을 미리 짐작하고 있었는지도 모른다. 그녀의 가느다란 목덜미가 다시 숙여지고 있었다.

"가거든…… 편지 하십시오…… 저도 편지를 띄우겠습니다. 저번의 그 주소로, 담당의 집주소이니까 괜찮습니다…… 종태는 희자의 어깨에 손이라도 얹고 싶었다. 그래서 그녀의 가냘픈 등을 토닥거려 주고 싶었다. 손이 올라가려는 충동을 가까스로 자제하고 있는 중이었다.

"돈은 좀 있습니까?"

"저번에 상호 씨를 통해서 넣어주신 돈이 아직 그대로 있어요. 이젠 돈이 필요 없을 것 같아요. 시골에 계신 할머니도 청주로 면회를 오시기엔 편할 것 같아요. 부디 몸조심하시고 …… 계세요……."

종태는 희자의 그 말에 어금니를 꽉 물었다. 그러지 않으면 금방이라도 으흐흐흐, 하고 울음이라도 쏟아질 것만 같았다. 눈알이 빨갛도록 부릅 힘을 집어넣고 있었지만 그 힘도 오래갈 것 같지 않았다. 그는 또 하늘을 쳐다보았다. 그리고 말을 했다.

"조금만 기다리십시오…… 상호더러 할머니랑 같이 면회를 하라고 일러두겠습니다. 이제 기결수가 되면 한 달에 한 번밖엔 면회가 되지 않을 터이니 할머니가 면회를 가는 날에 맞춰서 청주로 내려가라고 말해 놓겠습니다. 아니면, 할머니한테로 가서 할머니를 모시고 청주로 가도록 할 겁니다."

그러자 희자는 얼른 고개를 들었다.

"그러진 마세요. 너무 그러시면……."

"아닙니다. 제 마음이고 뜻입니다. 할머니껜 잘 말씀을 드리라고 하겠습니다. 희자 씨도 가능하다면 할머니께 그렇게 편지라도 써 두십시오. 내가 희자 씨를 놓치지 않겠다는 마음을 조금이라도 이해를 하신다면 제 말대로 그대로 하십시오……."

"……네."

희자가 조그맣게 입 밖으로 말을 꺼냈다. 종태는 크게 심호흡을 한 번 하고 나서 뒤에 다시 천천히 말을 이었다.

"정말…… 사랑합니다. 비록 이런 곳이라고 제가 하는 말을 장난으론 듣지 마십시오. 사나이 가슴으로 하는 말입니다. 가거든 곧 바로 편지를 보내주십시오. 그 주소로 곧 답장을 쓰겠습니다."

"네……."

종태는 이제 할 말을 다한 듯 물끄러미 그녀를 내려다보고

있었다. 햇빛이 그녀의 하얀 목덜미에서 잘게 부서져서 튕겨
나오고 있었다. 그 빛이 자꾸만 종태의 눈에 화살처럼 꽂혔다.
종태는 눈을 밑으로 내려 그녀의 까만 고무신 코에다 슬쩍 자
신의 발끝을 갖다 대었다. 그러자 그녀는 그대로 가만있었다.
종태의 운동화의 코와 그녀의 검정 고무신 코가 서로 맞닿아
있었다. 그녀가 고무신의 끝에다가 새긴 분홍빛 꽃수가 아름답
다고 느껴졌다. 종태는 툭, 그녀의 코끝을 한 번 쳤다. 이번에
는 그녀가 살그머니 자신의 고무신으로 종태의 운동화를 쳤다.
작고 조그마한 울림이었다. 고무신과 종태의 운동화가 코끝이
닿았다가 떨어지는 순간은 정말 애처로움이었다.

28

허탈, 그리고 또 다른 삶

종태는 밤이 되자, 도무지 알 수 없는 이상한 기분이었다. 창가에 붙어서 바깥의 환한 아파트의 불빛을 바라보면서 서글픔에 젖어 있었다. 이 밤이 다 지나고 나면 그녀는 멀리 청주로 내려갈 것이었다. 오늘 낮에 마지막으로 본 그녀의 얼굴이 달빛처럼 희게 빛나고 있었다. 종태는 하늘에 떠오르기 시작한 달을 올려다보면서 가느다란 한숨을 내쉬었다.

만나고 헤어짐이 인간사라더니.

종태가 여러 번 징역을 살면서 숱한 사람들이 그의 곁을 지나갔지만 이번만큼 절실한 적은 없었다. 징역에서의 여자란 그저 이야기 속에서 질겅거리며 씹어대는 그런 존재일 뿐이었고 성감을 돋구는 그런 도구였고, 심하게는 뻥끼통에서 행하는 자위의 대상일 뿐이었다. 그런데 지금 종태는 희자의 넋에 빠져 아무것도 생각할 수 없을 만큼 혼란스러웠고 아득하기만 했다. 마치 외로운 항해 끝에 찾은 무인도쯤이랄까, 항구일 터였다.

종태는 창살에 기대어 서서 자신의 위 호주머니에서 그녀가 써 보낸 시들을 펼쳐보았다. 그녀가 깨알같이 촘촘히 쓴 편지의 한 부분이었다. 그는 그것을 펴서 천천히 읽어가면서 다시금 그녀에 대한 생각에 휩싸였다. 정말 알 수 없는 일이다. 여자에 관한 한 전혀 냉담했던 자신에 비해서 지금의 그가 스스로도 믿기지 않는 거였다. 이미 자신은 한 여자의 수렁에 깊이 빠진 뒤였다. 그것도 아름답고 고상한 그녀의 혼에서 깨어나지 못하는 왕자였던 것이다.

종태는 밤늦도록 그러고 서 있다가 밤이 깊어 조용해지자 잠자리에 들었다. 잠자리에 들어서도 사랑하는 여자를 멀리 떠나보내는 남자의 애틋한 심정으로 뒤척거리다가 얼핏 잠이 들었다.

밤은 재소자들에게 안식 그 자체였다. 모든 세상의 잡념에서 떨어져서 혼자만의 시간을 갖는 그런 휴식이었다. 낮 동안의 노동과 갑갑한 생활에서 벗어나 꿈속에서만이 자유스러웠고 또 누구든지 만나볼 수 있었던 것이다. 사랑하는 가족들이 꿈에 보이기도 했고 바깥에서 사랑을 나누었던 여자의 얼굴들을 만나볼 수 있는 것도 꿈속에서였다. 밤은 그들에게 포근한 안식과 만남을 주기도 했지만 꿈을 깨고 나면 그만큼 허전한 것이었다. 그들은 잠에서 깨어나면 어김없이 뺑끼통을 찾았다. 그것은 어쩌면 깊은 생각이 들 때마다, 골똘히 생각해야 될 문제가 있을 적마다, 외로울 때마다 늘 하던 습관대로 잠에서 깨어나면 자신도 모르게 일단 뺑끼통부터 찾아드는 게 당연한 일처럼 여겨졌다. 오줌이 마렵지 않은 데도 마치 오줌이 마려운 것처럼 느껴졌고 뺑끼통에 걸터앉아 있어야만 덜 불안한 것처럼 느꼈다.

종태는 새벽의 교회에서 들리는 찬송소리에 눈이 떠져서 곧장 이불 속에서 기도로 들어갔다. 그녀를 위한 기도였다. 그는 여태껏 해보지 못한 간절한 기도를 했다. 그녀가 가는 곳마다 복음의 증거자가 되게 해달라고 기도했고 그녀의 마음이 그 안에서도 평온하기를 기원했다. 그리고 자신과의 만남이 영속되기 위해서도 기도를 했다. 기도를 마치고 나니 여름날의 희붐한 새벽이 창가로 와 있었다. 종태는 일어나서 조용히 창가로 다가가서 멀리 여사 쪽을 향해 눈을 들었다.

건물에 가려져서 여사는 보이지 않았지만 종태는 그녀를 바라보는 것처럼 마음이 즐거워졌다. 그녀도 지금쯤 일어나서 기도를 하고 있을 것이라고 생각했다. 종태는 그런 생각을 하자 잡고 있던 쇠창살을 불끈 거머쥐고는 부르르 떨었다. 갑자기 쇠창살을 무너뜨리고 박차고 나가고만 싶은 충동이 일었다. 그

충동은 전신으로 퍼지면서 잔잔하게 가라앉고 있었다.

부디, 가서 잘 사시오.

종태는 입속으로 그렇게 말하며 지그시 눈을 감았다. 그녀의 웃는 환상이 금방이라도 나타나서 그를 향해 다가올 것만 같았다. 종태는 계속 눈을 감고 서 있다가 천천히 자리로 돌아왔다. 그가 빠져나갔던 잠자리가 새집처럼 벌어져 있었다. 종태는 그 위에 아무렇게나 누워서 천장만 쳐다보면서 온갖 잡념에 몰두해 있다가 벌떡 몸을 일으켜서 머리맡에 두었던 성경책을 집어 들었다. 그리고 계속 읽어 내려갔다. 까만 글자들을 읽어 내려가면서 종태는 자꾸만 가슴이 아파오는 것은, 아마도 시간이 점점 흐름에 따라 그녀와의 이별의 순간이 다가오고 있다는 강박관념 때문임을 알 수 있었다. 비록 시계는 없었지만 오랜 징역에서 터득한 시간을 감지하는 예감이 있어서, 날이 밝아오는 정도로 봐서도 그는 이미 정확한 시간을 알 수 있었다. 징역을 오래 살다보면 쿵 하는 소리만 들어도 전치 몇 주의 진단이 나올 것이라는 통밥이 생겼고 이건 사망이다, 아니다를 알곤 했다.

날은 점점 밝아오면서, 눈은 비록 성경책에 가 있었지만 이별의 떨림이 가슴으로 번지고 있었다. 그는 애써 성경책에 몰두하려고 노력하고는 있었지만 마음은 딴판이었다. 뭔가 허전했고, 서운했으며, 안타까움만 잔뜩 흐르고 있었다. 내면의 깊이에까지 낮게 흐르던 그 알지 못할 슬픔은 출역시간이 되면서 완전한 허탈감으로 변하고 있었다. 종태가 마당으로 나와서 점검을 받고 있을 때 군복으로 바꿔 입은 내청 담당이 다가와서는 귀엣말을 했다.

"세탁으로 이송복을 가지러 왔어. 조금 있다가 방에서 나올 거라구. 하여튼 염려를 말어. 내가 다 알아서 할 테니까!"

종태는 고개만 끄덕였고 담당은 휘적휘적 세탁공장으로 다가갔다. 종태는 가만히 서서 그를 바라보다가 점검이 끝나자 새로 온 담당의 인솔로 내청으로 들어갔다. 자리에 앉아 있으면서 그제서야 그녀에게 무슨 말이라도 전해줄 걸, 하는 아쉬움이 들었다. 아쉬움이란 그저 끝이 없었다. 막사 내의 어둠이 그를 잔뜩 침울하게 만들고 있었다.

희자가 아침밥을 먹자마자 곧바로 신 담당이 그녀의 방으로 다가왔다.

"조희자 씨! 이송 준비! 청주여자교도소야."

"……?"

담당이 그렇게 말하자 방 안은 금세 조용해졌다. 마침 식기를 닦느라 정신없이 떠들어대던 여자들이 동작을 멈추고 우뚝 서서 복도 쪽의 담당을 올려다보고 있었다.

"이송 준비나 잘 해줘. 희자가 이송을 간다고 하니 섭섭하군."

신 담당은 그 말을 하고는 희자에게로 눈동자를 고정시키고 있었다. 희자가 엷게 웃었다. 그 웃음이 처량하기도 했고 맑아 보이기도 했다. 그녀가 천천히 일어나서,

"여러 언니들, 정말 고마웠어요. 그동안 제가 방 안에서 일도 거들어드리지 못하고…… 이렇게 신세만 지다가 갑니다. 몸 건강하게 있다가 나가세요……."

희자의 말은 자신이 이때까지 방 안에서 생활하면서 한 번도 설거지나 방 청소를 도우지 못했다는 말이었다. 물론 수갑을 차고 있는 그녀에게 일을 시킬 수는 없는 일이었지만 그녀는 그렇게 고마움을 표했다. 갑자기 방 안의 분위기가 숙연해졌다.

"뭘…… 희자가 우리 방에 와서 얼마나 분위기가 좋았는데…… 우리들도 희자 때문에 재미있었어."

"가거든 편지나 해. 몸 건강하고…… 그리고 희자한테 편지를 보내오는 그 남자한테서 혹시 편지가 오면 우리들이 그쪽으로 부쳐줄게."

여자들이 저마다 한 마디씩 했고, 나머지는 물끄러미 희자를 바라보고 있는 중이었다. 희자는 손목의 수갑이 불편한지 조금 아래쪽으로 밀어보이면서 다시 말했다.

"정말 고마웠어요. 제가 이 은혜 잊지 않겠어요. 거기에 가서도 여러분들을 위해서 기도를 할게요……."

"그래에, 희자 니가 참말로 잘 됐으면 쓰겠다. 나중에 나가면 꼭 그 남자하고 결혼해. 그만한 남자도 없을 것 같으다아. 자주 편지를 해서…… 그 남자 하나는 꽉 붙잡아놔라, 알았니?"

"……네."

희자가 대답을 하자, 이번에는 말분이 소리쳤다.

"아, 뭘 해? 어여, 희자 징역 보따리나 좀 두둑하니 싸지 않고! 이제 그곳엘 가면 거기서 징역을 살 건데 징역 보따리나 많이 싸줘라. 그래야 그쪽에 가서도 개털이라고 괄시를 안 하지!"

말분의 말이 떨어지자, 여자들은 서둘러 옷장을 열어젖히고 그 안에서 각종 먹을 것들과 런닝, 팬티, 치약, 비누, 간장, 고추장, 미원, 영양제 등을 꺼내서는 희자의 보따리에다 집어넣고 있었다. 그것은 이제 완전히 징역을 살기 위해 떠나는 이송자들에 대한 방 안의 사람들이 마지막으로 베풀어주는 호의였고 인사치레였다. 징역 보따리를 많이 싸갖고 가야 그쪽에 있는 재소자들이 그 보따리를 보고는 쉽사리 괄시 같은 걸 하지 않았다. 그게 징역에서 통하는 파워였고, 처세에 보탬이 되는 물건들이었다.

"이런 건 안 넣어줘도…… 돼요…… 언니……."

희자가 그렇게 말했고, 누군가 반박했다.

"아니다, 희자야. 징역을 오래 살려면 아무래도 이런 게 있어야 하는 기라. 그래야 처음부터 징역이 잘 깨지는 거다, 너! 처

184

음에 궁상맞게 들고 가면 걔들이 어떤 애들인데? 너를 그냥 곱게 봐줄 것 같으냐? 이런 거라도 잔뜩 들고 가야 니가 징역을 사는데 꼽징역이 안 되는 기라!"

"언니!……."

희자는 눈물이 났다. 인간적인 고마움이 그녀의 맑은 눈에 눈물을 고이게 만들었다.

"아이구, 희자가 또 눈물을 흘리네! 이런 건 으레 하는 거야, 이년아! 니가 이뻐서 해주는 게 아니란 말이야. 그런 거 가지고 또 눈물을 찔끔거리니…… 니는 어쩌면 맨날 울다가 볼일 다 보겠다!"

희자는 그렇게 서서 눈물을 닦다가 황급하니 뻥끼통으로 들어갔다. 그녀가 그 안에서 울고 있는 동안, 방에서는 혀를 끌끌 차는 소리가 들렸다.

"저렇게 약해서야…… 어떻게 징역을 살려고 그러는지 원…… 다아 남자가 뭔지, 사랑이라는 게 뭔지, 정말…… 우리 희자만 불쌍하게 됐지 뭐……."

"나가서는 정말 잘 살아야 할 긴데 말이야……."

여자들은 그런 푸념조의 말을 하면서 부지런히 희자의 보따리를 쌌다. 보따리에 꼭꼭 차도록 물건을 집어넣은 여자들이 그것을 들어 방문 앞에 갖다놓았다. 언제라도 담당이 나오라고 한다면 들고 밖으로 나갈 수 있도록 했다. 그 보따리에는 희자가 쓰던 칫솔이나, 수건 따위까지 집어넣었고 쇠창살에 널어두었던 팬티까지 마지막으로 걷어서 집어넣는 것으로 끝이 났던 것이다.

"희자야! 이제 나와야지."

여담당의 소리가 있자, 희자는 겨우 뻥끼통 밖으로 나왔다. 그녀의 눈두덩이 벌겋게 부어 있었다. 울었는지 눈알이 토끼눈처럼 충혈되어 있었다.

"너, 그곳에 가선 자꾸 울지 마라아. 그러면 걔들이 너를 얼마나 얕잡아 보겠니? 마음 단단히 먹고 징역이나 열심히 살어. 그러다가 보면 가출옥을 먹을 거야. 그만한 세월도 막상 살다 가보면 금방이라구. 거기 가서 부지런히 성경책이나 보고, 전도를 하다보면 하나님이 널 그냥 두시겠니?"

"……"

그렇게 말하는 여자는 다름 아닌 분희였다. 분희는 예수도 믿지 않았으면서도 희자에게 그러한 말로 위로하고 있었다. 희자의 신앙심에는 절로 탄복했던 그녀였다. 모두가 그랬다. 이때까지 예수가 뭐 밥 먹여 주냐, 하면서 음담패설에 몰두하던 그녀들도 지금은 그렇지가 않았다. 희자에게 무슨 말이라도 해주어서 위로하려고 애를 썼다.

"가거든 선생님한테 잘 보여야 가출옥이 쉽데. 희자는 말 안해도 잘 하겠지만 일단 가선 열심히 살어. 우리도 이곳에서 너를 생각하며 열심히 기도를 해줄게, 알았지?”

“네…… 고마워요…….”

희자는 그렇게 말을 하면서 고개를 깊이 숙여 보였다. 그리
고는 천천히 방문께로 다가갔다. 이번에는 여자들이 일어나서
그녀의 주위로 몰려들었고 희자의 손목을 부여잡았다.

“내, 나가면 꼭 너한테 한 번 면회를 갈게.”

“부디 이곳에서 생활했던 거 잊지 말고…….”

“나중에 밖에서 만나면 우리, 어디 근사한 데 가서 커피나 한
잔 하면서 추억이나 얘길 하자구. 나, 절대 잊지 마, 알았니?”

“네!…….”

여자들이 아쉬운 듯 희자의 손목을 잡고는 어루만졌다. 그
때, 희자의 눈은 또 어룽거리기 시작했다. 여자들이 희자의 등
을 토닥거렸다.

“자, 이제 속시원히 가. 이제 이곳의 지긋지긋한 것도 잊어버
리고…… 그곳에 가면 또 재미있는 일이 생길 거야.”

“언니, 저도 나가면 꼭 그곳으로 면회를 갈게요.”

이번에는 막내인 미경이었다. 미경이도 어느새 울고 있었다.
희자는 손을 들어 미경의 눈물을 닦아주었다.

“그래, 너도 나가면 다시 학교에 들어가서 열심히 공부해서
훌륭한 사람이 되어야 해. 나쁜 거 하지 말고…….”

“네, 언니…….”

희자는 미경이 가지런히 놓아준 고무신을 꿰어 신고 방문을 나섰다. 그리고는 다시 방을 향해서 돌아섰다.

"전부 잘들 계시다가 몸 건강히 나가세요. 가면 꼭 편지할게요."

"그래, 잘 가라 희자야."

희자는 수갑을 찬 손으로 보따리를 들고 천천히 걸어나갔다. 문이 닫히는 소리가 들렸고 이내 신 담당이 뛰어왔다.

"희자야! 가거든 열심히 신앙생활하고…… 아무튼 징역에서는 몸이 건강해야 하니까 아무거나 잘 먹고 그래…… 나도 나중에 그곳으로 갈 이송 출장이 있으면 꼭 너를 찾아볼게."

"네, 선생님. 정말 그동안 고마웠어요. 그동안 신앙적으로 이끌어주신 은혜 무어라고 보답을 해야 할지……."

"아냐, 희자가 참 잘 견뎌줘서 나도 기뻐. 꼭 그 남자를 신앙으로 이끌어서 결혼으로 연결이 될 수 있도록 부지런히 기도를 해봐.

"하나님은 모든 걸 들어주시는 분이니까."

"네, 알았어요, 선생님. 나중에 출소를 하면 꼭 영등포로 찾아올게요. 그때까지 선생님도 건강히 잘 계셔야 해요."

"후훗, 그래. 나야 맨날 이곳에서 있을 테니까 나중에 잘 돼서 그 남자랑 같이 오면 더욱 좋고."

신 담당은 함빡 웃어보이면서 그렇게 토를 달았다. 희자도 같이 웃었다. 그녀의 엷은 웃음이 신 담당의 가슴에 또렷이 박혔다.

여사의 정문으로 나오자 이미 그곳에는 군복을 입은 남자 직원이 서 있었다. 그곳에는 이미 여러 명의 여자들이 수갑을 차고 한창 포승줄에 묶이고 있는 중이었다.

"조희자?"

남자 직원이 그렇게 물었고 희자는 고개를 끄덕였다.

"그럼, 이송복을 들고 가서 입고 오지."

남자가 눈으로 가리키는 곳에 이송복이 보였다. 희자는 그 이송복을 집어들고 검신실로 들어갔다. 희자가 자신이 이때까지 입었던 관복을 벗고 회색빛의 이송복으로 갈아입고 밖으로 나오자 포승이 끝난 여자들이 마냥 서 있는 게 보였고 남자 직원은 포승을 엮어 동그랗게 만들어갖고서 희자를 기다리고 있었다. 희자를 바라보는 눈빛이 강렬하다고 느껴졌다. 희자는 그 앞으로 가서 손목을 내밀었다. 그가 포승줄을 당겨 죄면서 여러 겹을 묶었고 팔목과 허리께를 묶기 시작했다.

"저 알겠죠?"

"……"

희자가 문득 고개를 들어 그를 올려다보자, 그가 씨익 웃는다. 희자도 알아본 듯 조금 웃어 보였다.

"내청 담당입니다. 아실 겁니다. 맨날 잔밥을 치우러 여사엘

189

들어갔었으니까."

"네에, 선생님……."

희자는 여직원을 부를 때의 호칭 그대로 선생님이라고 불렀다. 그가 천천히 묶던 동작을 멈추고 말을 했다.

"같이 가게 돼서…… 하여튼 반갑습니다. 가면서 할 말도 있고……."

내청 담당이 조그맣게 말했다. 희자의 귀가 번쩍 틔였다. 희자가 그를 바라보자 그가 알게 모르게 눈짓을 하며 외면을 하는 거였다.

희자는 묵묵히 등을 돌리면서 마지막 시승의 끝마무리를 돕고 있었다. 그가 맨 마지막의 시승을 끝내고서 그녀의 등에 나머지 포승줄을 둘둘 말아서 집어넣었다.

"자, 사물보따리를 들고 밖으로 나가요."

담당의 말투는 어정쩡하게도, 반말도 그렇다고 존댓말도 아니게 평어를 쓰고 있었다. 특별히 희자를 염두에 둔 말투였다. 여자들이 각자의 사물 보따리를 집느라 안간힘을 써댔다. 왜냐하면 수갑을 찼고 포승줄에 묶여 있었기 때문에 보따리를 들려면 여간 힘들지 않는 거였다. 여자들이 가까스로 보따리를 움켜잡고서 일어섰을 때쯤, 담당이 희자의 곁으로 다가와서 희자의 사물 보따리를 들어주었다.

"자, 가요. 이건 내가 들어줄 테니까."

190

"……."

희자는 담당의 뒤를 따라 정문을 나섰다. 장문을 시키고 서 있던 여담당이 희자를 보며 잘 가라는 듯이 눈웃음을 지으며 손을 흔들었다. 희자는 우뚝 멈춰서서 그녀에게 고개를 숙여 보이고는 총총이 남자 직원의 뒤를 따랐다.

보안과 앞마당에 세워진 대형 호송버스에 올라타자 정문의 근무자인 담당이 권총을 찬 채로 올라와선 지찰을 들고서 일일이 사람들을 대조하면서 호명을 했다. 모든 확인이 끝나자 버스는 천천히 출발하기 시작했다. 희자는 버스가 출발하기 전에 얼른 창문을 통해서 바깥을 내다보았다. 여사의 굳게 닫혀진 철문이 보였다. 이른 새벽에 떠나는 이송버스는 외정문을 벗어나 시원스럽게 달렸다.

버스 맨 앞좌석으로는, 뒤쪽을 향해 돌아앉도록 되어 있는 곳에 주임과 직원이 앉아 있었고, 그 뒤로는 열 명의 여자 재소자들이 세 명씩 같이 묶여져서 널찍널찍하게 자리를 잡고 있었다. 희자는 단독승이라선지 따로 맨 뒷좌석에 앉았는데 그 옆에는 내청 담당이 앉아 있었다. 그리고 그 뒤의 가장 뒷좌석에도 직원 두 명이 앉아서 앞쪽을 감시하고 있는 중이었다. 버스가 남부순환도로를 타면서 차츰 길이 막히기 시작했다. 아마 양재에서 고속도로로 들어설 모양이었다. 차가 가다가 서고 또 가다가 서는 동안 여자들은 보따리에서 먹을 것들을 꺼내서 서

191

로 나눠 먹고 있었다. 앞쪽에 앉은 여자가 사탕 몇 알을 뒤쪽으로 보내왔다. 희자는 묵묵히 받아서는 옆 자리의 담당에게 건넸고 자신의 보따리를 풀어서 방 사람들이 가면서 먹으라고 넣어준 사과 몇 알을 꺼내서 앞의 여자들에게 나눠 주었다.

"보기보다 굉장히 미인이군요……."

담당이 그렇게 말했을 때, 희자는 그게 무슨 뚱딴지같은 말인지를 몰라 잠시 머뭇거렸다. 그러자 그가 다시 말을 꺼냈다.

"내청 반장이 무척 신경을 씁디다. 마음씨도 곱고…… 착한 것 같은데…… 아마 이것도 인연이라고 생각하십시오. 반장이 너무 당신한테 정이 들어서…… 내가 일부러 자원해서 청주까지 따라가는 겁니다. 마지막으로 희자 씨한테 어떤 얘기라도 해줘야겠다고 생각을 했어요."

"……."

희자는 이제 귤을 까고 있었다. 남자에게 깐 귤을 넘겨주었다.

"반장은 처음에 편지를 할 때부터 그런 생각이 있었는가 봅니다. 희자라는 여자한테 깊은 생각을 가지고 있었던 것 같습니다. 우리 집 주소로 편지를 왕래하도록 하고 나서 보니까 둘이 너무 열렬하게 편지를 주고받는 것이 아름다워 보였지요. 내가 도울 수 있는게 뭐 없을까 해서 안달이 났지만 어디 직장에서 표를 내면서 그럴 수도 없는 일이고 해서…… 이렇게라도 같이 청주까지 갔다오는 것이 좋을 것 같아서…… 반장한테서 자주 희자 씨에 대한 이야긴 들었습니다. 저를 부담 없이 생각 하십시오."

"네."

"반장이 너무 달라진 것 같습니다. 유명한 조직폭력배였지만 지금은 그런 냄새도 안 나지요. 아마도 희자 씨의 감화가 큰 것 같습니다. 매일 내청에 출역을 해서도 성경책을 보고 있고, 집회가 있는 날이면 집회에도 참석을 하지요. 아마도 이제서야 신앙에 눈을 떴는가 봅니다……."

"……네."

희자는 조용히 귤을 입안으로 집어넣고 오물거렸다. 그리고는 계속 귤에 달라붙은 허연 실밥 같은 걸 뜯어내고만 있었다.

"나중에 반장이 나가면 청주에까지 면회를 갈 생각인가 봅니다. 그리고…… 아마 희자 씨와의 결혼까지 생각하고 있습디다. 희자 씬…… 어떻게 생각할는지 모르겠지만…… 반장도 무척 외롭게 큰 모양입디다. 조직세계라는 곳이 원래 그렇지요. 삭막하고 무뚝뚝하고…… 그렇지만 반장의 의리하난 믿음직스럽지요. 청주로 가시거든 반장한테 편지를 하십시오. 제 집 주소로 하시면 됩니다."

"알겠어요."

희자가 말했다. 희자는 다 깐 귤을 담당에게 건네주었다. 담당은 희자가 자신이 묶어놓은 포승줄 안에서 이리저리 손끝을 움직여서 귤을 까고 있는 모습을 보면서 안타까운 마음이 들었다. 귤을 받아 입에 넣으면서 담당이 또 말했다.

"이제 반장도 얼마 있지 않으면 금방 밖으로 나갈 겁니다. 4년이란 세월도 지나고 나면 금방이지요. 아마 희자 씨도 그곳에 가서 살다가보면 금방 지나갈 겁니다. 다행히 청주는 여자들만 수용하는 곳이라 깨끗하고, 배울 만한 것들도 있을 겁니다. 제가 알기로는 양재기술도 가르치고 있고, 미용부도 있는 걸로 압니다. 그곳에서 빨리 기술자격증만 따내면 가출옥이 쉬울 겁니다. 희자 씨 같은 경우라면, 신분장에도 그 공소사실이 그대로 적혀 있을 테니까 어느 정도 요건이 갖추어져서 가출옥 심사가 있게 될 때, 정상참작이 될 겁니다. 사람의 감정이 피치 못하도록 처참한 상태에서 일어난 것이라는 게 참고가 되어서 심사에서 유리하게 작용할 것입니다. 반장은 반장대로 열심히 출역을 해서 어느 정도 기간이 지나면 제가 한번 가출옥 요청을 해볼 생각입니다."

"네, 고마워요. 이렇게까지 신경을 써주시니……."

"아, 아닙니다. 저도 여러 가지로 도움을 받은 게 있지요. 그건 말씀을 드리지 못하겠지만…… 하여튼 잘 돼서 하루 빨리 사회로 나와서 둘이 합쳐지기를 바랄 뿐입니다. 혹시, 이 안에서 만났다고 하더라도 남들보다 더 잘 살면 되는 거 아닙니까? 용기를 가지시고 살다보면 사람에게 낙이란 게 오는 법입니다.

반장이 그렇게 신앙을 가지게 된 것도 다 희자 씨 때문이라는 걸 압니다. 새벽마다 기도를 하고 있다는 것도 들어서 알고 있습니다. 유명한 조직깡패가 그렇게 되기까진 무어라 해도 다 희자 씨가 그렇게 믿음의 씨를 뿌린 게 아니겠습니까?"

담당이 그렇게 말을 했고, 희자는 얼굴빛을 붉히면서 담당을 똑바로 쳐다보며 말했다.

"아니예요. 저는 아무것도 한 게 없어요. 다만 그분 스스로 믿음이 들어간 것이겠지요. 사실, 저도 이 안에서 믿음 생활을 처음 했지요. 밖에서는 교회에도 가지 않았다가 제가 죄를 지으면서 이곳에서 하나님을 알게 되었지요. 차라리 그게 더 다행스러운 일이지요. 그 사람을 알게 되었다는 사실도 어쩌면 다 하나님의 뜻이라고 생각해요."

"네에, 저도 사실은 집사람을 따라 교회엘 몇 번 가봤지만 도대체 지루해서 못 견디겠더라구요. 그래서…… 지금은 다니진 않고 있지만 집사람이 다니는데 반대는 하지 않고 있습니다. 착하게 살라고 설교를 하는데 제가 뭐 방해할 필요가 있겠어요. 요즘도 마누라는 자꾸 나를 교회로 데려가려고 애를 씁니다만……."

"한 번 가보세요. 저도 이 안에 있으면서 바깥에 있을 때 교회엘 나갔더라면 하고 많은 후회를 하곤 했어요. 가보세요. 아마 가정에도 많은 도움이 될 것이고…… 나는 나가서도 하나님

195

을 의지하고 살 생각입니다. 그게 저의 바램이구요……."

"……."

담당은 그녀의 말을 들으면서 마치 한편의 설교를 듣는 듯했다. 어쩌다 한 번 집에 들른 전도사도 그런 말들을 했었다. 담당은 물끄러미 그녀의 숙인 옆얼굴을 바라보다가 애잔한 감동을 느끼고 있었다.

호송버스가 청주 시내를 달리다가 어느 한적한 길로 접어들고 있었다. 조금 더 달리니까 하얀 건물이 보였다.

차에서 내려서 짐 보따리를 들고 신입실로 들어가니 여직원들이 미리 나와 있었고 입고 갔던 옷과 신발, 수갑, 포승줄을 푼 것 등을 자루에 쓸어 담고, 여자들이 간단한 절차를 밟아 입소 순서를 받고 있는 동안, 다른 직원들은 다 휴게실이나 이발소로 가서 쉬고 있었지만 담당은 계속 그 자리에 서 있었다. 희자가 신입절차가 끝나서 마악 방으로 들어가려는 때에 내청 담당이 다가갔다.

"잘 계세요."

하고 말하자, 희자가 활짝 웃어 주었다.

"그동안 고마웠어요. 가시면 제 걱정일랑 마시라고 전해 주세요. 열심히 기도하겠다고 말해 주시겠어요?"

"네, 그러지요. 그럼……."

담당은 희자에게서 천천히 눈길을 돌리며 아쉬운 듯 그곳을 빠져 나왔다. 이야기를 하는 동안 여직원이 이상하게 바라보고 있었으나 별로 의심하지는 않고 있었다. 다만 이송을 오는 동안 차 안에서 서로 나누었던 대화를 마저 하는 것쯤으로 아는 눈치였다.

종태는 오늘 아침에 담당이 출근을 하면서 슬쩍 편지를 건네 주는 것을 받아보았다. 그 편지지의 겉봉에 청주여자교도소라는 글자가 선명하게 씌어져 있는 게 보였다. 희자가 청주로 가고 나서 처음으로 받아보는 편지였다. 종태는 다른 사람들의 눈을 피해서 뻥끼통으로 갔다.

그가 봉함엽서를 펼쳤을 때, 거기에는 깨알같이 촘촘하게 씌어진 글자들이 빽빽하게 들어차 있었다.

사랑하는 종태 씨에게.

이제서야 처음으로 사랑이라는 단어를 써봅니다.

이때까지는 그리도 써보려고 애를 썼지만 쓰지 못하다가 이곳 청주로 멀리 떨어지고 나니 갑자기 그런 마음이 들었던 모양입니다. 정말 쓰고 싶었던 단어였습니다.

종태 씨.

제가 갑자기 그런 것이 아니라 어느 날인가는 그렇게 불러야 할 것이란 예감을 가지고 있었습니다. 그곳에 있는 동안 너무너무 고마웠구요. 그리고 내려오는 날에도…… 직원님과 많은

197

걸 대화를 나누면서 알았습니다. 눈물이 겹도록 고마웠어요.

그렇게까지 저를 생각해 주시다니…… 결코 하나님은 저를 버리지 않으셨다는 것을 알고 감사 기도를 드렸습니다. 매일 새벽기도를 하신다니 더없이 반값군요, 벌써 두 번째의 성경통독을 절반이나 하셨다구요…….

이곳에서의 생활도 금방 적응이 될 거 같아요. 여러 여담당님들이 전부 다 좋으신 분들 같고, 시설도 또한 새 건물이라서 깨끗하구요. 단지 종태 씨에게서 멀리 떨어졌다는 게 몹시 서운하답니다. 아마 편지를 보내는 기간도 조금은 길어질 거구, 또 받는 기간도 조금은 길어지겠지요. 그러나 저는 매일 당신을 위해서 기도를 하며 기다리겠습니다.

저는 이곳에서 양재기술이라도 배워서 하루라도 빨리 나가고만 싶은 욕심뿐입니다. 아마 제 적성검사가 끝나면 곧바로 출역이 되겠지요. 이곳에 오는 순간부터 제게서 수갑을 풀어주어서 날아갈 것만 같았습니다. 이곳에는 저보다 더 많은 형량을 받은 여자들도 꽤 많은 것 같아요. 그들에게도 복음을 증거하며 살겠습니다.

종태 씨.

정말 사랑해요.

사랑이라는 말을 이렇게 쉽게 사용해도 되는 것인지……정말 아득하기만 합니다.

내려오면서 느낀 시 하나 보내드리겠습니다.

그리움을 두고…….

나 이제 떠나는가
그리움일랑 저버려두고
나, 어디로 가야 하는가
저 하늘 뭉게구름처럼
엄마구름 아기구름 멀리 흐르는 하늘가로
둥실 떠가고 싶어
나 이제 가면 언제 다시
돌아오려나
정들고 손때 묻은 그곳에서
어느 날 문득 떠나와 버린
당신의 꿈속
나 이제 비로소
사랑이라고 부르네
멀리 떠나고서 느끼는 슬픔이
사랑이라고 부르네.

떠나오면서

저는 이곳에 온 이후로부터 계속 당신만 생각했습니다. 어쩌면 이대로 홀홀 당신이 제 곁을 떠나버리면 어떻게 하나 하는 걱정 아닌 걱정이 들기도 했지요.

지금 편지를 쓰고 있는 동안에도 제 손가락이 약간씩 떨립니다. 그대는 저의 이런 심정을 아시는지요?

볼 수만 있다면 얼마나 행복할까만 계속 생각했습니다. 그리고 그곳에 있는 동안 좀 더 솔직하게 대하지 못했던 것도 후회하기 시작했습니다.

아마 그대는 저의 이러한 모든 걸 이해해주고 계셨겠지요. 그 눈빛이 그렇게 느껴집니다. 이곳에 오니 볼만한 책들이 너무 많습니다. 이곳에 있는 동안 많은 책을 읽을 생각입니다.

그리고 가능하다면 기독교 거실로 가서 열심히 신앙생활을 할 생각이구요. 차암, 종태 씨도 더욱 열심히 신앙생활을 하시려면 믿는 사람들이 모인 곳으로 가시는 게 더 낫지 않을까 생각해요. 제가 이렇게 말씀드리는 것도 이해를 하시겠지요.

제가 다시 태어나도록 도와주신 그대에게 감사를 드립니다.

내내 몸 건강하시길 빌면서…… 이만 줄입니다.

청주에서 첫 편지를 드림
희자

종태는 편지를 다 읽고 나서 깊은 희열에 빠졌다. 편지지를 얼굴에 갖다 비비며 가벼운 경련까지 일었다. 아, 하는 가벼운 탄성이 절로 새어나왔고 마음엔 안도감이 생겨났다. 이제 그녀에게서 사랑한다는 말이 터져 나온 사실이 그야말로 흥분시키고 있었다.

종태는 편지지를 얼굴에다 묻고 한참 동안 있었다.

종태는 그 상태에서 나직하게 기도를 했고, 그 기도에는 그녀에 대한 사랑의 확신도 아울러 들어 있었다. 모든 것이 새로워지는 기분이었고 자신도 다시금 새로 탄생되는 느낌이었다. 종태는 눈을 감고 천천히 그녀의 이름을 불러보았다. 희자. 희자…… 그 이름을 부를 때에는 이 세상에 있는 누구보다도 행복한 사람이었다. 그녀의 맑고 고운 눈빛이 그를 포근하게 감쌌다.

종태는 뼁끼통에서 돌아와서 어두컴컴한 막사에서 편지를 쓰고 있었다. 원진이 옆에서 글의 내용을 살피며 고쳐 주었다.

"반장님, 이건 이렇게 쓰세요. 그녀 쪽에서 과감하게 사랑한다는 표현을 썼으니까 이제 형님도 더욱 과감하게 사랑을 표시할 필요가 있어요. 뭐 어떻습니까? 반장님이야 남잔데……."

"알았어, 임마. 쓰기가 좀 쑥스러워서 그런 거지…… 알았어. 니 말 듣고 그렇게 쓸게."

종태는 빙긋 웃으면서 원진이 지적한 대로 고쳐 쓰고 있었다. 언제부터인가 원진이 편지를 대필해주는 대신에 종태가 직접 편지를 쓰게 되었다. 그 대신 원진은 늘 옆에 붙어서서 종태의 글귀를 고쳐주거나 다듬어주는 역할만 했다. 종태가 어렵사리 써내려가는 글씨는 이제 제법 편지다운 티가 났다. 종태는 편지를 쓰다가 문득 생각난 듯이 원진에게 물었다.

"나, 이 안에 있을 때 신학을 공부할 수는 없냐?"

"……?"

원진이 무슨 말인가 해서 멀뚱하게 종태를 바라보고 있었다. 너무 의외였기 때문이었다.

"중학교밖에 안 나왔어도 어떻게 신학을 할 수 없느냐 말이야?"

"아, 네…… 할 수 있죠. 성경학교부터 통신으로 공불 하고 나서 그 다음에 정식으로 신학과정을 또 통신으로 할 수 있어요. 그러다가 나가서도 계속 할 수 있고요."

"그게 되냐?"

"그럼요. 그러한 과정을 거치면 목사도 될 수 있죠. 자기만 열심히 하면 길은 얼마든지 열려 있어요. 정말 공부를 하고 싶으시다면 우리 기독교 방으로 내려오세요. 거기서 열심히 공부하면서 반장님도 한 번 신학을 해보시지요 뭐."

"내가 할 수 있을까…… 머리도 돌대가리고 아는 게 있어야지"

종태가 그렇게 말하고 웃자, 원진이 크게 손을 내저으며 진지한 얼굴이 되었다.

"아니, 무슨 말씀을 그렇게 하세요? 하나님께서는 머리가 둔하다고 제자로 삼지 않으신 줄 알아요? 예수님의 제자들은 전부 어부거나 못 배운 사람들이었어요. 그런 사람들에게 지혜를 주셔서 말씀을 알도록 하셨으니까 그런 건 염려를 안 하셔도 돼요. 마침 우리 기독교 거실을 책임지고 지도하는 담당님이 최훈기 담당님이라고…… 그분한테 잘 지도를 받으면 아마 반장님께서 여러 가지 도움을 받으실 수 있을 거예요. 그분도 비록 교도관이지만 전엔 신학을 했던 분이지요. 제가 한 번 말씀을 드려볼까요?"

원진이 진지한 표정으로 물었을 때, 종태는 얼굴에 약간 어색한 웃음을 띠며 말했다.

"그래, 그럼 그 담당한테 내 이야길 해주고…… 언제 내가 한번 만나봤으면 좋겠다."

"그래요, 그럼 그렇게 말해둘게요. 나중에 반장님이 자세하게 말씀을 드리세요."

원진의 말에 종태는 고개를 끄덕였다. 원진의 얼굴빛이 활짝 빛나고 있었다. 종태는 다시 편지지에 몰두하면서 편지를 마저 써내려갔다.

사랑하는 당신에게

거기로 내려간 다음에 처음으로 당신한테서 편지를 받고 무척 고마웠습니다. 저도 떨리는 마음으로 이 편지를 쓰고 있습니다. 믿음이 강한 당신에게서 알 수 없는 영향을 받으면서 나는 이제 하나님을 나의 구주로 완전히 모시기로 작정을 했습니다. 앞으로 나의 인생이 어떻게 변할는지는 모르겠지만 전적으로 당신과의 협의를 통해 개척해나갈 생각입니다.

요즘도 새벽이면 어김없이 일어나서 새벽기도를 하고 있습니다. 당신의 건강을 위해서, 또 우리들의 미래를 위해서 기도 드립니다.

저에게 처음으로 사랑한다는 말을 썼을 때 저는 말 할 수 없는 행복감에 젖었습니다. 이때까지 느껴보지 못했던 당신의 한 면을 보는 것 같아서 무척 혼란스러웠습니다. 그리고 이 편지는 제가 직접 쓰고 있는 편집니다. 전에는 같이 있는 청년에게 대필을 해달라고 해서 썼었지만 이제부턴 제가 직접 쓰기로 했습니다. 그래야만이 내가 생각하는 것을 제대로 쓸 수 있을 것만 같아서입니다. 그리고 무엇보다도 이제는 제가 솔직하게 쓰고 싶습니다.

내가 쓰는 글이 가방끈이 짧아서 삐뚤거리지만 그게 뭐 우리 둘 사이에 별 문제가 되겠습니까. 아직은 모든 게 그대보다는 부족한 것뿐이겠지요.

어쩌면 이곳에 있는 동안 통신신학이라도 한 번 해보고 싶은 생각입니다. 당신이 기뻐한다면 말입니다. 그래서 내가 당신에게 어떠한 사람으로 변모해 가는지를 보여 드리고 싶습니다. 나도 주먹세계에서라면 못 하는 것 없고, 한 번 마음먹었다 하면 안 하고는 절대 못 배기는 사람이었습니다. 당신이 좋다는 하나님을 믿으면서 좀 더 당신에게 가까이 나아가고 싶은 마음뿐입니다. 당신이 바란다면 내가 생명까지 바칠 수도 있습니다.

그리고 그대도 그 안에서 열심히 책이라도 보면서 공부를 하겠다니 정말 반갑습니다. 어서 빨리 가출옥을 먹어서 바깥에서 우리 서로 만나기를 고대하고 있습니다. 나의 기도 제목은 늘상 그것뿐이랍니다.

내가 그대를 생각하며 시를 하나 보내겠습니다. 나는 아직 시라는 것은 쓰지 못하니 시집에서 하나 뽑아서 보내드리겠습니다.

애타게 그리워도

내 모든 것
다주어도 하나도
아깝지 않다

205

나의 노래는 겨울비에 젖은 깃발처럼
펄럭이고
그대를 향한 발걸음이
낯선 거리로 내몰릴 때
영등포역 앞에서

여의도 고수부지에서
바람의 지명수배를 받는 자 누구인가
나는 그대를 버리지 않았다
흙에서 태어나 잔돌멩이로 살고자 했던
소박한 꿈을
아직 버리지 못했노라, 그대여
잎이 지는 나무를 보며
행여 우리들의 사랑도 저들처럼
언젠가 훌훌 떠나가 버릴 것만 같아
가슴 졸이며
눈으로 약속하던 밤이 언제였던가
나는 밤마다 그대를 향해
마지막 밤차로 떠나노라.

사랑하는 당신.

나는 당신이 그리울 때마다 성경책을 보거나, 시집을 보거나 합니다. 당신이 떠난 생활이란 그저 따분함밖에 아무것도 없습니다.

매일 당신이 보내주는 편지에만 신경을 쓰며 하루하루를 살아갈 뿐입니다. 오늘도 밤에 그대를 찾아가겠습니다. 그대가 아무리 멀리 있다고 해도 나는 그대를 찾아가는 꿈을 꾸게 될 것입니다.

이제 더 자주 편지를 쓰기 바랍니다. 나도 더 열심으로 당신에게 편지를 쓰겠습니다. 그리고 꼭 신학을 공부할 수 있도록 하겠습니다. 나를 위해서 많은 기도를 부탁합니다.

그럼 몸 건강하길 빌겠습니다.

당신을 사랑하는 종태가

종태는 편지를 다 쓰고 나서 작업을 나가기 전에 슬쩍 담당에게 건넸다. 다른 사람들이 장기나 바둑을 두느라 여념이 없었지만 원진이만은 그러한 것을 눈치 채고 아예 모른 체하고 있었던 것이다. 그 편지가 누구에게 나가는 것인가 하는 것, 또 어떻게 은밀히 빠져나가서 밖으로 부쳐지는가를 모두 종태에게 들어서 알고 있었던 것이다. 원진은 알고 있으면서도 모른 체 눈을 감고 있는 것이었고, 오히려 행여나 다른 사람들이 눈치를 챌까 염려를 하면서 종태의 그러한 행위에 대해 감싸주는 쪽으로 다른 사람들의 눈들을 살피고 있었다. 그러나 다른 사람들은 아는지 모르는지 자신의 일 외엔 아무런 관심도 보이지 않았다. 그저 먹는 일과 소일하는 일에 대해서만 관심을 둘 뿐이었다.

희자는 양재공장에 출역을 하다가 여담당이 갖다 주는 편지를 받았다. 정말 그립고 기다렸던 편지였다. 이곳에 와서 처음 보낸 편지였는데 제대로 들어갔을까 하는 염려로 편지를 부친 그날로부터 계속 궁금증이 일어났던 것이다.

그런데 오늘 이렇게 무사히 편지가 도착한 것이다.

희자는 저고리의 옷깃에다 풀칠을 하고 있다가 얼른 편지를 뜯어보았다. 그 속에는 종태의 어눌한 글씨체가 정성스럽게 담겨 있었다. '사랑하는 당신에게'라는 말로 시작된 편지를 읽어 내려가면서 그녀는 점점 숙연해지고 있었다.

자신이 처음으로 했던 사랑한다는 말에 대해서 칭찬하고 있었고, 자신은 희자를 위해서라면 지금 당장이라도 죽을 수 있을 거라고 하기도 했고, 이제는 자신이 기뻐한다면 그 안에서 신학을 하겠다는 강한 표시를 적어놓고 있었던 것이다. 그녀는 편지를 읽다 말고 가만히 두 손을 작업대 위에 올려 모으고는 기도를 하기 시작했다.

하나님 아버지, 정말 감사를 드립니다.

한 영혼을 불쌍히 여기셔서 거두어주신 것만 해도 감사한데 이렇게 좋은 사람을 이 죄인에게 협력케하여 주시다니 너무너무 감사합니다.

그가 성령의 체험을 할 수 있도록 도와주옵소서.

"……."

희자는 작업대 위에서 머리를 숙이고 그렇게 기도를 했다. 그녀의 마주잡은 손 밑에는 종태가 보낸 편지가 펼쳐져 있었다. 그 편지지 위로 뜨거운 눈물이 쏟아지고 있었다. 희자는 마치 굳어버린 화신처럼 그렇게 꼼짝 않고 있었다.

어느덧 가을에 접어들었는지 작업장 곁에 있는 버드나무에서는 매미들이 자지러들 듯이 울어대고 있었다. 그리고 실내에도 더위가 한풀 꺾인 시원한 바람이 한 차례 훑고 지나갔다. 희자의 이마에 조그마한 땀방울이 맺히고 있었다. 그것은 작업 중에 내비친 것이었는지 아니면 지금 그녀가 간절히 기도를 하느라고 내뱉은 땀방울인지 알 수 없었다.

희자는 이제 천천히 편지를 접어 넣고선 다시 하던 일을 마저 하고 있었다. 옷깃마다 풀칠을 해서 서로 덧대어 붙이고는 다리미로 눌러서 그 위에다가 땀을 놓아 바느질을 하고 있었다. 한 땀 한 땀 바느질을 하면서 그녀는 종태의 생각으로 가득

찼다. 전에는 매일 보았던 얼굴이었으나 지금은 오히려 잊어버린 것처럼 안타까운 얼굴이었다. 그녀는 바느질을 하면서 점점 그에 대한 기억을 일으키느라 애를 쓰고 있었다. 기억의 창고에 그에 대한 수많은 기억이 숨겨져 있을 줄로만 알았는데도 막상 그를 불러내려고 하면 할수록 그의 기억은 엷어지고 없었다. 그녀는 결국 하던 일을 멈추고 건너편으로 보이는 창밖으로 시선을 던지고 있었다. 창밖으로 보이는 푸른 하늘가에 뭉게구름들이 떠가는 게 보였다. 희자는 저 구름들이 혹시 자신이 예전에 있었던 영등포 구치소의 위를 떠돌아오는 구름이 아닌가 할 정도로 낯익어 보였고 또 그렇게 느껴지고 있었다. 그렇게 생각하자 저절로 한숨이 새어 나왔다.

폐방을 알리는 나팔소리가 들릴 때까지 그녀는 좀처럼 작업 속도가 나질 않았다. 폐방이 되자 그녀는 작업을 하던 옷가지들을 전부 캐비닛 속에다 집어넣었고 작업 연장들을 들고 가서 기록 반장에게 넘겨주었다. 도구라는 것은 주로 바늘과 가위, 다리미, 칼들이었다. 이곳에서도 작업 도구 하나만 없어져도 야단법석일 정도로 도구에 대한 검사는 철저했다.

희자는 검실을 받고 방으로 돌아와 종태에게 답장을 쓸 준비를 했다. 공장에서 따로 만든 만능노트를 꺼내서 방바닥에 엎드렸다. 그녀의 머리엔 온통 영등포 구치소의 전경이 환하게 드러나고 있었고 특히 여사의 모습들이 눈에 선하게 나타났다.

여사의 정문과 사방, 그리고 뒤쪽의 좁은 마당이 머릿속에 그려졌고 자신이 수갑을 찬 채로 걷고 있으면 그가 슬그머니 다가왔던 것이다. 그의 건강한 몸체가 우직하니 믿음직스러웠고 말투가 비록 거칠었지만 남자다웠다고 생각되었다. 그녀는 지금 그를 생각하면서 저절로 웃음이 새어 나왔다.

사랑하는 사람.

내가 정말 그를 사랑할 수 있을까. 그녀는 또 그런 생각이 들었던 것이다. 그런 생각은 틈만 나면 떠올랐다가 다시 사라지곤 했는데 자신의 의지가 약해질 때마다 그런 생각이 들었다. 오늘도 그런 생각이 들려다가 마는 거였다. 그녀는 그러한 생각이 들지 못하도록 재빨리 글을 써 나갔다.

종태는 그녀와의 편지 왕래가 잦아질수록 마음이 편안해지는 것이 아니라 더욱 아팠다. 저 멀리에 그녀가 있어서 보고 싶어도 볼 수 없고, 편지를 보내고 나면 한 열흘은 걸려야 겨우 답장이 왔는데 그것은 편지가 가는 시간과, 그곳에 도착을 해서 곧바로 본인에게 넣어주는 것이 아니라, 또 편지 검열을 하는 시간이 있었으며, 그녀가 곧바로 답장을 쓴다고 해도 또다시 오는 시간과 이쪽에서 하는 검열이 있었기 때문이었다. 그러니 한 달에 겨우 두서너 번밖엔 편지 왕래를 할 수 없었다. 종태는 그러한 답답함으로 인해 더욱 우울해지는 거였다.

그녀의 편지가 오는 날이면 기분이 활짝 펴졌다가 다시 편지를 기다리는 동안은 그야말로 고역이었다. 아, 사랑이라는 것은 이렇게도 가슴 아픈 것인가 하고 생각하기도 했다. 종태는 낮 동안 겨우 작업을 따라다니고 있었고, 출역수들이 장난을 치거나 노는 것을 봐도 도무지 흥이 나질 않았다. 그저 시간이 날 때마다 성경책을 보다가 그것도 힘겨워지면 스르륵 책을 덮고 자기도 모르게 한 숨을 내쉬었다. 그녀가 곁에 없다는 사실이 하루가 다르게 실감이 나고 있었다. 낮에 작업을 하다가도 문득 여사 쪽으로 눈을 들어 하늘을 올려다보는 것이 그의 버릇이었고 그러다가 어느새 혼자 중얼거리기도 했는데 그것은 마치 그녀와의 낮은 대화처럼 이어지곤 했다. 어디까지나 혼자 나지막이 중얼거리다가 마는 거였다.

갈수록 그의 말수는 줄어들었고 가끔 원진에게 요즘 그의 부인에 대한 이야기를 들으려고 관심을 가지는 것이 그의 최대 관심사라면 관심이었다.

"너, 요즘 어떠니?"

"……?"

원진은 느닷없이 그렇게 물어오는 종태의 말에 무슨 뜻인지를 몰라서 멀뚱해했다.

"어떠냐 말이야. 네 부인이 오면…… 요즘 주로 어떤 말을 하냐?"

"아, 네…… 그게 말이예요? 요즘 면회를 오면 자주 반장님의 안부를 묻습디다. 그래서 저랑 잘 계시다고 얘길 하지요. 그러면 집 사람은 늘 고맙다고 그래요."

"아니, 그게 아니고…… 사는 게 어떠냐 말이야. 이렇게 너랑 떨어져 있으니까 혼자서 얼마나 쓸쓸하겠느냐 말이다. 그런 거 말이다……."

종태는 부부의 아기자기한 맛을 캐물으려고 그랬던 것이었는데 원진은 아직 종태의 그러한 뜻을 이해하지 못하고 있었다.

"요즘은 그저 애나 키우고 혼자 가게나 하면서 교회 일에나 신경 쓰고 있는가 봅니다. 교회에 더욱 열심인 것을 보니 아마 저도 복이 있는가 봅니다. 이것도 다아 반장님의 덕분이지요."

"그래, 사는 맛이라거나, 뭐 그런…… 애틋한 감정이 새로 생기거나 그런 거 없어? 자꾸 보고 싶다거나 하는 거 말이야……."

"예, 무척 보고 싶지요. 처음엔 미치도록 걱정이 앞서고 겁이 먼저 났지만 이제 바깥에 있는 여자를 믿으니까 편해요. 이젠 그렇게 악착같이 일을 나가지 않아서 좋고, 내 뒷바라지만 하고 사니까 그렇게 행복할 수가 없어요. 나도 이 안에서 바깥에 있는 여자와 애를 위해서 간절히 기도를 하지요. 나가면 더 잘해 주어야겠다는 생각이 불끈 나기도 하지요. 어떤 날은 비가

오면 더욱 간절하게 보고 싶기도 해요. 저는 그럴 땐 성경을 보거나 기도를 하지만 반장님은 편지를 쓰잖아요?"

원진이 그렇게 말하고는 종태를 빤히 쳐다보았다. 종태가 풀썩 웃었다.

"그래, 사랑하는 사람끼리는 잠시도 가만있질 못하고 보고 싶은 거지. 안 그래? 나도 편지를 보내는 여자가 너무 보고 싶을 때가 많아. 그래서 한 번 물어본 거야. 사랑이라는 게 이런 거구나 하고…… 무섭다는 생각이 들곤 해. 내가 성경책을 집어든 것도 아마 그것 때문일 거야. 이게 하나님의 뜻이라는 건가?"

"예, 아마 그럴 거예요. 하나님은 사람을 통해서 이 모양 저모양으로 역사를 하시는 분이니까요. 반장님도 이제는 그 여자한테 편지만 주고받을 게 아니라 언제 한 번 면회를 오라고 하세요. 반장님이 오지 말라고 하는 것 아닙니까?"

원진이 그렇게 물었다. 그 말에는 아랑곳하지 않고 종태는 먼 하늘 쪽으로 눈을 두었다.

"아니다. 그 여자는 지금 여길 올 수 없는 여자야. 아주 먼 곳에 있지. 내가 나가면 한 번 찾아갈 거다. 그 이전에는 그 여자도 여기엔 못 와. 그게 안타까운 거지."

"……?"

"마음씨가 너무 고와서…… 신앙심도 그렇게 깊어…… 차마

214

내가 그녀를 쳐다보기도 힘들지만…… 그 여자도 내게 사랑한
다고 고백을 했어…… 그런데, 그런데…… 내가 여기에 있고,
그녀가 또 너무 먼 곳에 있어서…….”

종태의 아리송한 넋두리에 원진도 하늘 끝으로 시선을 던지
고 있었다. 맑은 하늘이 가을을 닮아 푸르도록 청명하게 빛나
고 있었다. 그 하늘은 그런 그들에게 있어 그리움만 잔뜩 집어
넣는 그런 역할이었다.

“너, 나가면 곧 결혼할 거냐?”

“예, 그렇게 해야지요. 여자는 무엇보다도 결혼이라는 것에
의외로 집착력이 강한가 봐요. 결혼하기 전까지는 아무래도 불
안한 것이고, 또 자꾸 바라는 눈치 같기도 해요. 그래서 나가자
마자 곧 결혼식이라도 올려야겠어요. 그땐 반장님도 꼭 참석을
하셔야 해요. 우리들에게 축복을 주신 분인데…….”

“그래, 부르면 내가 가마. 가서 너희들이 잘 사는 것을 보면
나도 힘이 나겠지…… 그리고 내가 결혼할 땐 네가 와서 나를
도와줘라. 나가서는 나를 형님이라고 불러도 좋고.”

“예, 반장님!”

둘은 그렇게 푸른 하늘을 올려다보았다. 비행기 하나가 낮게
떠 오다가 구치소의 상공에서 좌측으로 서서히 기수를 돌리고
있는 게 보였다. 아마 김포공항에 내리려는 하강 비행기리라.

종태는 하루하루의 생활에서 탄력을 잃어갔다.

교회당의 집회에 나가서도 멍하니 넋이 빠진 채로 밖의 하늘을 올려다보는 횟수가 많아졌고 목사의 설교도 귀에 잘 들어오지 않았다. 그저 건성으로 듣다가 보면 가끔씩 성령, 베드로, 바울이라는 낯선 단어들만 귀에 들렸을 뿐, 영적으로 귀가 멀어지고 있는 느낌이었다. 종태는 자신의 현재의 심정을 써서 보냈다. 그러자 희자한테서 곧 답장이 왔는데, 그것은 큰일이라면서 같이 그 문제를 놓고서 기도를 하자는 제의가 왔었다. 매일 기상 시간과 점심때의 나팔소리에 맞춰서, 그리고 폐방시에 똑같이 기도를 하자는 것이었다. 그것은 전국 구치소, 교도소가 일률적으로 똑같은 시간에 재소자들의 동작이 일치한다는 것에서 둘의 시간이 맞아떨어지는 것이다.

종태도 그러마하고 편지를 썼고 될 수 있으면 지키려고 애를 썼다. 그는 이제 정해진 시간마다 그 문제에 대해 기도를 했고, 그녀를 위해서도 기도를 했다. 그리고 최훈기 담당을 통해서 정식으로 기독교 거실로 전방을 가서 생활하게 되었다. 최 담당이 종태에게 각별하게 신경을 쓰게 된 것도 종태가 영등포에서 유명한 조직두목이었다는 데서 더욱 그러하였다.

"내청 반장. 우리 기도합시다. 우리 하나님은 당신을 사랑하셔서 마지막으로 이곳을 택하시게 한 것입니다. 다 하나님의 뜻이 있었던 게지요. 우리, 기도합시다."

최 담당이 먼저 눈을 감았고 종태도 눈을 감았다.

하나님 아버지

정말 감사를 드립니다. 죄인 중에 죄인이요, 죄인 중에 괴수였던 우리들을 이렇게 불러주셔서 하나님의 자녀가 되게 하여 주심을 감사드립니다.

오늘 이렇게 머릴 숙여서 기도를 드리는 형제를 일찍이 사랑하여 주셔서 복음의 파수꾼으로 세워주심을 감사드립니다.

지금 저는 그의 애통하는 마음과 마음의 바라는 소원을 알지 못하오나, 우리 하나님께서는 다아 알고 계시오매 그의 믿음을 보시고 다 이루게 하여 주옵소서. 이제 이곳에서 통신으로 신학까지 하게 되었사오니 그에게 능히 감당할 만한 지혜를 주사 그가 무사히 과정을 마칠 수 있도록 힘 주시옵소서.

예수님의 이름으로 감사기도 드렸사옵니다.

아멘.

최 담당은 기도를 마친 후, 종태의 손을 붙잡았다. 그리고나서 입을 열었다.

"우리 하나님께서 기뻐하실 겁니다. 형제가 그렇게 작정을 한 순간부터 모든 걱정과 고민을 다 맡아주실 것입니다. 이제 통신으로 하는 신학을 마치고나면 또 그 위의 과정을 할 수 있도록 해주겠습니다. 끝까지 하셔서 승리하시기 바랍니다."

담당은 진정으로 기쁨을 누린 사람이었다. 종태는 그렇게 느껴졌다. 우선 그의 답답했던 마음이 편해지고 있었다.

"담당님, 고맙습니다. 제가 기독교 방으로 전방갈 수 있도록 힘써주시고, 또 이렇게 통신으로 신학을 할 수 있게 해주시니 감사합니다. 꼭 끝까지 마쳐서 담당님을 기쁘게 해드릴 겁니다."

담당이 종태와 악수를 나누면서 믿음을 다짐했고 종태는 그가 두고 간 책을 보며 또 다른 감회에 젖어들었다.

그날부터 종태는 매주 통신으로 학습지를 받아 풀어서 최 담당에게 줬고 담당은 그것을 신학교로 보내고 있었다. 그 다음 주면 정답을 체크한 학습지가 되돌아왔는데 종태는 원진의 도움도 있어서 그리 어렵지만은 않았다. 문제는 주로 성경의 어디에 있는 구절인가를 묻는 것이어서 성경만 제대로 찾으면 금방 정답이 나왔던 것이다. 고등학교 과정이었으니 쉬운 편이었다. 종태는 또 그러한 문제들을 편지에 써서 그녀에게 보냈고, 그녀가 풀어주는 성경적인 답은 정확했다.

그렇게 시간은 금방 흘러갔다.

무덥던 여름이 언제 끝이 나고 서늘해지더니만 곧 겨울이 오는 것이었다.

그동안 상호가 여러 번 다녀갔고 치구와 상면이도 다녀갔다. 주로 오는 것은 상호였다. 상호가 이태원에서 떨어져 나와 종태의 조직으로 자리를 옮기게 된 것도 이태원의 보스 용구가 종태와의 옛정을 생각해서였다. 오늘도 상호가 면회를 왔는지, 면회를 왔다는 소릴 듣고 종태는 접견실로 들어섰다.

종태가 문을 열고 들어서자 유리창 너머로 상호가 서 있다가 꾸벅 절을 했다.

"형님, 저 그저께 청주엘 갔다가 왔습니다. 형수님은 잘 계시고요. 안부를 묻데요."

"그래. 수고했다. 너 혼자 갔었냐?"

"아뇨, 시골에 들렀다가 형수님의 할머니랑 같이 갔어요. 제 지프를 몰고 내려갔다가 왔습니다. 이번에도 소설책이랑 시집을 넣었어요. 그리고 날씨가 추워져서 최고급으로 내의도 넣었구요."

"그래. 네가 내 대신 고생이 많구나. 그리고 황제는 요즘 어떠냐?"

종태가 말하는 황제는 전에 은영이 하던 술집을 말하는 거였다.

"요즘 다른 데서는 꼼짝도 안 하고 있습니다. 내가 이쪽으로 온 걸 알고는 아마도 용구 형님이 형님을 뒤에서 밀고 있다는 사실을 알아차리고는 시장 쪽에서 슬그머니 꼬리를 내리는 모양입니다. 그리고…… 형님! 지금 창호 형님이 서울에 나타났습니다. 몰래 밤에만 나타났다가 동생들을 만나보곤 가는데 저쪽에서도 창호 형님이 나타났다는 데 대해서 껄끄럽게 생각하는 모양입니다. 형님한텐 죽을죄를 지었다고 말을 하데요. 나중에 나오면 목숨을 바쳐서라도 보답은 하겠다고 그래요. 뒤에서 우리들을 보살펴주고 있으니까 밖은 염려 마십시오. 그리고 체대에 다니다가 중퇴한 동생들도 몇 명 들어와 있습니다."

상호는 늠름하게 말을 하고 있었다.

"그래, 고맙다. 창호더러 조심하라고 하고. 나한테 미안해할 필요는 없다고 그래라. 밖의 애들이나 잘 보살펴달라고 그러더라고 그래. 그건 그렇고 치구. 상면이와도 잘 상의를 해서 해. 걔들도 나를 따르지만 우선 네가 게네들을 잘 다스려야 돼. 걔들이 반발하면 집안싸움밖엔 안 되니깐!"

"그건 알고 있습니다. 제가 다 알아서 하고 있습니다. 뭐 넣을까요?"

"먹을 거나 좀 넣고…… 그리고, 이건 좀 복잡한 얘긴데 …… 이제 난 어쩌면 나가도 다신 조직에 안 있을지도 모르니까 네가 다 알아서 한다고 생각하고 맡아서 해.

종태의 말에 상호가 놀란 얼굴이다.

"아니, 형님. 그게…… 무슨 말이십니까?"

"너만 알고 있어…… 나도 이제 나가면 새 삶을 살게 될 거 같아. 그저 후배들에게 기억에 남는 보스로만 남고 싶어. 일본처럼 말이야. 늙어서도 존경을 받는 보스로만 남고 싶으니까 네가 다 알아서 한다고 생각하고 열심히 해라. 혹시 밑에 있는 애들이 조금 반발이 있다 싶으면 팍팍 써도 좋아. 우선 내 사람으로 만들어놓고서 다스려! 너도 알다시피 청주에 있는 그 여자도 내가 계속 그러는 걸 원하진 않을 거야. 너는 내가 믿어. 난 이 안에서 통신으로 하는 신학을 하고 있다. 상호, 너한테 정말 미안하지만 어쩔 수 없을 것 같다는 말이다. 미안하다……."

종태의 나직한 말에 단호함이 들어 있었다. 상호가 바싹 다가들어서 쇠창살을 불끈 쥐었다.

"형님!"

"……."

종태는 아무 말도 하지 않았다. 상호가 눈에 힘을 주어 부릅뜬 채로 종태를 애처롭게 바라보았다. 종태는 말을 하지 않으려다가 가까스로 또 입을 열었다.

"난 이제 바깥에 있는 것에 아무 미련도 없다. 내가 가지고 있는 돈만으로도 충분해. 바깥에 있는 건 모두 너희들이 알아서 해라. 다만…… 마지막으로…… 한 가지 부탁이나 하자……."

그렇게 말하고 나서 종태는 옆에 앉아 있는 담당을 힐끗 보았다. 담당은 귀에 이어폰을 꽂고 앉아 공부를 하고 있는지 둘의 대화에는 신경도 쓰지 않고 있었다. 이미 대충 둘의 대화문 작성이 끝난 모양이었다. 종태는 눈짓으로 상호더러 바싹 다가

오라는 시늉을 한 뒤 낮게 말했다.

"너, 함 주임이 법무부 교정국으로 들어간 거 알지? 한 번 찾아가서 인사치레나 해라. 그동안 고마웠다고 하고…… 내 부탁이니까 좀 넉넉하게 해. 그리고서 슬쩍 청주에 있는 희자를 이곳으로 다시 끌어올리는 방향으로 일을 해줘라. 처음에는 펄쩍 뛰겠지만 법무부에서 처리하면 희자가 이곳으로 올 수 있어. 돈이라면 네가 알아서 넉넉하게 대고…… 아무튼 희자를 이곳으로 좀 빼달라고 강력하게 부탁을 하고서…… 나하고 어떤 관계냐고 물으면 그저 모른다고만 해. 그러면 아마 함 주임도 대강 눈치는 챌 거야. 그리고 내가 이 안에서 통신으로 신학을 하고 있다고 하면 조금은 나을 거야. 그리고 나중에 우리 둘의 가출옥까지 염두에 둬달라는 식으로 넉넉하게 인사치레를 하면 함 주임도 그리 마다하지는 않을 거다. 이번 일은 네가 감쪽같이 처리해라. 이번이 아마 내가 마지막으로 네게 하는 부탁일 거다."

"형님! 알았습니다. 돈은 얼마든지 대겠습니다. 염려 마십시오. 요즘 장사도 잘 되고 있고 관내에서 들어오는 돈도 왜 많이 있습니다. 함 주임을 언제 한 번 술집으로 불러내서 푸지게 먹이겠습니다. 그런데…… 형님이 그렇게 변하셨다니 정말 놀랍습니다."

"그건 나도 모르겠다. 내가 왜 이러는지를…… 다만 깨끗하게 너희들 기억에 남고 싶을 뿐이다. 나가면 어쩌면 서울에 있지 않고 멀리 바닷가로나 가서 고기나 잡으면서 살고 싶다. 가끔 너희들 만나러 서울로 올라와서 이야기나 하다가 내려갔으면 하는 게 내 생각이다. 아직은 어떻게 될지 모르겠다."

"형님······!"

"······이제 가봐라. 내 걱정은 말고!"

상호가 쇠창살 사이로 얼굴을 디밀었으나 종태는 천천히 뒤돌아서서 면회실을 빠져나오고 있었다. 상호가 꼼짝도 하지 않은 채 그대로 서 있었다.

종태는 막사로 돌아오자, 곧 그녀에게 편지를 썼다. 창호가 다시 서울에 나타났다는 것이 그의 마음을 들뜨게 했기 때문에 무조건 그녀에게 편지를 씀으로써 모든 걸 잊어버리려고 했다. 이때 편지를 쓰지 않는다면 또다시 조직의 유혹에 휘말리고 말 것만 같았다. 상호가 자신의 밑으로 뛰어들어 이미 목숨까지 버릴 각오였고, 더구나 창호가 지방에서 올라와 있다면 언제라도 자신만 밖으로 나가면 큰 조직으로 키울 수 있는 일이었다. 지금 상호는 다시 자신이 다니던 체대에서 동생들을 모아서 조직을 키우고 있는 중이었다. 이제는 상호도 이 안에서 저지른 사건 때문에 이미 죽은 목숨이라고 생각하고 있고, 창호가 살인을 저지르고 지방으로의 도피에서 환멸을 느끼고서 서울로 올라왔다면 물불을 가리지 않을 조짐이었다.

그런 판에 종태에게 다가오는 유혹은 만만치가 않았다. 이 안에서 가만히 있으면서 면회를 오는 상호에게 지시만 내리고 있어도 바깥의 일은 둘이서 알아서 척척 해나갈 참이었다.

　그래서 종태는 그녀에게 편지를 써야만 그런 유혹에서 벗어날 수 있을 것만 같았다. 종태는 그런 잡념이 들지 못하도록 삐뚤거리는 글씨로 재빨리 편지를 써내려갔다.

　사랑하는 당신에게.

　오늘 상호가 우리 집을 다녀갔습니다. 저번에 청주로 내려갔다가 올라왔다는 말을 들었습니다. 할머니랑 같이 다녀왔다고 전해 들었습니다.

　희자 씨.

　저는 다시 어떠한 유혹에 빠지려고 해서 이렇게 급하게 편지를 쓰고 있습니다. 글씨가 많이 흐트러지더라도 이해를 하고 읽으십시오.

　이곳에서 좋은 직원을 만나서 희자 씨가 원하는 대로 기독교인들만 있는 곳으로 갔고, 또 신학 공부를 하고 있으니까 이제 염려를 하지 않으셔도 됩니다. 다만, 오늘 상호가 다녀갔는데 전에 내가 데리고 있던 식구들이 다시 뭉치는 것이 나를 유혹하곤 합니다. 그러나 나는 상호에게 희자 씨만 나오면 저 멀리 바닷가로나 가서 고기를 잡으면서 살 거라고 이야길 했었지요.

아무튼 희자 씨가 원한다면 다시 서울에 남아 있을지 모르겠지만 희자 씨도 이미 서울에 대한 미련은 없을 것으로 압니다.

바다 갈매기가 멀리 나는 바다에서 둘이서만 사랑을 나누면서 한평생 살고 싶습니다. 저의 모든 과거는 예수를 믿으면서 모두 하찮은 것으로 여기며 살겠습니다. 나에겐 오직 희자 씨만 있을 뿐입니다. 내가 그곳에 머무르고 있다면 언젠가는 저의 미래도 어느 순간에 어떻게 없어질지 모르겠기에 오히려 지금은 마음이 편합니다.

내가 어렸을 적엔 동네의 누이들이 남자 아이들에게 놀림을 당하는 것을 보곤 절대 참지 못하는 성미였습니다. 이웃동네 아이들이거나, 학교에서 여자애들이 갖고 노는 고무줄을 끊는 친구들에겐 가차 없이 일격을 가했지요. 희자 씨는 어쩌면 그런 어렸을 적의 동네 누이처럼 가까이 하고 싶은 여자입니다. 내겐 신앙의 선배요, 내 삶의 목표가 돼버렸지만 이게 진짜 행복이라는 것을 알았습니다.

나도 기도를 하고 있습니다.

하루라도 빨리 곁에 있어지기를 빌고 있습니다. 아마 하나님은 우리들의 기도를 들으시고 곧 하루 속히 이루어주실 줄 믿습니다.

성경에 씌어 있는, '믿는 자에게는 능치 못할 일이 없느니라'는 말씀에 의거해서 기도를 하고 있습니다.

시를 하나 보내드립니다.
사랑한 죄

　밤을 그리워하다가 막상
　막차가 끊어진 황량한 도시에
　남아 보라
　모든 이들이 포근한 집으로
　돌아가고
　포도 위에 뒹구는 놈은
　나와 낙엽일 뿐
　갑자기 실명증세를 알아버린 늙은이가
　눈을 껌벅이듯
　이때의 황당함이란,
　사랑한다는 것은 늘
　사치스럽고
　절망부터 배워야한다는 귀울림이
　들려오고 있다
　세상이 나를 버린 것이
　아니다
　엄밀히 말하자면 내가 먼저
　세상을 버린 것인데

이제서야 그 죄과가 느껴지는 건
무슨 영문인지,
밤을 사랑한 죄
고독을 겁탈한 죄
비를 그리워 한 죄밖에

모든 것이 이미 각본에 짜여진 대로
무기형이 선고되었다.

사랑하는 희자 씨.

내 마음을 이해하시겠지요.

내가 흐트러질 때쯤 나에게 힘이 되어 주십시오. 다시는 오만한 자의 길에 들어서지 못하도록 말입니다. 그리고 오직 당신만 의지하고 살아갈 수 있도록 저에게 힘이 되어 주십시오. 가능하다면, 정말 하나님이 나를 도우신다면 바닷가의 솔숲이 우거진 동네에다 조그만 교회를 하나 짓고 나의 과거를 들려주는 설교를 하며 살고 싶습니다. 어제 이곳에 오신 목사님도 옛날엔 허물 많은 사람이라고 고백을 합디다. 그래서 저도 감히 그러한 생각을 품었지요.

희자 씨.

아직 저는 저의 나아갈 길을 모르겠습니다. 단지 이곳에 있

는 동안 열심히 기도를 해서 제 길을 찾아갈 것입니다. 희자 씨
는 저의 길에 동참자가 되어 주시구요.

이제 작업을 나갈 시간입니다.

내내 몸 건강하시길 빌며…….

서울에서

당신의 종태가

종태는 편지지를 단정히 접어서 담당에게 건네주었다. 그리
고는 여사로 작업을 나갔다. 갑자기 추워진 날씨는 출역수들에
겐 고통이었다. 차가운 쇠붙이를 만지는 손에서는 터억 생살이
갈라지고 있었고 얇은 수의 안으로 황소 같은 바람들이 몰아쳤
다. 이곳에서 지급해주는 관복이란 광목천의 얇은 홑껍데기 옷
뿐이었다. 두터운 내의를 입었지만 찬바람을 막기엔 역부족이
었다. 바깥으로 나가는 자체가 고역이었다. 재소자들은 1년 중
에서 봄 여름 가을을 빼놓고서 겨울이 가장 곤혹스러운 계절이
었다. 구치소에는 유난히도 겨울이 추웠다. 마치 천형의 벌을
내리기라도 하듯이 하얀 담 안으로만 얼음장 같은 바람들이 몰
아쳤고 그 겨울은 지루하도록 길었다.

사람들은 면도를 하는 것도 귀찮아져서 붉어진 수염을 그대
로 달고 다녔고 몸이 근지러워질 정도로 속내의도 자주 빨아
입지 않았다. 모든 게 얼음덩어리 속마냥 차가웠고 꼼짝하기도

싫었다.

상호는 황제에서 전화를 걸고 있었다.

아직 낮 시간이라 조용한 시간이었다. 조직의 동생들이 이제 일어날 시간이었고 슬금슬금 출근할 시간이었다. 몇 번 신호가 가자, 저쪽에선 상냥한 아가씨의 목소리가 들렸다.

"교정국이죠? 거기 교정심의관실의 함 주임 좀 부탁합니다."

상호가 수화기에다 대고 무겁게 말을 하자, 아가씨는 금방 알았다는 말을 하고는 그쪽으로 전화를 연결하는 모양이었다. 저쪽에서 굵은 남자의 목소리가 흘러나왔다. 상호는 의자에 비스듬히 누워서 탁자 위로 다리를 올리고 있던 것을 풀어 탁자 밑으로 내렸다.

"아, 네. 함 주임님! 저, 상홉니다."

"상호?……."

"저, 모르시겠습니까? 저번에 영등포 구치소에 계실 때……."

"아, 알겠네, 알겠어! 그런데 어쩐 일로 여기까지 알고 전활 다 했지?"

함 주임이 조금은 놀란 듯이 그렇게 묻고 있었다.

"아이구, 제가 잊어버릴 턱이 있겠습니까? 전화번호야 전화번호부에서 찾으면 금방이지요. 114로 전활 해봐도 법무부라면 금방 알 수 있잖습니까? 그건 그렇고, 함 주임께 제가 신세를

져서 한 번 모시고 싶은데요?"

"어허, 그으래? 거 조오치."

"오늘 밤에 시간이 있겠습니까?"

"퇴근하고?…… 가만 있자…… 시간이 어떻게 되드라? 내가 약속이 있나 없나…… 마침 없군 그래. 그래, 어디서?"

함 주임은 자신의 오늘밤 스케줄을 살피고는 그렇게 물었다.

"제가 그쪽으로 모시러 갈까요? 아니면 영등포 쪽으로 오시겠습니까?"

"내가 그쪽으로 가지 뭐…… 어차피 집도 그쪽이고……."

"그럼, '청요'로 오십시요. 여긴 아는 애들이 있을 테니 말입니다. 몇 시쯤 오시겠습니까?"

"여기서 퇴근을 하고 나서 9시쯤으로 할까?"

"네, 그러지요. 준비를 하고 있겠습니다."

상호는 준비를 해두겠다는 말로 통화를 끝냈다. 수화기를 내려놓으면서 그는 비로소 안심이 되었다. 함 주임이 선선히 자신을 알아보았고 또한 그의 만나자는 제의를 거절하지 않았기 때문이다.

상호는 오후쯤 해서 '황제'로 나온 중관을 시켜 은행에서 5천만 원을 뽑아오도록 지시했다. 그리고 자신이 직접 전화를 걸어 고급 술집 '청요'에서 제일 잘 나가는 여자 애들 세 명을 준비시켜 놓으라고 예약을 끝냈다. 이만하면 완벽하다 싶었을 정도의 준비성이었지만 상호는 또 무엇이 빠진 게 없나 하고 궁리를 했지만 모든 게 거의 완벽하다고 생각되었다. 만약 있다면, 그것은 자신이 어떻게 이야기를 해서 그가 쉽게 수긍을 하고 일을 처리해 줄지가 조금 염려되었지만 그것도 그리 문제가 될 성 싶지는 않았다. 이미 자신과의 약속을 흔쾌히 해주었다는 것에서 그것을 알 수 있었다.

오후부터 슬슬 나타나기 시작한 조직원들은 각자의 테이블에 앉아서 잡담을 하고 있었고 마악 출근하기 시작한 영계들이 룸에서 옷을 갈아입거나 화장을 고치느라 '황제'는 술렁거리고 있었다. '황제'는 그동안 상시 출근하는 영계들만 해도 하루에 150명에 달했고 그녀들이 올려주는 매상은 가히 상상을 초월하고 있었다. 상호의 고급화 방침에 따라 영계들의 평균 수준은 전부가 전문대졸 이상이었고 과반수가 대졸의 내로라하는 20대 초반이었다. 점잖은 비지니스맨을 위한 최고의 서비스를 제공한다는 방침으로 경영전략을 바꿨던 것이 서울의 일류 기업들의 비지니스 장소로 이름이 나기 시작했고, 물 좋은 고학력의 영계들이 주가를 하늘 높은 줄 모르게 띄워놓고 있었다. 그러나 상호가 함 주임을 이곳에서 모시지 않고 '청요'에서 준비하라고 시킨 것은 함 주임의 마음을 편하게 함으로써 이야기를 나누기가 훨씬 쉽게 하리라는 판단에서였다. 공직에 있는 사람은 여러 사람들에게 그들의 신분을 노출되지 않게 하는 것이 이쪽의 예의였고 접대의 기본이었다.

상호는 조직원들이 거의 출근한 것을 보고는 종관과 치구, 상면을 불러 지시를 했다.

"오늘 나는 형님의 부탁 때문에 누굴 만난다. '청요'로 가 있을 테니까 무슨 일이 있으면 핸드폰을 치고…… 이 안에서의 일은 모두 치구와 상면이 맡아서 무슨 문제가 생기지 않도록 해라. 그리고 나머지는 좀 있다가 관내를 한 번 돌아보고…… 참, 요즘 관내에 나가는 얼음과 안주의 수입은 어떠냐?"

그러자 종관이 재빨리 말을 했다.

"계속 실적이 늘어나고 있습니다. 지금 정확한 액수는 잘 모르겠지만…… 나중에 매상표를 작성해서 보고를 올리겠습니다. 그리고 새로 생긴 술집에도 동생들이 쳐들어가서 오다를 받아왔습니다. 지금 통장에는 총 합계로…… 한 20억이 잔고로 들어 있습니다."

"그래, 그동안 너희들 수고했다. 계속 긴장을 풀지 말고 관내를 샅샅이 파고들어. 만일 안주를 안 받겠다거나 얼음을 안 받겠다는 데가 있으면 적당히 주물러줘. 너무 심하게 했다가 나중에 넥타이공장으로 가는 불상사는 없도록 하고!"

"예!"

전부가 고개를 숙이며 대답을 하는 목소리는 가히 우렁찼다. 건장한 체격을 갖춘 짧은 머리의 그들은 무엇이라도 명령만 내린다면 지금이라도 덮쳐서 불도저처럼 밀어버릴 어깨들이었다. 상호가 내린 명령에 따라 그들이 움직이기 시작하자, 비로소 '황제'는 여느 고급 술집처럼 실내가 아늑해져가기 시작했고 그곳이 서울 장안에서도 이름난 폭력조직의 총본부라는 사실이 믿기지 않을 정도로 평온을 가장하고 있었다.

상호는 시계를 들여보다가 아직 시간이 많이 남았으므로 룸으로 들어가 혼자 조용히 술잔을 기울이고 있었다. 상호는 구치소에서 나온 그날로부터 이때까지 절대 여자는 가까이 두지 않는 습관이 새로 생겼다. 가끔 '황제'에서 제일 예쁘다는 혜지가 들어와서 술시중을 들려고 했지만 그는 여자들을 곁에 두려고 하지 않았다. 그것은 그가 구치소에서 나오면서부터 큰 결심이라도 한 것처럼 보였는데 그 결심은 단호해서 누구도 그의 곁으로 다가가진 못했다. 그의 가슴엔 오로지 죽음 아니면 조직이라는 신념뿐이었다. 그러니 여자들이야 그의 곁에 얼씬도 하지 못했다.

8시 30분이 되자 상호는 '황제'를 나와 지프를 타고는 '청요'로 향했다.

그곳의 밀실 방 하나를 차지하고서 독잔으로 거푸 몇 잔을 비웠을 때였다. 밖에서 여자의 목소리가 들려왔다.

"손님이 오셨는데요."

"들어오시게 하지."

상호가 말하고 나서 좀 있다가 방문이 옆으로 열리면서 마담의 뒤를 따라 함 주임이 들어섰다. 마담이라고 해봐야 아직 채 스물도 안 된 영계였다. 이곳은 전부 영계들의 천국이었다. 나이 든 여자라곤 오로지 주인 여자밖엔 없는 집이었다. 넓은 주택의 방마다 호화로운 장식과 운치가 멋들어지게 풍겨나고 있었고, 마당으로는 고풍스런 돌 조각품들과 연못이 있었고 그 연못의 중앙으로 누각이 있는 곳으로 나무다리가 하나 놓여 있었다. 상호가 예약한 방은 기역자의 저택에서 연못을 끼고 뒤로 돌아앉은 곳이었다.

함 주임이 들어서자, 상호는 깍듯이 예의를 차리며 일어서서 고개를 숙여 보였다.

"어서 오십시오, 주임님. 정말 너무 오래간만입니다."

상호의 90도로 꺾여진 허리가 그 각도에서 멈칫했다. 그 시간이 길다는 것은 상대방에 대한 최고의 예의였다.

"어허, 정말 오랜만이군. 그래, 그동안 바빴겠지?"

"네. 그렇습니다. 나오니 할 일이 좀 많아야지요. 그래서 이렇게 인사가 늦었습니다."

상호는 그렇게 말하고 나서 함 주임의 맞은편 자리에 앉았다. 그리고는 손수 사기 주전자를 들어 정종을 따랐다. 함 주임이 사기잔을 들어 술을 받아들였다. 그 다음에는 함 주임이 주전자를 들어서 상호의 잔에 술을 따랐다. 상호는 무릎을 꿇고서 공손하게 두 손으로 잔을 받았다.

"미안허이. 전에 내가 그랬던 걸 아직까지 기억하고 있진 않겠지?"

"그럼요. 우리야 빵잽이라 한 번 잊어먹으면 그걸로 끝이잖습니까? 그러니까 제가 이렇게 함 주임을 부른 거구요. 아무튼 그때는 제가 더 고마웠습니다. 한 잔 드십시오."

함 주임이 술잔을 입에 갖다 대는 것을 보고 나서 상호는 천천히 입에 술잔을 대었다. 따끈한 정종이 목구멍에 넘어가자 훈훈한 바람이 목구멍에서부터 일어났다. 그것은 감미로움이었고 술의 넉넉한 향기였다. 상호는 다시 함 주임의 잔에 술을 따랐고 함 주임이 이번에도 상호의 잔에 술을 따랐다. 그렇게 몇 순배 돌자, 함 주임이 먼저 입을 열었다.

"이렇게 나를 불러낸 거라면 필시 무슨 일이 있을 것도 같은데……."

함 주임이 은근하게 웃으면서 그렇게 묻자, 상호는 뒷머리를 긁는 시늉을 하면서 어렵사리 말을 꺼내고 있었다.

"정말 눈치 하난 빠르시군요. 그래서 처음부터 아직 영계들을 불러들이지 않았습니다. 다름이 아니라…… 이번 한 번만 들어주십시오."

"뭔데? 내가 들어줄 수 있는 거라면 들어줘야지. 안 그런가? 하하하."

"그럼, 말씀을 올리겠습니다. 다름이 아니라, 지금 종태 형님이 아직 그곳에 있잖습니까? 요즘은 열심히 출역을 하고 있다는 것은 주임님이 본부에 계시면서 더 잘 알고 계실 겁니다. 요즘에는 신앙에 몰두하고 계시는데 통신으로 신학까지 하고 있습니다…….."

"그래, 그건 나도 보고를 들어서 다아 알고 있지…….."

함 주임은 그렇게 말함으로써 이미 종태의 모든 것을 알고 있는 듯했다. 본부에 있으면서도 구치소 내에서 일어나고 있는 일들에 대해 손바닥 들여다보듯이 하는 것이었다. 상호는 한 번 침을 꿀꺽 삼키고는 마저 말을 해 나갔다.

"이건…… 함 주임님을 믿고 말씀을 드리는 겁니다. 전에도 봐주셨지만 이번에도 봐주실 것이라고 믿고 말씀을 드립니다…… 다름이 아니오라, 종태 형님이 그 안에 출역하고 있는 동안 여사에 들어온 여자를 하나 알고 있습니다. 간호대학을 나와 병원에 있던 여자인데 무척 어렵게 컸던 여자인가 봅니다. 그런데 둘이 서로 마음이 통해서 아마도 나중엔 결혼까지 염두에 두고 있는 것 같습니다. 지금 그 여자는 영등포 구치소에 있다가 재판이 끝나서 청주여자교도소에 출역을 하고 있습니다. 그래서…… 어떻게 다시 영등포 구치소로 이감이 안 될까 해서 부탁을 드리는 겁니다…….."

"누군데?"

함 주임이 대뜸 물었다. 그가 성큼 잔을 비우면서 말했다. 상호가 다시 그의 잔에 술을 따랐다.

"말씀을 드리면 알 지 모르겠습니다만…… 조희자라고…… 5년 형을 받았습니다."

"그럼, 중형인데? 죄명이 뭐지?"

주임이 그렇게 물었을 때, 상호의 가슴이 철렁 내려앉았다. 으레 죄명을 물어볼 게 뻔하다고 미리 생각했으면서도 속으로는 그랬다.

상호는 마른 침을 한 번 삼키고는 천천히 말을 꺼냈다.

"피치 못하게 일어난 살인입니다. 뭐 재판에서도 판사의 동정을 얻어서 최저형을 받았으니까요."

상호가 변명처럼 늘어놓았다. 함 주임의 얼굴을 살피면서 어렵게 말했다.

"살인이라?…… 5년 형?…… 어떻게 된 건데 그래?"

함 주임이 그렇게 물었고 상호는 할 수 없다는 듯이 자초지종을 다 이야기했다. 그녀의 어렸을 적부터 자라난 배경과 학교의 생활, 그리고 병원에 다니면서 한 남자를 알았던 것이 살인의 동기가 됐음을 자세하게 설명했다. 그리고서 그녀가 자신이 보기로도 빼어난 미모에다 지성미까지 갖춘, 전혀 살인을 할 여자 같지는 않았다는 이야기들을 했다. 그녀의 수줍음과 신앙에의 열렬함도 한몫 거들었다. 상호가 열심히 이야기를 하

237

고 있는 동안 함 주임은 혼자 스스로 자작을 하고 있었다. 상호가 그걸 알고 주전자를 들었지만 그가 이번에는 들었던 술잔을 다시 제자리로 내려놓아서 술을 따르지 못하게 하고 있었다.

"그렇다면 영등포에서는 수용하기가 어려울 텐데? 아직 형기가 너무 많이 남아 있고, 더구나 살인이라면……."

함 주임이 약간 미간을 찌푸렸다. 술맛이 쓴 표정이었다. 이번에는 상호가 바싹 다가들었다.

"주임님, 그러니까 이렇게 제가 주임님을 믿고서 이런 부탁을 드리는 거 아닙니까?"

상호는 얼굴을 앞으로 내밀고 상을 짚었다. 그러나 조직의 세계에서 뼈가 굵은 단단함이 엿보였다. 그러한 자세는 절대 비굴하다거나 아부하는 것은 아니었다. 상호는 함 주임을 정면으로 쳐다보며 무엇인가를 생각하고 있는 듯한 표정이었다.

"글쎄…… 지금 있는 표 소장과 통화를 해봐야겠는데……나 혼자만으로 결정하기엔…… 아무래도……."

함 주임은 말끝을 늘어뜨리고 있었다. 상호는 이때다 하고 더욱 고삐를 잡아당겼다.

"앗따, 주임님도…… 뭐 본부에 있으면서 좋다는 게 그런 거 아닙니까? 그러지 마시고 한 번만 봐주십시오. 그리고 이거…… 적지만 표 소장과 술이라도 한 잔 하시지요."

그렇게 말을 한 상호가 안주머니에서 봉투를 하나 꺼내 상

238

위에 올려놓았다. 함 주임이 그걸 보자 굳었던 안면이 약간 펴지는 듯했다. 그러나 이내 또다시 얼굴을 굳혔다.

"자꾸 이러면 쓰나…… 돈으로 다 된다고 생각하면 안 되지. 아직은 좀 더 두고 보지……."

함 주임이 뒤로 빼는 듯했다.

"주임님, 그건 저도 압니다. 아무 말 마시고 받아두십시오. 사실, 뭐 큰일도 아니지요 뭐. 남자와 여자가 만나서 서로 사랑하는 게 뭐가 그리 큰 죄가 되겠습니까? 오히려 교화상 법무부에서 더욱 권장해야 알 거 아닙니까? 안 그렇습니까, 주임님?"

"그리 큰일은 아닐 겁니다. 그저 이감이나 시켜달라는 거지. 별다른 일은 없습니다. 사랑하는 남자, 여자가 공모해서 탈주를 하겠습니까? 자살을 하겠습니까?"

상호의 말은 맞았다. 여자를 이감시켜서 같은 구치소에 둔다는 것으로 문제가 생길 건 아무것도 없었다. 거기에까지 생각이 미치자 함 주임은 슬쩍 상 위에 올려진 돈 봉투를 내려봤다. 하얀 봉투가 납작하니 놓여 있는 게 보였다.

"그리고 주임님…… 높은 자리에 있을 때 한 번 봐주시는 것도 좋을 겁니다. 이미 형님은 여자 때문에 마음을 잡고서 열심히 개과천선하고 있는 중이잖습니까? 옆에서 오히려 도와줘야 할 겁니다. 나중에 주임님이 저엉 골치 아프다고 생각되시면 아예 밖으로 가출옥을 줘서 내보내버려도 되잖습니까? 어떻습니까?…… 이참에 가출옥까지 묻어서 같이 쇼부를 치시지요?"

함 주임은 물끄러미 돈 봉투만 내려다보고 있었다. 그도 갑자기 이런 일로 상호를 만날 줄은 몰랐던 모양이다. 다만 옛일도 있고 해서 상호 쪽에서 술이라도 뻑적지근하게 대접하려는 줄로만 알고 나왔던 것이었다. 지금 그는 커다란 제의와 돈 봉투 사이에서 갈등하고 있는 모습이었다. 함 주임이 목이 타는지 손수 술잔을 따라 입에다 털어 넣었다. 그리고 그는 안주도 먹지 않고 또 한 잔을 따라 입에 털어 넣었다.

"주임님, 죄송합니다. 사나이가 하는 부탁입니다. 한 번 들어주십시오. 탈이 있을 리가 없습니다. 형님은 밖으로 나오는 순간, 멀리 바닷가로 가서 조용히 살겠다고 했으니까 주임님한테 더 이상 신세도 지지 않을 사람입니다."

"……?"

상호의 그 말에 주임이 눈을 들어 의아한 표정이었다. 그게 사실이냐는 얼굴이었다.

"그렇습니다. 이제 형님께서도 서울 생활을 모두 정리하고 조직의 생활도 전부 잊어버릴 생각입니다. 저한테만 이야길 했는데 아마 그럴 겁니다. 그 형님은 한 번 한다면 꼭 그렇게 하는 분이니까요."

"좋아, 그럼 그렇게 하지. 이왕 우리들은 다 한 몸이 된 추나 마찬가지니까 말이야. 알았다구. 우리, 기분 좋게 술이나 마시

자구!"

함 주임이 먼저 술잔을 높이 치켜들었다. 그러자 얼른 상호도 주임의 잔을 들어 주임의 잔에다 건배를 했다. 하얀 사기잔이 부딪치는 소리가 났다.

"역시 함 주임님이시라니까! 주임님의 만수무강을 위하여!"

함 주임이 잔을 들이켰고, 상호가 단숨에 잔을 비워버렸다. 그리고서 상호는 그제서야 손바닥을 짝짝 쳤다. 그러자 곧 미닫이문이 열리면서 젊은 여자 셋이 나타났다. 여자들은 이제 겨우 갓 스무 살이 지났을까 말까한 영계로서 초미니 스커트에다 몸에 착 달라붙은 옷을 입었는데 탤런트 뺨치는 미모였다. 여자들이 문으로 들어서자마자 나란히 앉아 고개를 숙였는데 가느다란 허벅지 사이로 가슴 뭉클한 것들이 다보였다. 함 주임의 눈이 거기에서 휘둥그래지고 있었다. 상호가 실실 웃고 있었다.

서로 인사가 끝나고 함 주임의 양 옆으로 여자 두 명이 앉았고 한 명은 상호의 옆에 앉았다. 얼핏 일어서는 키로 보아 대충 170cm에 가까운 미끈하게 빠진 영계들이었다. 함 주임이 흡족한지 술잔을 금방 비워냈고 옆의 초희라는 여자 애가 술잔에 술을 따랐다. 술잔은 이제 금방 돌기 시작했고 여자들의 간드러지는 듯한 웃음과 교태와 익살들이 펼쳐져서는 조금 전까지의 어려웠던 흥정도 언제 그랬느냐는 듯이 흥이 무르익었다.

상호는 시간이 지남에 따라 점점 기분이 좋아져 보이는 함 주임의 상태를 읽고는 이제 마지막 장식을 할 차례라고 여겨졌다. 상호는 품에서 검정 지갑을 꺼내 지갑 속에서 빳빳한 수표 세 장을 꺼내었다.

"자, 이거 너희들 오늘 팁이다. 함 주임님을 잘 모셔드려라. 알겠냐?"

그러면서 각자에게 수표를 한 장씩 뿌렸다. 그것을 받아든 영계들의 입이 금방 딱 벌어졌다. 공이 몇 개인가를 세어야만 겨우 알 수 있는 액수였다. 백이라는 표시가 새겨진 수표를 받아들었으니 영계들의 입도 다물어지지 않는 거였다. 그 액수는 요즘 서울 장안에서 내로라하는 최고 미인도 받지 못하는 그런 액수였다. 함 주임의 옆에 앉았던 초희와 혜민이 수표에다 뽀뽀를 하는 모습이었고 함 주임의 겨드랑이에 파고들어 애교를 피우고 있었다. 함 주임이 어색하도록 웃었고 상호도 같이 따라 웃었다.

"너희들 둘 말이야. 오늘 함 주임님이 녹초가 되도록 하지 않으면 알아서들 해. 알았냐?"

"네이, 분부대로 하겠사와요. 그건 걱정 마세요. 우리 둘이 있으면 하나도 겁이 안 나요. 호호호."

모두들 한바탕 웃었다. 이번에는 함 주임이 양 옆의 두 여자를 한꺼번에 끌어안고 있었다. 상호는 자신의 파트너에게 찡긋 눈짓을 해보이고는 일어섰다.

"그럼, 주임님. 한 산 더 하실까요? 아니면 곧바로 호텔로 모실까요?"

그러자, 함 주임도 같이 따라 일어서며,

"술은 됐어. 이제 자네도 가봐야지. 오늘은 고마웠어. 내가 최대한으로 해보지."

하고 말했다. 상호는 다시 초희와 혜민에게 지시를 했다.

"너희들 나대신 잘 부탁하니까 잘 모셔. 둘이라고 서로 싸우지들 말고. 하하하."

"하하하……

함 주임도 같이 웃었다. 함 주임의 옆에는 영계 둘이 붙어 있었다.

그들 일행이 밖으로 나오자, 아까 번에 상호가 타고 왔던 지프가 어느새 마당에 준비되어 있었다. 아마 미리 대기시켜 놓은 게 분명했다. 그 앞쪽에 모범택시 한대가 대기하고 있었다. 그거 미리 함 주임과 초희, 혜민이 같이 타고서 호텔로 갈 차량이었다.

"주임님, 오늘 영계가 둘이니까 너무 무리하진 마십시요. 하하하…… 잘못하면 허리가 부러집니다. 얘들이 워낙 영계라서. 하하하."

"하하하하. 하여튼 오늘은 고마워. 그것도 하나가 둘이라니 말이야. 하하하."

상호는 함 주임과 영계 둘이 모범택시에 올라타는 것을 보고 문을 닫아주고는 유리창 너머로 고개를 숙여 보였다.

"주임님, 오늘 정말 고맙습니다. 다음에 또 한 번 찾아뵙겠습니다."

그러면서 기사에게 출발하라는 눈짓을 해보였다. 택시가 부릉하고 출발을 하자 안에 있는 주임이 상호를 향해 손을 들어주었다. 상호가 마치 군인이 거수경례를 하듯 손을 들어서 경례를 붙였다. 그건 어디까지나 장난이었고 익살이었다. 택시가 '청요'를 빠져나가는 것을 보고 상호도 지프에 올랐다. 키를 꽂아 시동을 걸고서는 바깥에 그대로 서 있는 옥계에게 한 마디 했다.

"오늘 재미있었다고 마담한테 얘길 해. 난 바빠서 이만 가니까 그렇게 알라구."

상호가 그렇게 말하자, 옥계는 조금은 서운한 듯 그냥 그대로 서 있기만 했다. 상호가 차를 출발하려다가 그냥 그대로 서 있는 그녀를 보고는 다시 유리 창문을 내렸다.

"걱정 마. 난 고자니까 그것도 못해. 하하하······."

상호가 천천히 차를 움직였다. 차가 마당을 다 빠져나오자 그는 그때서야 헤드라이트를 켰다. 상호는 가슴의 안주머니에서 담배를 뽑아 물고 시가라이터로 담배에 불을 붙였다. 그리고는 천천히 연기를 내뿜었다. 연기가 입에서 뿜어나가자 그렇게 기분이 좋을 수가 없었다. 한 가지 일을 성취했다는 만족감이 그를 약간 흥분되게 만들었다. 상호는 카세트에서 음악을 틀어 최대한 키우고선 내달렸다. 큰 길에서 좌회전을 하려다가 그는 그만두어버리고는 곧장 직진을 했다.

　상호는 이대로 '황제'로 가기보다는 인천 연안부두나 한 바퀴 돌다가 돌아오고 싶었던 것이다. 그가 액셀러레이터를 밟았을 때 지프의 엔진이 심하게 공회전을 하면서 우웅 하는 굉음을 내지르며 달려나갔다. 그는 또 창문을 약간 열어놓아 찬바람이 세차게 기어드는 것도 그저 상쾌하게만 느꼈다. 밤거리의 질주는 확실히 기분이 좋아지게 만들고 있었다. 총알택시들이 상호의 지프 옆을 쌩쌩거리며 내달았지만 상호는 굳이 그것들을 앞지를 생각은 하지 않았다. 지금 이 속도도 결코 낮은 속도는 아니었던 것이고 이대로의 속도가 그를 쾌적하게 했다. 심야의 인천행 국도는 차들이 많지 않아 까만 어둠 속의 터널 속으로 끝없이 달려나가는 것만 같아 질주의 상쾌함이 배가 되고 있었다.

　인천에 다다르자, 인천상륙작전기념 동상이 있는 곳에서 우회전을 급하게 하느라 차가 휘청거렸지만 곧 핸들을 바로 잡았다. 아직 그에게 약간의 술기운이 있는 탓이었는지도 모른다. 사거리에서 다시 좌회전을 해서 나아가다가 연안부두의 휘황찬란한 네온사인 불빛들을 만나면서부터 연안부두에 다 온 것을 알고 그는 일부러 천천히 달렸다. 그는 바짝 오른편의 인도를 끼고 달렸다. 오른쪽으로 보이는 바다의 저 건너편으로 고깃배들이 밝혀놓은 불빛들이 까무룩히 보였다. 상호는 지프를 길가에 세워놓고선 풀쩍 땅바닥으로 뛰어내렸다.

바다를 가까이 보려고 좀 더 다가가지만 그곳엔 이미 철책이 가로막고 있었다. 상호는 그 철책을 붙잡고 마냥 서 있었다. 귀뺨이 얼얼하도록 찬바람이 불어쳤고 그는 약간의 한기를 느꼈으나 그리 춥지는 않았다. 오히려 시원하다는 느낌만 들었다. 안주머니에서 담배를 꺼내 한 개비 물고는 라이터를 켰다. 라이터는 바닷바람에 의해 불이 일어났다간 금세 꺼졌으므로 상호는 다시 손바닥을 오무리며 손바닥 안에서 불을 피워 올렸다.

그가 연기를 깊이 빨아들였다가 멀리 내뱉으면서 저 먼 바다에 떠 있는 고깃배들을 바라보았다. 칠흑 같은 바다 위에 환한 불빛만이 덩그렇게 떠 있었다.

상호는 이 밤에도 구치소에 있을 종태를 생각하고 있었다. 그리고 하얀 얼굴의 희자를 같이 떠올려보았다. 둘의 얼굴이 겹쳐졌다간 이내 흩어졌고 다시 천천히 얼굴이 떠올랐는데 종태의 얼굴이 먼저일 때도 있었고, 반면에 희자의 얼굴이 먼저 떠오를 때도 있었다. 상호는 종태의 웃는 얼굴에서 지독한 연민을 느끼고 있었다.

시골에서 무작정 올라와서 이 무법천지의 영등포에서 단지

246

주먹하나만으로 조직세계의 보스 자리를 일궜던 그가 지금 한 여자를 앎으로써 그 모든 것까지도 팽개쳐버리는 용기에 대해 무어라 해석할 건덕지가 없었다. 차가운 마룻바닥에서 자면서 별을 키우며 조직세계에서 힘을 키웠던 그가 아닌가. 지금 그는 이제 아무 부러울 것도 없는 상태였지만 막상 그것을 다 내버리겠다고 했으니…… 상호는 알 수 없는 종태의 마음에 대해 혼란스러웠다. 그것은 종교라는 아편의 힘이든가, 아니면 한 여자의 힘이리라.

상호는 다 타들어 간 담배를 휙 바다로 던져버리고는 다시 새 담배에 불을 붙여 물었다. 이번에는 철제 난간에 턱을 괴고 한참 동안 그렇게 서 있기만 했다. 그의 눈이 감겨져 있었다. 눈을 감자 아무 생각도 없어졌다. 그러나 곧 생각의 망막 뒤로 다시 그들이 나타나기 시작했다. 종태의 껄껄 웃는 호탕한 웃음소리가 마치 바다를 뒤흔들어버릴 것 같았다. 다시 그 뒤를 따라서 희자가 하얗게 웃고서 있는 모습이 보였다. 상호는 속으로 나직이 불러보았다.

"형님……."

상호의 나지막한 부름에도 그는 계속 웃는 모습이었다.

상호는 벌떡 몸을 일으켜서 철책을 따라 천천히 앞으로 걸어나갔다. 깊은 밤이어서인지 사람들이 없는 그곳에는 고요뿐이었다. 상호는 철책이 있는 끝까지 갔다가 돌아와서는 다시 차에 올랐다. 시동을 켜놓은 차 안은 제법 훈훈했고 아까 번에 켜놓은 카세트에서는 계속 음악이 흘러나오고 있었다. 상호는 시트를 뒤로 제끼고 비스듬히 누워 그렇게 하염없이 있었다. 눈도 뜨지 않고 있었다. 멀리서 파도 소리가 들리는 듯했다. 얼마나 그렇게 있었을까.

이제 상호는 손목을 들어서 저만치 가게에서 번져 나오는 네온불빛에 시계를 보았다. 새벽 3시였다.

그제서야 그는 천천히 시동키를 돌렸다.

시동이 걸리고도 그는 그대로 우두커니 앉아 있기만 했다. 그래, 무조건 형님의 말을 따르기로 하자. 이미 조직에서 떠난 사람이라는 결론이 그를 마음 편하게 했다. 그래, 사랑하는 사람끼리 멀리 가서 살 수 있도록 뒷받침만 해주면 될 거라는 생각을 먹자 그의 마음이 편안해질 수 있었다.

그가 클러치를 떼면서 홱 핸들을 꺾어서 급회전을 하면서 액셀러레이터를 힘껏 밟았다. 차가 기우뚱거리다가 힘껏 내달렸다. 상호는 돌아오는 길에서 조금의 상쾌함을 맛볼 수 있었다. 그는 평균시속 120킬로로 달리면서 금세 오류동으로 접어들고 있었다. 거기에서부터 조금씩 속도를 늦추었다. 개봉동 사거리를 조금 지나서 고척동 공구상가로 접어드는 좌회전 신호를 받으면서 영등포 구치소 쪽으로 달렸다. 양 옆으로 하얀 담이 둘러쳐진 교도소와 구치소의 사잇길로 달리면서 힐끗 외정문을 보았으나 직원이 의자에 앉아서 무엇을 보는지 꼼짝도 않는 게 보였다. 상호는 1감시대가 있는 모퉁이를 돌아 2감시대가 있는 곳으로 갔다. 거기서 차를 멈춘 채 한참 동안 그대로 서 있었다. 담 너머로 보이는 9동에서는 환한 불빛이 보였다. 종태가 있는 곳이었다. 상호는 9동 쪽으로 시선을 주고 있다가 길게 클랙슨을 울렸다. 한 번, 두 번, 세 번…….

29
재회

드디어 희자가 다시 영등포 구치소로 이감이 되었던 것이다. 겨울이 다 지나갈 무렵이었다. 이제 마악 봄이 오려는지 나무들마다 노오란 싹이 돋는지 멀리서 보면 연푸르름이 우수수 번질 무렵이었다. 종태가 그녀에게서 총 백스물두 번의 편지를 받고 나서였다. 상호가 면회를 와서 그렇게 말해주었던 것이다.

"형님, 어제 연락을 받았습니다. 어제 이곳으로 올라온다고 연락을 받았으니 아마 오늘쯤은 있을 겁니다."

"그으래? 수고했다, 상호야."

"뭘요. 형님이 이곳에서 고생을 하고 있는 것에 비하면 아무 것도 아니지요 뭐. 전 바깥에서 노는 놈 아닙니까? 하하하."

"하하, 그런가? 하여튼 수고했어. 함한테서 직접 연락을 받았었어?"

"네."

종태가 함이라고 말했던 것은 함 주임을 일컫는 말이었다. 옆에 입회해 있는 직원이 모르도록 그렇게 약어를 썼다.

"그래, 바깥은 요즘 어떠냐?"

"뭐, 요즘이야 뭐 별다른 일이 있습니까? 전부 다 꽉 자리를 잡고 있는데 누가 감히 깐죽거리겠습니까? 깐죽거렸다간 당장에 모가진데 어느 짱구라고 함부로 대들겠습니까? 하하하. 요즘 그러니까 관내에서도 수금이 잘 되고 있습니다. 형님이 나오시면 한 밑천 두둑이 집어드릴 돈도 있지요. 하하하."

"그래? 그거 참 잘 됐군 그래. 그렇지만 난 절대 니가 일군 돈 같은 건 바라지 않는다. 그건 동생들한테나 써라. 나도 내가 쓸 돈은 충분해. 이제 시골로 가서 살 놈이 돈은 무슨 돈이냐? 나한테는 이게 마지막 징역이다."

"형님……."

"전에도 말했지만 이제 나는 아무 미련도 없는 놈이다. 이미 차종태는 옛날에 죽은 목숨이라고 생각해. 나도 은영일 위해서라도 희자를 사랑해야 될 거라고 믿고 있다. 그래서 모든 걸 잊으려고 애를 썼던 거구. 이젠 모든 게 한낱 물거품처럼 여겨지고 있어. 한 때의 젊음이 아직 남아 있겠지만 아마 나갈 때쯤이면 모든 게 정리될 거다. 바깥에 있는 것에 아무 미련도 없으니까 너하고 동생들이 다 처분해도 나는 하나도 아깝지 않다. 나도 돈과 주먹이라면 모든 걸 누려봤고, 이제 후회는 없다. 다만 마음에 걸리는 것은 창혼데 그건 니가 다 알아서 뒷바라지를 해줘라. 개도 한 번 필려다가 말았던 놈이니까. 무척 불쌍한 놈이지. 지 아버지도 모르고 어머니도 모르는 불쌍한 놈이다. 고아원에서 뛰쳐나와서 계속 내 밑에만 있었던 놈이니까…….”

“알겠습니다, 형님…….”

“내가 나가면 누구에게도 내 연락처를 알리지 않겠다. 무조건 멀리 떠나버릴 생각이다. 아무도 없는 곳으로 갈 생각이니까…….”

여자도 아마 그런 생각일 거다. 사람들을 본다는 게 어쩌면 불행할지도 몰라. 넌 그렇게 알고 있어라.”

“예, 형님…….”

“그래, 가봐라. 나도 작업을 나가봐야 쓰겠다. 이젠 자주 오지 말고…….”

“형님…….”

종태는 상호의 얼굴을 똑바로 쳐다보다간 고개를 획 돌렸다. 그리고는 저벅저벅 걸어나갔다.

“형님, 먹을 건 제가 알아서 넣겠습니다.”

종태의 뒤에서 상호의 목소리가 들렸다. 그러나 그는 뒤돌아보지 않았다. 이미 복도로 나와 대기실 쪽으로 걷고 있었다.

대기실로 들어서자 비로소 종태의 마음이 흔들리고 있었다.

알 수 없는 비애 같기도 한 것들이 왈칵 쏟아져 내렸다. 상호와는 이 안에서 생사를 같이 한 후배였고, 지금도 그 믿음은 변치 않고 있었지만 왠지 그에게 모든 짐을 떠넘기는 것만 같아서 마음이 무거웠다. 자신 혼자만이 악의 구렁텅이에서 벗어나 도망치는 느낌이었다. 술과 돈과 여자, 폭력만이 난무하는 그곳에다 그를 내팽개쳐버리고 자신은 멀리 달아나는 기분이었다. 종태는 연출을 맡은 경교대원들이 밖으로 불러낼 때까지도 계속 그러한 생각만 하고 있을 뿐이었다.

이제 자신과 상호는 다시 만날 수 없는 전혀 다른 세계로의 진입인 것처럼, 막상 떨어진다는 것이 두려웠지만 희자를 떠올리자 그 불안은 말끔히 사라지고 없었다. 종태는 막사로 돌아와서 원진이 출소를 하면서 고이 주고 간 성경책을 펴들었다. 원진이 공부를 하느라 새카맣도록 밑줄을 그은 성경을 읽으면서 그는 또 그녀를 떠올렸다.

희고 맑은 얼굴의 그녀가 다시 영등포로 오다니…….

그동안 어떻게 변했을지 무척 궁금해졌다. 그는 지그시 눈을 감고 그녀의 변했을 모습들을 그려 보았다. 그러나 그의 마음 속에서는 그녀의 변해진 모습이라곤 하나도 찾아낼 수 없었다. 그것은 처음엔 안타깝도록 신경이 곤두섰다가 이내 마음으로부터 안심이 되는 그런 것이었다. 변하지 않은 게 더 낫지. 이렇게 마음을 먹으니 그게 더 편했다. 종태가 눈을 떠서 담당을 바라보자, 담당은 책상 위에다 코를 박고 소설책을 보고 있었다. 종태가 옆에 다가섰는데도 그는 여전히 소설책에 빠져 있었다.

"담당님, 희자가 왔다는구만요."

종태가 그렇게 말하자, 담당은 눈을 들어서 꿈벅거리기만 한다.

"어디로?"

"영등포로요."

"뭐? 이쪽으로? 그게 사실이야?"

그때서야 담당은 크게 놀라는 눈치다. 청주로 내려갔던 그녀가 다시 이쪽으로 왔다는 말이 실감나지 않는 모양이었다. 그가 눈을 크게 떴다.

"어제 이쪽으로 왔다는군요. 방금 상호한테서 들었습니다."

"그래에?……."

담당은 그러면서 얼른 손목의 시계를 보았다. 아직 여사로 작업을 나가려면 시간이 많이 남아 있었다. 담당은 아마 그걸 염두에 둔 모양이었다.

"지금 몇 십니까?"

"아직은 작업 나갈 시간이 멀었어. 이따 작업을 나가보면 만날 수도 있겠는 걸……."

담당이 혼잣말처럼 나직이 중얼거렸다. 이미 종태의 그러한 심정을 알아차린 대답이었다.

"……."

종태는 멍하니 앉아 있었다. 고개를 들어서 천장을 쳐다보는데 천장에는 여름의 더위와 겨울의 추위를 덜기 위해서 아무렇게나 엮어놓은 스티로폼들이 어지럽게 매달려 있었다. 상자의 박스에서 뜯어낸 스티로폼이었다.

종태는 막사 안에 그렇게 앉아 있다는 것이 갑갑해져서 밖으로 나왔다. 겨울의 차가운 날씨가 그의 더운 가슴을 시원하게 만들었다. 원예에서 버려둔 화분은 거의 비어진 채로 놓여 있었고, 빨랫줄에는 세탁공장에서 널어놓은 퍼런 관복들이 바람에 이리저리 흔들리는 것이 황량스러웠다. 저만치 2감시대에 서 있는 경교대원의 얼굴에도 닭살이 올랐는지 잔뜩 목을 움츠리고는 종종 걸음으로 동상을 예방하려고 기를 쓰고 있는 모습이었다. 출역수들도 전부 막사 안에서 모가지조차 밖으로 내밀지 않았고, 아마 난로 옆에서 손들을 녹이느라 정신이 없는 듯했다. 가끔 어느 공장에서는, 몰래 사식당에서 삥땅을 쳐온 밀가루를 가지고 취장에서 나온 허연 김치를 물에 빨아 총총 썰어 넣어 부침개를 해먹느라 입들이 걸려 있기도 했다. 밀가루며 식용유들도 모두 그들에겐 귀한 물건들이었다. 무엇을 건네주는 대가로, 혹은 사식당에서 부러진 도구를 용접해주는 대가로 몰래 얻은 것들이었지만 담당은 그리 개의치 않았다. 없는 놈 입에는 그저 먹는 것이 제일 최고이듯이 배고픈 출역수들이 부쳐 먹는 부침개를 까탈하지는 않았다.

종태는 어느 출역 공장에서 배어나오는 식용유 냄새를 맡고 서 있으면서 그렇게 주위를 둘러보다가 감시대를 올려다보고, 빈 하늘의 허공을 올려다보았다. 잔뜩 찌푸린 하늘이 마치 눈이라도 올 것처럼 회색빛이었다. 그 회색빛 하늘로 잿빛 비둘기들이 옹기종기 날고 있는 것도 보였다. 비둘기들은 곧 사동의 옥상으로 내려앉아 서로 얼굴을 비비기도 하고, 올라타기도 했는데 종태의 눈에는 그렇게 부러워 보일 수가 없었다. 사랑한다는 거, 부부라는 인연의 끈이 한갓 동물의 경우에 있어서도 저렇도록 즐겁고 애착이 가는 사이라는 것을 느끼면서 희자에 대한 생각이 떠올랐던 것이다. 사랑하는 사람과 같이 있다는 것이 얼마나 희망이며 바람이었는지 모른다. 전에는 몰랐던 그러한 사실들이 지금 그렇게 새삼스럽게 생각되어지고 있었다.

가족을 떠나 이곳에서 징역을 살고 있는 출역수들의 대부분이 가정이 망가졌거나 지금 이혼을 생각하면서 바깥에 있는 여자들로 인해 가정법원에 이혼청구 소송이 들어와 있는 경우도 있었다. 모든 범죄는 행복한 가정이 깨진 데서 비롯되는 건지도 몰랐다.

소년수들만 해도 그랬다. 소년수들이란 아직 미성년자들을 말하데 그들의 가정도 편부모 슬하에서 제멋대로 방종으로 자

256

라났거나, 취약한 생활에서 오는 부모의 무관심에서 오는 삐뚤어짐이었을 것이다. 중학생들이 담배를 피우고, 여럿이 모여서 본드를 흡입하고, 같은 또래의 여중생들을 산으로 데려가서 집단으로 윤간하는 일은 흔했으며, 또 집단으로 혼숙을 하면서 서로 파트너를 바꿔가며 성관계를 맺으면서 서러운 인생의 출발을 경험해보는 것이기도 했다. 그러다가 여자 아이가 몸으로 돈을 벌러 나가기가 예사였고, 남자 아이들은 또 돈이 궁해지면 떼강도로 남의 집엘 들어가는 것이 어디 어려운 일이었던가. 떼강도라고 해서 어디 무시무시한 인상의 강도들이 아니라, 전부 다 그렇고 그런 아이들이 돈 때문에 칼을 들면 떼강도였던 것이다. 그들은 일단 가정집으로 들어가서 돈이나 패물들을 닥치는 대로 훔치고 나오는 것에서 그친 것이 아니라, 여자들을 겁탈하여 신고를 못하도록 여자의 자존심을 구겨놓는 데에 머리를 쓰는 것이었다. 딸애가 보는 앞에서 어머니를 겁탈하거나, 어머니를 묶어놓고선 딸애를 강간하는 따위는 그들의 피할 수 없는 수법이었다. 그들이 붙잡히지 않으려면 여자의 최대 약점인 그러한 짓을 함으로써 함구시키는 방법의 하나였던 것이었다. 거기다가 약간의 변태성욕이 가미된다면 여자의 입에다 배설물을 사정해서 먹게 하는 치욕을 만드는 것도 그들의 한 방법이었고, 심지어는 여자의 성기 부분에다 자신의 문신인 별이나, 나비, 도마뱀, 뱀의 문신을 새겨서 끝까지 파멸시키는 스릴도 작은 악마의 소행일 수 있었다. 우리들의 사회에서 착하고 선하게 보이던 까까머리 중학생들이, 고등학생들이 그러한 짓을 범하는 것도 알고 보면 순간에 이루어진 일이다. 선과 악. 그것들은 서로 양면성이었을 뿐만 아니라 종이 한 장 차이였을 뿐이다. 이곳에 들어온 강간범들 중의 어떤 떼강도들은 어머니와 딸을 번갈아가며 윤간하고 나서 다시 여자의 성기에다 시뻘건 고춧가루를 집어넣어 고통을 주는가 하면, 주방에서 찾아낸 식초며 간장병을 들이부어 여자가 고통스러워하는 것을 보면서 쾌감을 느끼기도 했다. 악이란 여러 방면으로 발달하고 있었는데도 다만 우리가 모를 뿐이지 은밀하게 퍼져나가도록 하는 곳이 바로 구치소라면 구치소였고, 교도소라면 바로 교도소였다.

한 번 망가진 인생이 두 번 망가지는 것은 쉬운 법이었다.

종태는 천천히 걸으면서 자신의 앞날이 어떻게 변해갈 것인가에 대해 매우 궁금해지지 않을 수가 없었다. 자신이 남자로 태어나서 한 번 해보고 싶었던 조직의 세계에서 보스가 되었으며 돈도 가질 만큼 가진 그였지만 인생에 빠진 게 있다면 멋지게 연애를 한 번 해보는 것이었다. 조직을 갖고 있으면서 멋진 연애를 할 수도 있었지만, 그것은 희자가 바라는 바가 아니었다. 종태는 그런 희자의 깨끗함에 자신도 모르게 매료되고 있었는지 모른다. 티없이 맑고 투명한 그녀의 얼굴에선 종태도 감히 함부로 할 수 없는 그 어떤 힘이 작용하고 있었다. 돈으로, 주먹으로 할 수 있는 여자와는 전혀 달랐다. 그 어떤 힘보다도 더욱 강한 것이 여자의 힘이었다.

종태는 담당이 부른다는 말에 천천히 막사로 돌아갔다. 아마 출역을 나갈 시간인 모양이었다.

출역수들이 작업준비를 하는 동안 종태는 잠깐이나마 서서 기도를 했을 것이다. 오늘 여사로 들어가면 그녀를 만날 수 있기를 고대했다. 어제쯤 도착했을 것이다. 아직 혼거방에 수용되어 있을 것이다. 그랬으므로 운동을 나올 확률은 컸다. 지금은 그녀를 만나보고 싶은 생각뿐이었다.

리어카를 끌고 가는 범식의 주위로 출역수들이 느릿느릿 걸어가고 있었다. 종태는 담당과 맨 뒤에 처져서 걷고 있었다.

"마침 이곳으로 다시 올라왔다니 천만다행이네. 어차피 종태의 사람이 되려고 그러는 가 보지…… 내가 이곳에 있으면서 이렇게 재소자끼리 서로 결혼을 하는 것은 한 번도 보지 못했는데 아마 반장이 그렇게 되겠구먼."

담당이 그렇게 말하자, 종태가 쓸쓸하게 웃었다.

"아직은 모르지요. 산을 넘으면 또 산이라는 말처럼 첩첩산중인 셈이지요. 여기서 나가야 비로소 나가는가 보다 하고 안심을 하겠지요. 아직은 그게 하나 더 남아 있는 셈입니다."

"그야, 뭐…… 이제 반장도 어느 정도 살았으니까 곧 가출옥

259

대상이 되겠지. 기간만 차면 내가 한 번 가출소 신청을 해보지. 나도 반장이 가출소를 먹고 밖으로 나가는 것을 봐야 직성이 풀리겠어."

"예, 그렇게 생각해주시니 고맙습니다. 가능하다면 꼭 가출소가 되도록 힘써 주십시오. 은혜는 갚겠습니다, 담당님."

"그럼, 그렇게 돼야지. 희자도 아마 여기서 출역을 한다면 사방 소지 아니면 직원 식당이겠는데, 가능하면 직원 식당으로 출역이 되면 좋겠는데 말이야. 그러면 내가 매일 식사를 하러 가면서 이야기도 나눌 수 있고…… 하여튼 반장한텐 좋은 것이니까. 내가 분류실의 직원에게 부탁이나 한 번 해볼게. 분류 심사에서 직원 식당으로 나가도록 하면 아무래도 좋겠지……

"……."

종태는 담당의 말에 다시금 고마움을 느꼈다. 그렇게까지 신경을 써주는 것이 무척 고마웠다. 고맙다는 말을 해야만 옳았으나 그 말은 아직 하지 않았다. 그저 묵묵히 발끝만 내려다보며 걷고 있었다.

병동을 지나 5동과 4동, 3동을 지나면서 사방에서 흘린 오물들을 청소해가는 시간이 지루하기만 했다. 종태는 그저 묵묵히 서서 출역수들이 청소를 하는 것을 바라보면서 그렇게 생각하고 있었다. 오늘 따라 출역수들이 사방에 붙어서 방 안의 재소자들과 농담을 하거나 히히덕거리는 시간들이 길어진다고 느껴질 만큼 지루하게 느껴지고 있었다. 그렇다고 그들에게 호통을 쳐서 재촉하고 싶지는 않았다. 그저 담담하게 서서 시켜보고 있으면서 그녀에 대한 생각만을 하고 있었다. 그녀와 떨어져 있었던 기간이 불과 1년도 채 못되었지만 그 기간이 너무 길어서 마치 그녀에 대한 기억을 잃어버린 것처럼 안타까워졌다. 이곳의 시간이란 이상했다. 하루하루의 시간은 금방 흘러가버리는 것 같았는데 한 달이나, 두 달쯤을 기다리는 것은 무척 지루했으나 1년이란 시간은 언제 흘러가버렸는지 모를 정도로 후딱 지나가버리는 것이었다. 만기가 차서 출소를 기다리는 재소자들이 달력에다 하루하루의 날짜에 빗금을 그으며 초조하게 기다리는 시간이 그랬던 것이다. 하루는 짧았지만 한 달이나 두 달쯤은 너무 지루해서 미치는 것이다.

청소를 하고 있는 출역수들도 세월아 네월아 하는 식으로 빗자루질을 했고 종태의 타는 듯한 심정을 아는지 모르는지 저희들끼리 히히덕거리며 마당을 쓸고 나갔다. 막상 여사에 도착할 시간쯤에는 그곳에 도착하기만을 고대하던 종태도 현기증이 일어날 만큼 지겹게 느껴지던 시간에서 겨우 벗어날 수 있었다.

벨을 누르고 여사 직원이 문틈으로 바깥을 확인하고 나서 문을 열어 주었다. 문이 열리자마자 여자에 굶주린 남자들 마냥 안쪽으로 우르르 들어간 출역수들 사이로 운동을 나와 있는 여자들의 모습이 눈에 들어왔다. 종태는 대번에 눈을 휘둥거려서 그녀의 모습을 찾았다. 그러나 아무리 살펴보아도 그녀의 모습은 보이지 않았다. 가슴에서 쿵, 하는 소리가 들렸다. 종태의 가슴을 훑고 지나가는 허탈감이 땅을 지탱하며 서 있는 두 다리의 힘을 쭉 빠지게 만들었다. 그는 문 안으로 들어서서 그대로 서 있었다. 종태가 갑자기 씁쓸하게 웃었던가. 그것을 본 내청 담당이 얼핏 그를 외면하면서 운동 담당에게로 다가갔다.

내청 담당이 청주에서 올라온 희자에 대해서 물었고 여담당은 손목시계를 한 번 들여다보았다. 그러더니 호루라기를 입에 물고는 대번에 호루라기를 불어제꼈다.

호루룩!

"운동 끝! 입방!"

여담당이 그렇게 소리치자, 마당에 운동을 나와 있던 여자들이 투덜거렸다.

"아니, 벌써 운동 시간이 다 됐어?"

"에이, 운동을 하려다가 마는 거야, 뭐야. 오늘은 왜 이렇게 짧어?"

"히힛, 너 짧다고 그러는 말, 꼭 뭐 할 때 하는 말 같으다아. 호호홋."

여자들이 남자들 쪽으로 시선을 준 채 저희들끼리 히히덕거리며 시간이 짧음에 대해 투덜거리고 있었다. 마악 남자들이 나타남과 동시에 운동 담당이 호루라기를 불었으니 여자들의 심기가 조금 뒤틀려 있었다.

"오늘은 운동 끝! 빨리 입방해! 벌써 시간이 다 됐단 말이야. 너희들 남자들이 들어오니깐 시간이 모자란다고 그러지. 입방해, 어서!"

운동 담당이 그렇게 소리치자, 여자들이 남자들을 흘끔거리며 웅성거렸다. 전부가 남자들을 향한 눈이 무엇인가 욕정에 눈이 먼 그런 표정들이었다. 마치 보고도 집어먹지 못하는 횟거리라도 되는 그러한 눈초리였다. 남자들도 히죽거리며 여자들에게 추파를 던지고 있었으니 아쉬움이 남을 수밖에.

여자들이 흐느적거리며 사방으로 들어가고 여담당이 또 다음 운동을 시킬 방을 따러 간 사이에 내청 담당이 종태에게로 다가왔다. 그리고는 나직이 귀엣말을 건넸다.

"반장, 다음번에 희자가 나올 거라구. 내가 여담당한테 부탁을 했지. 아는 여자라고…… 그랬더니 곧 운동을 시키겠다는군. 여담당도 아마 희자가 그곳 청주에서 이곳으로 다시 이감을 온 것으로 미루어 짐작하고 대충 뒤에 높은 사람이 있는 것으로 알고 있었어."

"……."

종태는 담당의 그러한 말에 웃어 주었다. 담당이 크게 웃어재꼈다.

"거 보라구! 다 뜻이 있는 곳에 길이 열린다는 말도 있잖아? 아무튼 나도 재미있는 러브스토리 하나 보는 것 같다구!"

"……."

종태가 마주 웃고 있는데 저만치에서 마악 건물의 모퉁이를 돌아오는 여자들의 모습이 눈에 띄었다. 여자들은 일찌감치 남자들이 작업을 하는 모습을 보고선 저희들끼리 재잘거리며 밖으로 나오고 있는 중이었다. 종태는 그녀들 사이에서 희자를 발견했던 것이다. 아! 하는 탄식이 절로 잇속에서 새어 나왔다. 희자도 이쪽으로 눈을 들었다가 종태의 눈과 맞닥뜨려지자 그 자리에 멈칫했다. 그녀의 얼굴은 반가움과 놀람과 경이로움이 번져서 어떻게 처리할 줄을 모르는 아이처럼 되어 그렇게 서 있었다. 종태는 달려가서 와락 안아버리고 싶은 충동을 느꼈으나 눈을 크게 부릅뜨고는 그녀의 긴 머리칼에서부터 발끝까지 찬찬히 살피고 있었다. 얼굴이 조금 더 수척해진 듯했으나 역시 아름다웠고 회색빛 관복은 역시 헐렁하였다. 그녀의 두 손은 이제 수갑조차 없었다. 그녀는 무안했던지 두 손을 들어 자신의 머리칼을 매만지며 그렇게 우뚝 서 있기만 했다. 오후의 햇살을 받은 그녀의 눈썹이 짙게 빛났고 그 햇빛은 그녀의 머리에서 검게 윤기를 흘러내리고 있는 중이었다. 그녀의 수정 같은 눈에서 얼핏 물기가 핑그르르 도는 것 같았다. 그녀가 눈을 들어 하늘가를 바라보는 것으로도 그것을 알 수 있었다. 종태는 가슴에서 싸아 하는 것을 느꼈다. 종태의 눈시울이 뜨끈거렸다.

희자가 여자들의 곁을 지나 예전에 운동을 했던 그대로의 자리에 머무르자, 다시 그녀는 종태에게로 눈길을 보냈다. 여전히 물기를 머금은 눈빛이었다. 그것은 어떻게 보면 슬프도록 힘없이 웃고 있는 것도 같았고, 환하게 웃으려고 애를 쓰는 것도 같았다. 이번에도 역시 그녀는 손을 들어 앞으로 흘러내리는 머리칼을 뒤로 넘기는 모습이었다. 그 모습이 그렇게도 아름다울 수가 없었다. 종태는 부르르 진저리를 쳤다.

여자들이 남자들의 작업을 하는 주위로 몰려들어 히히덕거렸다. 아예 땅바닥에 철버덕 주저앉아서 남자들의 작업을 하는 일거수일투족을 살피느라 정신이 없는 여자도 있었고 그 자리에서 뜀뛰기를 하면서 이야기를 나누는 여자들도 있었다. 간간이 여자들의 농담에 남자들도 가끔씩 응답을 하면서, 서로 호탕하게 웃으면서 여담당의 눈치를 살폈으나 여담당은 지금 내청 담당과 양지쪽의 바람이 없는 곳에서 서로 이야기를 하고 있는 중이었다. 종태는 내청 담당을 쳐다보다가 담당의 눈길과 마주쳤다. 담당이 먼저 찡긋 눈짓을 보내오고 있었다. 알아서 하라는 눈치였다.

종태는 천천히 희자에게로 다가갔다.

여자들의 눈이 대번에 희자에게로, 종태에게로 돌려지면서 서로 옆구리를 쿡쿡 찌르면서 저희들끼리 낮게 소곤거렸다.

"얘, 저 남자 좀 봐. 어제 이감 온 재한테 관심이 있나봐."

"어머머, 저 남자 용기 있다. 무슨 말을 걸려고 그러는 거 아냐?"

"……."

여자들의 눈이 그 둘을 향해 있자, 종태는 그만 어색해져서 큰소리로 들으란 듯이 말해버렸다.

"어이구, 이거 경찰서에서부터 동기가 아닙니까? 그래, 재판은 끝났습니까? 경찰서에 있을 때 보고, 저번에 운동을 나왔을 때 보곤 통 못 봤는데 그동안 어떻게 된 겁니까?"

"……?"

종태가 그렇게 소릴 치자, 희자는 멀뚱해하다가 그 뜻을 알아차리고는 풀썩 웃었다. 종태도 같이 따라서 웃는 것을 보곤 여자들이 다시 출역수들 쪽으로 눈길을 돌리고 있었다. 그쪽도 호기심이 일었지만 여러 명의 남자들이 일을 하고 있는 곳이 아무래도 관심이 있는 모양이다.

종태는 희자의 수그린 얼굴을 보다가 그녀가 발끝으로 땅바닥을 긁는 것을 보고는 그의 발끝을 그녀의 발끝에다 툭 갖다 대었다. 한 번, 두 번 그렇게 하자, 이번에는 희자의 발끝이 다가와서 종태의 발끝을 툭 건드렸다. 그러면서 희자가 고갤 들어서 희미하게 웃어 보였다. 이게 얼마만인가. 그렇게 장난을 쳐보는 것도 이곳에서는 대단한 일이었던 것이다. 가슴이 찌르르 울려왔다.

"정말 오랜만입니다. 그동안 무척 보고 싶었습니다……."

종태가 그렇게 말하자,

"저두요…… 이렇게 이곳으로 올라올 줄은…… 아무튼 고마워요……."

희자의 눈이 물기에 젖어 어룽거렸다. 종태는 그렇게 알아차렸다. 그녀의 눈에 물기가 고이기 전에 그의 얼굴이 먼저 하늘로 향했다. 그러자 희자는 고개를 오른쪽으로 돌려서는 하얀 담벼락을 바라보고 있었다. 얼마만의 재회던가. 와락 안아보고 싶은 충동이 일었지만 그렇게 할 수 없는 현실이었다. 종태는 두 손을 모아쥐고는 우두둑 손가락 마디를 꺾었다. 그게 그의 안타까운 마음 표시였을 것이다. 희자는 한참 동안 고개를 돌리지 않았다. 슬쩍 눈물을 닦았던가, 한 번 그녀의 손이 얼굴을 스치고 지나갔다. 그녀가 눈치 채이지 않게 손을 내려 바지의 옆을 문지르며 아래로 내려갔다. 종태는 그러는 그녀의 행동을 하나도 빠뜨리지 않고 보았던 것이다.

"사랑해…… 희자 씨…… 얼굴이 조금 빠졌군요……."

"아니에요, 저는 잘 지내고 있었습니다. 매일 당신을 생각하면서……."

"나도 그랬을 겁니다. 얼마나 징역살이가 지겨웠던지…… 마

267

치 지옥 같았습니다. 그동안 통신신학 기초과정을 마쳤습니다. 그리고 이제 본과로 재입학했습니다. 희자 씨도 그렇고, 여러 직원들이 도와줬지요. 지금은 기독교 거실에서 총무의 일을 맡고 있지요."

"아! 정말…… 고마운 분들…… 종태 씨의 기도를 하나님께서 들어주신 겁니다."

"그래요. 거기에는 희자 씨의 기도도 들어 있을 겁니다. 끝까지 마치는 것이 희자 씨에게 나의 모든 죄성을 버리는 것이라고 생각되어졌습니다. 내가폭력의 굴레에서 벗어나게 만든 것도 다 희자 씨였습니다. 담당님은 제가 본과를 마치고 나서 정식으로 신학을 해서 목회를 하라고 합니다. 그러면 정말 좋은 목사가 될 수 있을 거라고 했지요."

"……."

희자는 행복한 듯 눈을 꼬옥 감고 있었다. 그녀의 입술이 가느다랗게 떨리고 있었다. 그녀는 그 틈에도 짧게 기도를 올리고 있었다.

아, 하나님 감사합니다. 이렇게 엄청난 일을 제게 주시는군요. 아! 하나님 아버지…….

희자의 속눈썹이 가늘게 떨리고 있었다. 종태는 그것을 보며 스스로 감격해 했다. 가슴에 확 차오는 무엇이 있었다. 그것은 기쁨이었고 희열의 덩어리들이었다. 지금 가능하기만 하다면 가슴을 열어서 희자에게 그것들을 보여주고 싶었다.

"저, 정말 행복해요…… 이 안에서 죽는다고 할지라도 말이에요."

희자의 음성이 젖어 있었고 약간 떨리고 있었다.

"아닙니다. 아직은 우리들이 할일이 많이 남아 있습니다. 여기서 나가면 훌쩍 어디론가 멀리 떠나서…… 멀리 바닷가로나 가서 살겠습니다. 꼭 희자 씨와 같이 떠날 것입니다. 우리, 그것을 위해서 기도를 합시다."

"네……."

"……."

종태는 이제 말문이 막혀 더 이상 말이 안 나올 것 같았다. 몇 분간의 대화였지만 말을 다 한 것이었고 그 말 속에는 모든 게 다 들어 있다고 생각했다. 가슴이 소용돌이치다가 이제는 뚝, 멈춰서는 마치 폭발 전의 활화산처럼 되어 있었다. 지글지글 끓는 용암이 바윗덩어리라도 녹여버릴 것처럼 주체 못하도록 흘러내리고 있는 것 같았다. 그러자 이번에는 희자가 말했다. 그 말이 종태의 가슴을 서늘하게 식혀 주었다.

"저…… 이제 가보세요. 남들이 이상하게 생각할지도……."

"……."

종태는 잇몸을 지그시 문 채로 그녀에게서 떨어져 나왔다. 걸어나오는 중에도 그녀가 뒤에 그대로 있는 게 느껴졌다. 종태는 이쪽으로 와서도 그녀에게서 눈을 떼지 않고 있었다. 그녀는 이제 담벼락 밑 화단에 말라 있는 꽃나무를 만지작거리느라 동그마니 앉아 있는 게 보였다. 그녀의 긴 머리칼이 흘러내려서 옆얼굴을 가렸지만 눈썹과 코와 입술 부분은 남겨놓고 있었다. 그녀의 입이 나무에게 무어라고 하는지 조금씩 달싹거리는 게 보였다. 그녀의 조그만 히프가 까만 고무신 위에 떠 있는 것처럼 보였다.

종태는 마악 출근을 한 담당에게서 한 통의 편지를 받았다.
담당이 은밀하게 건네주는 편지를 받아쥐고는 단번에 뺑끼통으로 갔던 것이다. 거기서 그는 조심스럽게 편지를 열어 보았다. 그녀가 이곳에서 보낸 편지였다.

사랑하는 그대에게
이곳에 와서 첫 번째의 편지를 드립니다.
먼저 하나님께 감사를 드립니다.
나의 인생이 이렇게 감사로 점철될 수 있다는 것이 너무나도 감사하여서 때로는 잠을 자다가도 깨어나서 무릎을 꿇고서 기도를 올립니다. 저에게 고마운 분을 보내주신 그분께 감사함을 드릴 뿐입니다.

오늘 낮에 분류실로 가서 분류 심사를 받았습니다. 호의적인 직원의 친절에 또한 그대에게 감사를 드립니다. 아마 직원 식당에 출역을 하게 될 것 같습니다. 그곳의 일이란 그저 직원들이 먹을 밥이나 짓고 설거지나 하는 그런 곳이겠지요. 그리고 아마도 출역을 하게 되면 더 많은 시간이 날 테고요, 또 제가 전도할 수 있는 곳이기도 할 것입니다. 쉬는 시간엔 성경책을 보거나 책을 볼 시간도 많겠지요.

사랑하는 그대.

그대의 말을 듣고 저는 가슴이 아프도록 너무너무 행복할 지경이었습니다.

저에게 어떻게 이런 축복이 주어질 수 있는지요?

생각하면 할수록 눈물뿐입니다. 이곳으로 와서 할머니께도 편지를 보내드렸습니다. 저번에 상호님이 와서 돈을 드리고 가셨다는 얘길 들었습니다. 그러지 않아도 되는 것을 상호님이 그러셨는가 봅니다. 정말 어떻게 감사의 말을 드려야 할지…….

자꾸만 그대 앞에서 허물어지려는 것을 가까스로 참아냅니다. 한 때는 살아 있다는 것이 죄악이라고 여겨져서 스스로도 나를 학대했지만 지금은 주 안에서 그렇지 않음을 알고 있습니다. 모두가 저에겐 너무 과분한 것들이고, 또 그렇게 나를 나약

271

하게 만들고 있습니다.

어느덧 제 가슴에 염치없게도 사랑이라는 것이 자리를 잡고 있어서 그것 때문에 이렇게 꼬박 밤을 지새우기도 합니다. 지금도 새벽이겠지요. 아마 새벽 3시쯤 되지 않았나 생각해요. 이렇게 또렷이 혼자 글을 쓰고 있으면 그대의 웃는 모습들이 생각납니다. 조금만 더 있으면 교회에서 찬송가 소리가 들려오겠지요. 저는 그때까지 이렇게 깨어 있을 겁니다.

'모든 게 행복'이라고 생각해보긴 지금이 처음입니다. 어렸을 때부터 저에게는 모든 게 불행이었고 역경이었습니다. 힘들 게 이뤄 놓고 보면 그것은 곧 불행이었으니까요. 그런데 지금은 그저 행복하기만 하답니다. 어쩌면 이것도 신의 장난이 아닌가 하고 생각될 때쯤이면 저도 모르게 몸서리쳐지곤 하지요. 지금도 눈물이 앞을 가립니다. 그렇게 생각하지 말아야지 하면서도 나약한 인간이라선지 그렇게 되질 않는군요.

시를 보내드립니다.

나 그대에게 할 말 있네.

돌아가리라.
그대에게
밤과 낮이 없는 그곳엔

그대 홀로 남아 있고
어둠도 이젠 두렵지 않음을
사랑을 알고부터

꽃잎을 피우듯이
나 그대에게 돌아가
한 송이 꽃을 피우리라

봄산 아지랑이처럼
떠나지 말고
늦가을 초록처럼 그대 곁에서
떠나지 말리
모든 게 할 말이었다고
나, 고백할 게 있네
그대 가슴에 묻혀
나, 돌아가려네

　사랑하는 종태 씨.
　이 시를 쓰다 보니 이제 어느덧 멀리서 찬송가 소리가 들려
오는군요. 그대도 지금 이 시간 그곳에서 두 손을 모으시겠지
요. 저는 당신을 위해서 기도를 하고, 당신은 나를 위해서 기도

를 할 시간입니다.

모든 게 행복한 아침이 되세요.

그럼 이만 줄입니다.

이곳에서의 첫 번째 날에

당신의 희자 드림

종태는 그녀가 보낸 편지를 고이 접어서 시 부분만 찢어서 위호주머니에 넣었다. 그리고 간절히 기도를 했다. 그녀를 위해서, 그녀의 할머니를 위해서 기도를 했다. 그리고 자신과 그녀를 위해서 기도를 했다. 처음으로 그의 볼에 눈물이 흘러내리고 있었다. 눈물은 절대 흘리지 않으리라던 그의 결심도 어느덧 무너지고 없었다.

생각하면 할수록 가슴 아프고 안타까운 눈물이었다.

종태는 마치 짐승의 울음처럼 나직이 울음을 삼켜대다가 겨우 울음을 멈추고 나서 코를 풀었다. 그리고서 막사로 돌아왔다. 막사에 들어서자, 담당이 손짓해 불렀다. 종태가 다가가자 담당은 모든 출역수들이 알아들을 수 있는 목소리로 말을 하기 시작했다.

"이때까지 여러분들과 같이 생활하면서 큰 사고 하나 없었던 것을 다행으로 생각합니다. 나는 오늘 인사 발령이 나서 보안과 근무로 들어가게 됐습니다. 여러분들이 그동안 잘 해줘서 무사히 지낼 수 있었던 것이고, 그러한 것에 대해서 감사를 드립니다. 여기서 출소하는 그날까지 열심히 살다가 나가기 바랍니다. 내가 없더라도 반장과 같이 어울려서 열심히 살다가 보면 언젠가는 출소할 날들이 올 것입니다. 그리고 새로 오는 담당님도 좋은 분이니까 여러분들이 잘 보필해서 끝까지 유정의 미를 거두기를 바랍니다."

담당이 그렇게 말을 하자, 우선 종태의 얼굴이 일그러지고 있었다. 전혀 뜻하지 않은 담당의 인사이동에 대해 제일 당혹해하는 눈치였다. 그러자 담당이 종태에게 말을 덧붙였다.

"반장, 나도 모르겠어. 갑자기 이뤄진 인사이동이어서…… 반장이 나갈 때까진 계속 이곳에서 근무를 하고 싶었는데 막상 보안과로 들어가게 되었으니 말이야…… 내가 가더라도 자주 이곳으로 놀러 오지 뭐. 한울타리 안에 있는 거니까 너무 섭섭하게 생각하지 마."

그러자, 이번에는 종태가 물었다.

"언제부텁니까?"

"내일부터 새로 담당이 올 거야. 나랑은 반장이 나갈 때까지 서로 자주 보게 되겠지 뭐. 내가 이쪽으로 자주 올 거니까."

종태는 그저 가만히 있었다. 배식반장이 얼른 분위기를 알아차리고는 회식준비를 했다. 그들이 먹을 것들을 식탁 위에 올

275

려놓고 있었고 빙 둘러앉는 모습이었다.

"자, 이거 가지고 가서 사식당에서 먹을 거 하고 구매물이나 사와."

종태가 자신의 위호주머니에서 영치카드를 꺼내 주었다. 배식반장이 그것을 받아들고 밖으로 나가자, 다른 출역수들은 그저 침울하게 앉아만 있었다. 아마 좋은 담당을 잃어버리는 그런 숙연함이리라. 종태가 담당의 곁으로 다가갔다.

"반장, 너무 걱정 마. 잘 되고 있으니까…… 그러니까 나도 떠나지만 기분이 좋아. 내가 가면 빠른 시일 안에 반장을 보안과 소지로 뽑아달라고 부탁을 해보지 뭐. 그땐 또 같이 있을 수 있잖아."

"네. 감사합니다."

"어쩌면 둘이 서로 자주 만날 수도 있을 거야. 알겠지?"

"……."

담당의 말뜻은 종태와 희자를 두고 하는 말이었다. 종태는 그저 잠잠히 듣고만 있었다.

배식반장이 먹을 것들을 들고 오자, 담당은 재소자들과 더불어 마지막으로 먹을 것들을 나눠 먹었다. 배식반장이 음료수와 오징어를 담당의 앞에 놓았고 영양제 알약을 내놓았다. 종태는 담당의 옆에 앉아 있었다. 그는 천천히 먹을 것을 입으로 가져갔다. 그동안 정들었던 담당과의 마지막 회식이라고 생각하니

가슴이 찡했다. 그러나 애써 그런 표시는 내지 않고 있었다.

이제 편지는 보안과로 간 담당이 슬쩍 막사로 놀러왔다가 진해 주는 식이었다. 신 담당이 놀러오는 것은 지극히 자연스러웠고 새로 온 담당도 굳이 어색해하진 않았다. 신 담당이 놀러오는 날이면 어김없이 희자의 편지를 갖고 왔던 것이다. 신 담당이 이야기를 마치고 돌아가려는 틈에 종태가 할 말이 있는 것처럼 밖으로 따라나가서는 편지를 전달 받았다. 신 담당이 편지를 건네주면서 말했다.

"오늘 분류실에서 반장을 부를 거야. 내가 부탁을 해놨으니까 불러서 반장한테 보안과로 갈 것이냐고 묻거든 그렇게 한다고 얘길해. 지금 희자도 직원 식당에 나와서 일을 하고 있으니까 둘이 만날 기회도 많을 거구……."

"알았습니다, 담당님. 정말 고맙습니다."

"뭐, 고맙긴…… 나도 맨날 이쪽으로 오는 것도 바쁘고 하니까, 잘된 거지 뭐. 내가 보안과 소지들을 맡고 있으니까 반장만 오면 충분히 뒤를 봐줄 수가 있어."

"알았습니다."

종태는 대답을 하고는 곧바로 막사로 들어왔다. 점심을 마악 먹고 나자 분류실에서 직원이 나와서 반장을 불렀다.

"내청 반장! 나하고 같이 분류실로 좀 가지."

"……."

277

종태가 가만히 있자, 내청 담당이 한 마디 했다.

"갔다가 와! 아마 좋은 일이 있을 모양이군. 혹시 가출옥 때문에 그러는 거 아냐?"

내청 담당이 그렇게 말했지만 그게 아니라는 걸 종태가 먼저 안다. 분류실의 직원이 내청 담당에게 그게 아니라는 것만 짧게 말해주고는 종태에게 따라오라는 눈짓을 했다.

"그럼, 다녀오겠습니다."

담당에게 인사를 하고는 종태는 그 직원의 뒤를 따랐다. 그 직원은 종태를 데리고 곧바로 분류실로 가는 게 아니라, 다른 사동에 들러서 형이 확정된 재소자들 두엇을 더 데리고는 분류실로 향했다. 아마 다른 두 사람들은 처음으로 구치소에 출역시킬 사람들인 모양이었다. 분류실로 들어서자, 분류 심사를 담당하는 직원이 먼저 종태를 불렀다.

"거기 앉어."

종태는 그가 눈짓으로 가리키는 책상 맞은편 의자에 앉았다. 그 담당은 안면이 있는 직원이었고 종태와는 그리 친하게 지내지는 않지만 작업을 나가거나 스칠 때마다 인사는 나누었던 직원이다.

"보안과 신 담당이 자넬 보안과 소지로 썼으면 해서 그래. 어때? 내청에 그냥 있을래, 아니면 보안과로 가서 일을 할래? 아직 가출옥 심사까지는 멀었으니까…… 자네가 결정하는 대로 보내줄 테니 말이야."

그 직원은 종태의 의사를 묻는 것이었다. 아마 보안과의 신 담당과는 미리 사전에 이야기가 된 모양이었지만 다시 한 번 종태의 의사를 묻는 것이었고, 서류상으로 출역지 변경의 근거를 만들어 놓을 셈인 모양이었다.

"예, 그렇게 하겠습니다."

종태가 더 생각해볼 일도 없다는 듯 말하자, 그는 씨익 웃었다.

"그래? 그럼 됐고, 신 담당 말로는 요즘 신학도 공부하고 있고, 착실하게 일을 하고 있다고 하던데, 보안과에 가서 열심히 하고 있으면 신 담당이 먼저 가출소 신청을 올리겠지. 가서 한 번 열심히 일해 봐. 요즘 보안과에 있는 소지들이 직원들의 호주머니에서 슬쩍 담뱃갑을 빼내서 담배를 피우다가 걸려서 전부 독방엘 갔어. 그러니까 내청 반장을 믿는 모양인데 열심히 하라구. 괜히 담배 한 대 피우려다가 독방엘 가면 지만 손해지 뭐. 독방엘 가면 가출옥이고 뭐고 다 소용없는 일이니까 말이야."

"알았습니다."

"그럼, 가봐."

종태는 내청으로 돌아와 새로 온 담당에게 그대로 이야길 했다. 그러자 담당은 조금 서운한 듯한 표정이었다.

"이거 너무 서운한데. 내가 오자마자 보안과로 가다니 말이야. 그래서 가겠다고 했어?"

"예, 어쩝니까? 징역을 사는 놈이 가라면 가야 할 것이고, 오라면 와야 할 것인데 지가 뭐 달리 말할 건덕지나 있겠습니까?"

"그건 그렇지. 요 전에 보안과에 있는 소지놈들이 직원의 호주머니를 털어서 갑째로 담배를 나눠 피운 모양이야. 그게 발각이 돼서 지금 보안과는 줄초상이라구. 전부 독방엘 가 있는데, 그놈들이 스스로 징역을 깨는 짓이지 뭐야? 아마 독방에 있으면서 조사가 끝나고 나면 멀리 교도소로 날려버릴 거야. 그러면 거기 가서도 아예 가출옥은 먹을 생각도 말아야지. 우리 내청에서도 말이야, 아예 담배를 하는 놈이 있으면 각오를 하라고. 괜히 담배를 하다가 걸리면 지만 손해니까!"

담당은 일부러 다른 사람들이 들으란 듯이 그렇게 말을 하고 있다. 사실, 내청에서도 몰래 담배를 하는 출역수들이 있었다. 종태는 그러한 것을 알면서도 일부러 모른 체하고 내버려둔 것이었다. 자신도 전에는 담배를 해봤지만 남이 끊으라고 한다고 해서 끊어질 일이 아니었던 것이다. 담배는 스스로 끊지 않으면 안 되는 그런 것이다. 징역을 살면서 담배는 유일한 낙이라면 낙이었고, 스릴을 느끼게 해주는 것이었으므로 재소자들은 그걸 끊기가 힘들었던 것이다. 주로 뻥끼통에서 담밸 피웠는데 밖으로 나오기 전에 미리 따갖고 들어간 풀잎을 잘근잘근 씹어서 냄새가 입 밖으로 나지 않도록 해서 누군가 갑자기 불러 세워서 입을 벌려 보라고 해도 냄새를 맡을 수가 없었기 때문에 좀처럼 잡히지 않고 있을 따름이었다.

출역수들 중엔 담배 한 갑에 10만 원씩에 파는 사람이 있었고 그 돈은 다시 어느 담당에게 건네지고 있다는 것을 종태는 알고 있었다. 그 출역수는 그렇게 돈을 벌어서 담당과의 끈끈한 유대관계를 가짐으로써 나중에 형기의 삼분의 이만 살게 되면 곧바로 가출소의 혜택을 노리는 거였다. 그동안 부지런히 점수를 따모으는 방법이었다. 카드만 갖고 있는 재소자들에게서 돈을 빼내는 작업은 모두 담당이 맡음으로써 담배를 대주는 출역수와는 일종의 공생관계였고 협력자였다.

종태는 그 다음날로 보안과에 배치되었다. 신 담당이 직접 와서 그를 데리고 갔던 것이다. 보안과의 지하실에는 한쪽에 조사실이 있었고, 재소자들의 목찰을 만드는 방이 하나 있었으며, 그 안쪽에 있는 커다란 공간이 바로 소지들이 쓰는 작업방이었다.

보안과 소지들은 새벽에 기상나팔이 울리기 전에 일찍 출역을 해서 밤새 야근을 한 직원들의 사무실인 보안과의 청소부터 했고, 직원들의 침실로 가서 이부자리를 개서 넣어두는 일과 직원 휴게실을 청소하는 일이었다. 그리고는 낮엔 직원들이 맡기러 오는 관복을 다리미질을 했고, 구두를 닦았는데 일이래 봐야 밥만 먹고선 하루종일 청소를 하는 게 일의 전부였다. 그러다가 간혹 손질이 나쁜 소지들이 보안과 직원의 책상을 닦거나 하면서 서랍에서 담뱃갑에서 담배를 몇 개비 빼내오는 일이 있었고, 어떤 땐 직원들이 관복을 맡기려고 준 호주머니에서 담배가 갑째로 튀어나오는 날에는 마치 횡재를 하는 날이었다. 일단 그들의 손에 들어가기만 하면 감쪽같이 없어지는 거였다. 나중에 직원이 그걸 알고 아무리 닥달을 한들 막무가내로 못 봤다고 오리발을 내미는 그들이었다. 그리고 직원들은 일단 그러한 실수를 하고 나면 절대 스스로 그렇게 자인하고서 소지들을 문초하는 법이 없었다. 그것은 자신의 실수를 인정하게 되어서 오히려 간부에게 시말서를 써야 할 판이었다.

지하실로 내려가면서 담당이 먼저 종태에게 일렀다.

"먼저 가면, 내가 반장을 보안과 소지 반장으로 임명할 테니까, 반장은 그냥 그대로 잠자코 있어. 지금 있는 소지들도 전부 신참들이나 마찬가지야. 위에 있던 놈들은 모두 독방에 들어가 있으니까 반장이 소지들 반장이라고 해도 돼. 매일 여러 번 직원 식당으로 물을 뜨러 가니까 거기서 희자를 볼 수 있을 거야."

담당이 지하 계단을 내려가면서 그렇게 말했다. 그가 웃으면서 말했다.

"고맙습니다, 담당님. 제가 잘 알아서 처신을 하겠습니다. 담당님한테는 절대 누가 되지 않도록 하지요."

"그럼 됐어. 반장이야 담배를 안 하는 것으로 알지만 혹시 누가 담배를 하면 못하게 막아. 저번에 소지들을 맡았던 담당도 소지들 담배 사건으로 시말서를 쓰고 사방 담당으로 쫓겨났어. 내가 다시 사방 담당으로 쫓겨가지 않게 하려면 반장이 나를 잘 도와줘야 해."

"알겠습니다."

종태가 그렇게 말을 하자, 담당은 흡족한 듯 웃었다. 종태도 따라 웃었다. 지하실로 들어서자, 지하실 특유의 퀴퀴한 냄새가 났다. 그곳이 바로 문제수들이나 보안사범들의 고문을 했던 곳이기도 했고, 집시법으로 들어온 학생들을 뒤로 수갑을 채운 채 포승줄로 묶어놓던 지하실이었다. 평시에는 넓은 공간으로 쓰던 곳이었지만 일단 유사시에는 방공호로 쓰기도 했으며, 또 문제수들의 취조실이기도 했다. 소지들이 일하는 곳에 들어서자, 담당은 곧 전부를 소집시켰다.

"에, 이번에 새로 온 사람을 소개하겠다. 여러분들이 이미 알고 있을 터이고, 같은 출역수로서 익히 알겠지만 오늘부터 우리 보안과로 정식으로 배치된 내청 반장이다. 출역수로 빨리 나왔기 때문에 여기에서도 반장이라는 직책을 주려고 하는데 아무 이의가 없을 줄로 안다. 여러분들이 서로 협동해서 같이 일을 하도록 해라.”

담당의 말이 있고 나자, 종태는 다시 신입의 인사를 했고 반장으로써 이끌어나갈 나름대로의 변을 이야기 했다. 전부 다섯 명의 인원이었다. 그들도 이미 종태의 신분에 대해선 다 아는 처지였고 눈만 뜨면 서로 보는 사이였기 때문에 무리는 없었다. 종태의 인사말이 끝나자 신 담당은 종태에게 눈짓을 해보이며 식당으로 식수를 뜨러 가자는 제의를 했다. 종태는 밑의 소지가 건네주는 주전자를 들고 담당의 뒤를 따랐다. 담당은 다시 위로 올라와서 1층의 보안과와 직원 휴게실 사이의 복도를 지나 밖으로 나갔다. 직원 식당은 직원 휴게실에 연이어붙어 있는 건물이었는데 출입구가 여사쪽으로 나 있어서 부득이 밖으로 나가야만 하는 거였다. 신 담당이 걸어가면서 말을 했다.

“식당엘 가면 그저 자연스럽게 대하라구. 거기에도 여담당이 계호를 하고 있으니까 다른 눈치를 채지 못하도록 말이야.”

“⋯⋯.”

종태는 고개만 끄덕이고는 묵묵히 담당의 뒤를 따랐다. 직원 식당으로 들어서자, 홀에서 식탁을 행주로 훔치고 있던 여자가 얼른 반색을 했다. 여담당은 식당 안에서 출역수들이 조리를 하고 있는 것을 지키는지 보이질 않았다.

“식수 좀 주지.”

종태는 그저 가만있었고, 신 담당이 그렇게 말을 했다. 그러자 여자가 주전자를 들고 쪼르르 안으로 들어갔다. 신 담당이 종태를 뒤돌아보면서 씨익 웃었다. 종태는 그저 그의 입을 바라보다가 따라 웃었을 뿐이다. 담당은 지금 그가 하는 행동을 보라는 식으로 종태에게 가르치고 있는 거였다. 안에서는 여자들이 홀에 서 있는 직원과 종태를 내다보느라 저희들끼리 키득거리는 것이 보였다. 배식을 하는 유리 창문으로 여자들이 바깥을 내다보는 모습들이 마치 장난을 즐기는 듯했다. 신 담당이 의자에 앉으면서 종태에게도 앉으라고 했다. 종태가 의자에 앉아 있어도 안에서는 좀처럼 주전자가 밖으로 나오질 않고 있었다.

"후후, 야들이 지금 반장을 가지고 놀려고 일부러 빨리 물주전자를 내놓지 않고 있는 거라고."

신 담당이 그렇게 이야길 하자, 종태가 푸풋, 하고 웃었다. 어딜 가나 여자들이나 남자들이나 이성에 대한 그리움은 마찬가지였다.

종태는 밖을 내다보며 저희들끼리 킥킥거리는 여자들의 얼굴을 바라보면서 희자를 찾았지만 그녀의 얼굴은 보이질 않았다. 그걸 담당이 눈치챘을까?

"가만있어 보라구. 나중에 내가 슬쩍 불러볼 테니까……."

신 담당이 느긋하게 말했다. 종태는 여전히 주방 쪽에서 눈

285

을 떼지 않았다. 그러고 있으니까 겨우 아까번의 여자가 물주 전자를 들고 나타났다. 아마 간통으로 들어온 여자임에 틀림이 없을 정도로 몸매가 나긋나긋했고 입가에 미소를 살살 띠우는 입새가 그렇게 보여졌다. 여자는 물주전자를 탁자위에 올려놓고는 역시 일부러 그러는지 물걸레로 주전자의 겉을 닦아주고 있었다. 그러는 동안, 주방 쪽의 여자들이 고개를 내밀고서 바깥의 일어나는 일들을 쳐다보며 웃고 있는 모습들이었다. 아마 지금 이 여자는 많은 여자들이 보는 앞에서 담당과 종태에게 추파를 던지고 있음에 분명했다.

"혹시 조희자라는 여자가 이곳에 출역을 했던가?"

담당이 그렇게 말을 하자, 여자가 깜짝 놀라는 얼굴이었다.

"예, 그런데요?……."

"아니, 혹시 해서…… 안에서 뭐하고 있지?"

"……?"

여자는 의아한 얼굴이었다가 담당이 희자를 찾고 있음을 알아차리고는 얼른 안으로 들어갔다. 그러더니 빼꼼히 나타났는데 뒤에는 희자가 멋모른 채 고무장갑을 끼고 나타났다. 희자가 무심코 눈을 들었다가 종태를 보자, 화들짝 놀라는 기색이었다. 도리어 어색한 건 종태였다. 여자들이 보는 앞에서 아는 체를 할 수도 없었기 때문에 난처하기만 했다. 약간의 어색한 분위기를 깬 건 역시 신 담당이었다.

"아니, 직원 식당에 출역을 하니 어때요?"

"……."

희자는 신 담당의 물음에도 대답을 못한다. 그저 고개를 수그리고 서서 고무장갑만 만지작거리고 있었다.

"앞으로 반장이 직접 물을 뜨러 올 건데, 오면 물 좀 넉넉히 줘요. 난, 그저…… 출역을 잘 하고 있나 해서 그저 불러본 것뿐이오."

"네, 알았습니다……."

신 담당이 헐헐 웃는데 안에서 여담당이 나타났다. 여담당은 신 담당에게 아는 체를 했고 종태에게는 경계의 눈빛을 보내고 있었다.

"아, 이번에 새로 온 반장입니다. 앞으로 식수를 뜨러 오는 사람은 이 반장만 보낼 겁니다. 저번 소지들이 자꾸 담배 사건에 연루되어서 전부 독방엘 가고 사람이 줄었어요."

담당이 그렇게 말하자, 비로소 그 여담당은 경계의 빛을 풀었다. 그리고서 신 담당이 여담당과 몇 마디 농담을 주고받았고, 종태는 그 옆에 묵묵히 서 있기만 했다. 대화의 주 내용은 그 옆에 서 있는 희자에 대한 것이었는데, 신 담당은 내청에 근무하면서 여사에 작업을 들어갔다가 희자를 본 기억이 있었는데 이렇게 직원 식당에 출역을 하고 있다는 것이 놀라워 불러본 것뿐이라고 둘러대고 있었다. 그러자 여담당이 희자를 돌아

287

보며,

"청주에서 다시 이감을 왔지요. 그런 건 흔하지 않은 일인데, 아마 누군가 빽이 있는 모양이에요. 호호호."

"그런가? 난 또…… 한참 안 보이다가 직원 식당에서 일을 하길래 한 번 물어본 거지요. 하하하."

담당과 여담당이 나란히 의자에 앉아서 이야기를 주고받는 동안 희자와 종태는 서로 마주보고 서 있었다. 아까번의 여자는 이쪽을 힐끔거리며 식탁 위에 걸레질을 하고 있었다.

종태의 얼굴에 엷은 미소가 번져갔다. 희자는 처음엔 놀랐다가 담당과 여담당이 나누는 말을 듣고선 사랑하는 사람이 보안과 소지로 와 있다는 것을 알게 되었다. 희자의 눈빛에도 알 듯, 모를 듯한 미소가 번지고 있었다. 이제 서로 한 건물이나 다름없는 보안과와 바로 옆의 식당에서 만났으니 하루에도 수시로 볼 수 있는 그들이었다. 종태가 뚫어지게 쳐다보자, 희자는 왠지 자꾸만 고개가 수그러들었고 볼이 발갛게 익어가고 있었다.

30

영원한 동행

    시간은 정말 유수라던가. 세월은 물과 같이 흐르기만 했지 거스르는 법은 없었다. 흔히 재소자들은 거꾸로 매달아놔도 법무부 시계는 돌아가고 있다고 하지 않는가. 구치소 화단마다 철철이 바꾸어 심었던 꽃들이 여러 번 바뀌어졌고 그 수효보다도 더 많은 편지들이 서로 오갔을 것이다. 희자가 보낸 편지에는 꼭 시가 한 편 들어 있어서 그 시를 모았어도 한 권의 시집이 될 터였다. 지금 종태의 사물함에 보관되어 있는 그녀의 시들이 그들의 관계가 어떠했음을 잘 알려주는 것이 되었다. 종태가 주전자를 들고 나타날 때마다 홀에 나와 있던 그녀가 식수를 떠주었고 간간이 남모르게 손을 잡았을 것이다. 사랑이라는 것이 그랬다. 서로 보지 않으면 견딜 수 없고 살갗이라도 스치지 않는다면 더욱 고독해질 수밖엔 없는 그런 것이었다.

벌써 몇 해째의 봄날이었던가.

화단에서는 원예에서 심어놓은 사루비아와 난쟁이 맨드라미 꽃이 즐비하게 심어져 있었고 해바라기들이 키를 더하고 있었다. 직원 휴게실과 직원 식당 사이에 있는 줄기 굵은 장미의 잎들이 한창 무성하게 피어나던 봄날이었다.

직원들이 아침에 출근을 해서 아침 점검을 받는 동안, 희자는 식탁을 다 닦고 나서 창밖을 내다보고 있었다. 오전의 싱그러운 햇살이 닿는 곳마다 반짝거리며 빛이 튕겨나고 있었다. 새하얀 담벼락은 더욱 희게 보였고 초록은 더욱 초록색이 깊게 나타나고 있었다. 그녀의 손엔 릴케의 시집이 한 권 들려 있었고 반쯤 읽었는지 책의 중간쯤에 책갈피가 하나 꽂혀 있었다. 희자는 한껏 푸르른 하늘을 바라보다가 갑자기 어지럼증을 느끼기 시작했다. 하늘이 비잉 도는 것 같은, 푸른 하늘이 마치 비행기의 날개처럼 기우뚱거리다가 풀썩 쓰러졌다고 생각되었다. 희자의 몸뚱어리가 기우뚱 쓰러지면서 종태의 얼굴이 나타났다가 사라졌던 것이다.

마침 종태가 식수를 받으러 들어서다가 희자의 무너짐을 보았다. 그저 힘없이 책을 떨어뜨리고, 몸이 무너졌고 바닥으로 그녀가 가라앉고 있었던 것이다. 종태는 들고 왔던 주전자를 내팽개치면서 놀라서 그녀를 붙잡았다.

"희자 씨, 희자 씨…… 정신 차리십시오."

"……."

희자는 눈을 떴으나 종태를 알아보지 못하고 가느다랗게 실 눈을 떠 보이고 있었다. 종태가 그녀의 가슴을 흔들었으나 그 녀는 점점 눈을 감고 있다. 종태의 손에 그녀의 젖무덤이 만 져졌다. 브래지어를 못하게 되어 있는 그녀의 맨몸이었다. 종 태는 그녀의 갑작스런 쓰러짐에 놀라 그저 흔들기만 하다가 벌 떡 일어섰다.

"거, 누구 없습니까? 사람이 쓰러졌어요! 빨리요!"

그렇게 마구 소릴 지르자, 안에서 여자들이 나타났다가 화들 짝 놀라는 얼굴들이었다.

"아니, 희자가 왜 저래? 아이구, 왜 저런다냐? 선생님! 희자 가 쓰러졌어요!"

그러자 여담당이 나타났고 식당 안은 온통 수라장이었다. 여 자들이 발을 동동 구르며 안타까워하고 있었고, 더러는 희자에 게 찬물을 떠먹이곤 했다. 신 담당이 조금 있다가 나타났는데 볼 일이 있어 휴게실에 잠깐 들렀다가 오는 모양이었다. 그 광 경을 보자 믿기지 않는다는 듯 눈이 휘둥그래지고 있었다.

"아니, 어떻게 된 거야? 어째서 이렇게 됐지?"

담당의 말에 여자들이 서로 아우성을 치듯 놀라워하면서 경 황을 이야기하고 있었다.

"글쎄 말예요. 아마 이 남자가 물을 받으러 왔다가 발견한 모양이에요. 며칠 전부터 계속 머리가 아프다고 그러긴 했습니다만…… 우리가 갖고 있던 진통제나 줬지요 뭐. 그런데 이게 뭐다냐? 어이구우, 희자야…….”

여자들은 그렇게 말하고 나서 울 듯한 표정들이었다. 그들이 돌팔이들이라고 할지라도 무조건 머리가 아프다고 하거나 배가 아파도 그들은 쉽게 자신이 비상약으로 가지고 있던 진통제를 꺼내주는 것이 예사였다. 그게 그들이 베푸는 인정이었고 처방이었다. 이곳은 전부 재판장이거나 돌팔이 의사여서 스스로 진단을 하고선 스스로 진통제를 찾아 먹었으며, 또 남들에게도 그렇게 했던 모양이다. 희자도 아마 그런 모양이다. 그 말을 듣자, 종태는 알 수 없는 분노 같은 게 일고 있었다. 사람이 저 지경이 되도록 진통제만 먹여 왔다니. 종태는 저절로 탄식의 한숨이 새어나왔다.

"김 선생, 빨리 보안과로 보고를 해서 의무과에서 나오라고 해요.”

신 담당이 소릴 치자, 그때서야 여담당은 인터폰이 있는 데로 내달았다. 보안과에서 직원 몇 명이 뛰쳐 들어오고, 조금 후에서야 흰 가운을 입은 의무과 직원들이 들것을 들고 나타났다. 의무과 직원들이 구부린 자세로 희자의 눈을 뒤집어 보았고, 맥박을 짚어 보았다. 그들의 얼굴이 조금 난감해하는 눈치

더니,

"잘 모르겠어. 일단 의무과로 옮기고 나서 조치를 취하자구."

의무과 직원들이 희자의 몸을 들어 들것에 싣는 것을 보니 종태는 가슴이 쓰라렸다. 멀찍이 물러서서 직원들이 하는 동작들이 어찌나 굼뜬지, 속으로 화가 날 지경이었다. 직원들은 마치 예쁜 여자가 쓰러진 데에 대해서 이상한 듯이 쳐다보기만 했고, 왜 쓰러졌는가에 대해서 생각만 골똘히 하고 있을 뿐, 빨리 조치를 취하려는 생각은 없는 듯 보였다. 종태는 뒤쪽에 서서 직원들이 하는 것을 바라보고 있으면서 두 주먹만 불끈 쥐고 있었다. 마치 첫 해산을 맞은 남편의 안달복달하는 모습처럼 속만 타고 있었는지 모른다. 흔히 산부인과에 해산을 하러 가면 이쪽의 애타는 심정과는 달리, 의사는 능청을 떠는 것이나 다름없었다. 그것이 노련한 의사의 올바른 처신인데도 첫 아이를 갖는다는 남편의 조바심처럼 종태도 그랬다. 왜 빨리 옮기지 않는가, 저러다가 혹시 때를 놓쳐서 그녀가 죽지나 않을까 하는 우려와 염려가 뇌리에 가득 차 있었다.

그녀가 들것에 실려 떠나는 것을 보며, 종태는 질끈 눈을 감았다. 눈물이 쏟아질 지경이어서 어쩌면 여자들이 보는 앞에서 추태를 보일 것만 같았다. 그것은 잠시잠깐이었다. 종태가 눈을 떴을 때, 다른 여자가 다가와서 말을 했다.

"주전자에 물을 받아놨어요."

종태는 천천히 식탁 위에 올려진 주전자를 집어들었다.

"가지······."

신 담당이었다. 담당이 종태의 어깨를 잡아주었다. 식당을 빠져나오자, 신 담당이 말을 했다.

"마침 반장이 발견을 했으니 다행이지. 아마 시집을 보고 있었던 모양이지······ 책이 바닥에 떨어져 있던데."

"······."

종태는 침울하게 걷기만 하고 있었다. 담당이 다시 무슨 말이라도 해야 하는 사람처럼 또 말을 붙여왔다.

"걱정 마. 아마 의무과에서 잘 조치를 취할 거야. 의무과에서 모르면 외부 병원으로 나가게 되니까 염려 말라구. 마침 의무과장도 들어와 있으니까 걱정 안 해도 돼."

담당이 말하는 의무 과장이란 사람은 외부에서 병원을 운영하면서 일주일에 두서너 번 정도 구치소로 들어와선 한 번씩 환자를 진료하고 있는 겸직 의사였다. 그런데 마침 오늘이 그가 들어오는 날인 모양이었다.

"담당님, 우리도 그쪽으로 가봤으면 합니다. 내가 아픈 것처럼 의무과로 가서 한 번 이야기라도 들었으면 싶은데요."

"그럴까?······."

"그래야 마음이 놓일 것 같습니다. 담당님이 저를 좀 계호를 해 주십시오."

"알았어, 일단 주전자를 갖다놓고선 가보자고."

종태는 물주전자를 갖다놓고서 신 담당과 같이 의무과로 갔다. 의무과에는 이미 진료를 기다리는 환자들로 만원이었고, 종태도 접수를 하고 나서 기다리고 있었다. 그러나 의무과 직원은 종태가 보안과 소지 반장이라는 것을 알아보고선 순서를 제치고 선착으로 진료를 시작했다.

"어디 아파?"

"머리가 아파서 그럽니다."

종태는 자신도 모르게 희자의 병명을 대고 말았다. 그러자,

"열은 없고?"

의무과 간호사는 그렇게 말을 하면서 종태의 이마에 손을 갖다 대었다. 종태의 이마엔 열이라곤 전혀 없었다.

"열은 없는데. 언제부터 그랬지?"

"…… 어제, 어제부터일 겁니다."

"알았어. 감기구만. 조금 기다려. 약을 곧 지어줄 테니깐."

종태가 기다리는 동안, 신 담당은 치료실로 들어가서 희자가 누워 있는 것을 보았다. 그녀의 눈이 곱게 감겨져 있어서 마치 잠을 자고 있는 듯했다. 신 담당이 청진기를 들어서 그녀의 몸에 갖다 대고 있는 과장에게 물었다.

"이 여자, 어떻게 됐습니까? 과장님."

295

과장이 눈을 지그시 감고 청진기의 소리를 듣고 있다가 신 담당을 알아보고 나서 말을 꺼냈다.

"글쎄…… 일단 외부 병원으로 나가봐야겠는 걸. 아무런 이상은 발견되지 않고 있는데 말이야…… 나가서 정밀진단을 받아봐야겠어요. 소장한테 보고는 했는데…… 보안과에서 무슨 조치를 취하겠지요."

"……?"

신 담당은 그녀를 내려다보고 있었다. 그녀의 납작한 몸이 침대에 뉘어 있었다. 가늘게 내쉬는 그녀의 하얀 숨결이 애처롭게 보였다.

"과장님, 빨리 조치를 취해야 안 되겠습니까? 보안과에서 출문증이 늦어지는가 보지요?"

"글쎄 말입니다. 아마 소장님도 보안과장에게 지시를 한 모양인데…… 출문증만 발급되면 곧바로 병원으로 나가겠지요."

"……."

신 담당은 그 자리에 더 있을 수가 없었다. 치료실을 나와 종태를 맞았다. 눈짓으로 황급히 따라오라는 표시를 한 후, 둘은 밖으로 나왔다.

"아마 여기서는 시설이 없으니까 안 되는 모양인가 봐. 과장 말로는 빨리 외부 병원으로 후송을 해야 하는가 봐. 내가 가서 빨리 계호 담당 직원들을 뽑고, 출문증을 서둘러야겠어."

신 담당이 그렇게 말하고 나서 종종걸음을 쳐댔다. 출문증이란 일단 이곳에 있는 재소자이든, 모든 물건이든 간에 정문을 빠져나가는 모든 것에 대해서 출문증이 있어야만 바깥으로 나갈 수 있는 증명이었다. 정문 근무자는 출문증이 없는 경우에는 어떠한 일이 있더라도 밖으로 반출시키지 않는 것이었다.

신 담당과 종태는 빠른 걸음으로 보안과로 돌아와서 담당은 사무실로 들어갔고, 종태는 지하실로 내려갔다. 헤어지기 전에 담당이 말했다.

"너무 걱정 마, 반장. 다 알아서 할 테니까."

"……"

종태가 고개를 숙이고 지하실로 내려가자, 담당은 보안과로 들어갔다. 종태의 축 처진 어깨가 측은해 보였다. 한때는 주먹 세계의 대부였던 그가 지금은 처량해 보였던 것이다.

앰뷸런스가 파란 불을 켜고 마당에 서 있었고 들것에 실려나온 희자가 그 안에 태워지고 있었다. 기동대에서 급히 차출한 계호 직원들이 그녀 옆에 올라탔고 차는 정문을 급히 빠져 나갔다. 보안과에서도 조금 술렁거리는 눈치였다. 그것은 급한 환자가 생길 때마다 일어나는 상황이었다. 어떤 환자는 출문증이다, 보고다 하면서 시간을 지체하는 동안 시기를 놓쳐서 숨을 거두는 사례도 있었기 때문에 보안과에서는 환자를 실은 앰뷸런스가 병원에 도착해서 이쪽으로 전화를 걸어올 때까지는 전혀 마음을 놓지 못하는 것이었다.

그녀가 병원으로 실려 나가고서 종태는 지하실의 구석진 곳에서 고개를 깊이 묻고 앉아 있었다. 그는 눈물을 흐르면서 기도를 하고 있었으므로 누구도 감히 그에게 함부로 말을 붙이지도 못하고 있었다. 점심시간이 되어서 같은 출역수인 배식반장이 한 번 식사를 하라고 말을 붙였다가 종태의 굳어버린 듯한 위엄에 얼어서 그만 저희들끼리 쉬쉬 하면서 밥을 먹고 있었다. 그들은 숟가락의 달그락거리는 소리도 들리지 않게 하려고 애를 쓰면서 밥을 먹고 있었다.

종태의 기도는 끝이 없었다.

오전부터 그렇게 고개를 수그린 기도는 점심시간이 다 지나도록 계속 그러고만 있었다. 그가 간간이 눈물을 닦는 모습만 보였을 뿐, 계속 입술만 달싹거리며 있었다. 그의 입에서 주로 나오는 말은 주여!, 하는 말이었고, 한숨 섞인 가느다란 탄식이었다. 마치 한 마리의 수사자가 웅크리고 앉아 있는 모습이었다.

그동안 다른 출역수들은 제각기 맡은 일만 충실히 하고 있었다. 직원의 관복을 다리는 사람은 묵묵히 다림질만 했고, 직원의 구두를 닦는 사람은 구두만 열심히 광을 내고 있었다. 그리고 휴게실을 청소하는 출역수는 뻔질나게 휴게실로 드나들며 휴지통이나 재떨이에 물을 갈아넣고 있었다. 조용한 가운데 묵묵히 일만 하고 있는 모습들이었다.

희자의 소식이 들려온 건 저녁밥이 다 되어서였다.

신 담당이 지하실로 뛰어내려와서 전해주었다.

"반장, 걱정 말어. 내가 아까 그랬잖아? 걱정하지 말라고!"

"어떻게 됐습니까!"

"뭐, 급성폐렴이래나. 상당히 악화된 모양이던데 그때까지 그걸 모르고 있었다니 말이야. 아마 응급조치만 취하고 나서 곧 들어올 거야. 아마 들어와서도 폐렴이라면 출역이 취소될지 모르겠어."

"왜요?"

종태가 다급하게 물었다.

"직원이 식사를 하는 식당이라서 출역수들 중에 폐렴 환자가 있다면 그것은 안 되는 일이지. 틀림없이 작업이 취소될 거야. 그러니 단단히 마음을 먹고 있어."

"……."

아, 하는 외마디 외침이 마음속에서 일어났다. 가까스로 만든 기회였고, 자신들은 지금 서로의 사랑을 불태우며 아침마다, 혹은 점심, 저녁때마다 서로의 얼굴을 보면서 살 수 있었는데 또 그녀가 방 안에 갇혀버린다는 것이 가슴 아팠다. 직원 식당에 갈 때마다 그녀의 작은 손을 만져볼 수 있었고, 그녀의 웃는 얼굴을 가까이서 볼 수 있다는 것이 얼마나 행복이었던가.

299

종태가 몰래 알사탕을 품에 넣어가서 그녀에게 불쑥 내밀 때면 그녀도 깜짝 놀라곤 했으니까. 그리고 종태가 보던 시집을 그녀에게 건넬 수 있었고 그녀가 보던 책을 종태가 갖고 와서 볼 수 있었으며, 서로에게 보냈던 편지를 갖고 나와서 보여주며 웃었던 기억도 있었다. 그녀는 특히 종태의 물주전자에 직원용으로 쓰던 얼음을 몰래 띄워놓아 물을 시원하게 만들어주곤 하지 않았던가. 그리고 어떤 날은 식당에서 만든 빈대떡을 비닐로 꽁꽁 묶어서 물주전자 깊숙이 빠뜨려놓기도 했었다. 종태가 지하실로 돌아가 그것을 꺼내서 먹었던 추억들도 꿈만 같았다.

희자가 병원에 입원해 있는 동안, 종태는 그저 답답하기만 했다.

신 담당이 낮에 한 번 병원을 다녀와서 종태에게 들렀다.

"반장, 이제 걱정 말어. 희자가 링거만 맞다가 어제부터 식사를 하기 시작했다는구면. 내가 갔더니 반색을 하더라고. 계호 직원들을 잠깐 밖으로 내보내고 단 둘이서 좀 얘길 나누었지. 먼저 반장의 안부부터 묻더라구. 그래서 내가 반장은 잘 있다고 얘길 했어. 매일 그녀를 위해서 기도만 하고 있다고 했지. 그녀가 희미하게 웃기만 하더라구. 자신도 무슨 몹쓸 병이라도 걸려서 혹시 반장에게 걱정거리라도 줄까봐 무척 걱정을 했던 모양이야. 자신이 간호사였으면서도 그걸 몰랐느냐고 했더니 자꾸 웃기만 하더라구. 그러더니 나중에 뭐라는 줄 알아? 자신

300

은 아마 사랑의 열병을 앓는 줄로만 알았다나 뭐. 하하하. 그래
서 둘이서 한참 동안 웃었지.”

“그래, 식사는 잘 한답디까? 담당님.”

“그럼, 간호원들과도 자주 농담도 주고받고 하는 모양이야.
간호사들 중에서 후배가 있는가 봐. 그쪽 병원의 간호사들이
서로 돈을 모아서 병문안도 하고, 먹을 것들도 사오고 하는 모
양이더라구. 병실에 먹을 것들이 수북하더라구. 나도 음료수
를 가지고 갔는데 이건 처치곤란이야. 희자가 그러더군. 그걸
갖다가 반장한테 주라고 해서 그냥 갖고 왔지 뭐. 이거니까 마
셔.”

담당이 종태에게 캔에 든 음료수 박스를 내밀었다.

“이건 캔이니까 보안과 직원한테 걸리면 괜히 시끄러워지니
까 빨리 먹어치우고는 꼭 개수대로 회수를 해서 나한테 줘. 이
런 게 사방으로 흘러들어가면 흉기가 되고 마니까 말이야.”

“알았습니다.”

종태는 그것을 받아 다른 출역수들에게 나누어주었다. 담당
이 올라가자, 종태는 주스를 마시면서 안도의 숨을 내쉬고 있
었다. 다행히 폐렴이라니 천만다행이었다. 더 중한 병이 아니
기를 얼마나 고대했던가. 종태는 하나님께 감사드렸다.

희자는 4일 동안 병원에 있다가 여사로 돌아왔고 다시는 출
역이 되지 않았다. 아마 출역이 취소된 탓이었다. 대신 그녀에

301

게서 편지가 왔다.

　사랑하는 그대에게
　그대의 이름 석자를 밝힐 수 없는 심정, 너무 안타깝습니다.
　제가 쓰러지던 날, 얼마나 부끄러웠을까요.
　병원에 있으면서 그대만 생각했습니다. 조금이라도 보지 않
으면 미칠 것만 같은 심정 그대는 아시는지요.
　아아, 이게 사랑이라고 말했던가요?
　저는 지금 다시 여사의 독방에 들어가 있습니다. 전염성이
있다고 해서 분리 수용을 한다니까요. 매일매일 의무과에서 주
는 약을 먹고 있습니다. 약이 얼마나 독한지 속이 다 아픕니다.
제가 알기로도 약만 부지런히 먹고 요양만 하면 쉽게 낫는 병
이라는 걸 압니다.
　그대, 무척 당황하셨겠지요.
　그러나 희자는 이렇게 또 사랑을 받으며 일어나고 있습니다.
그대에게 다가가지는 못하지만 계속 편지를 쓸 겁니다.
　사랑하는 당신.
　제 살보다도 깊이 그대를 사랑하고 있다는 것을 알았습니다.
병실에 누워 있는 동안 하루종일 그댈 생각하면서 혼자 웃었으
니까요. 직원들이 왜 그러느냐고 물었지만 저는 그저 웃기만
했습니다. 정말 행복하게 느껴졌습니다. 누군가 나를 곁에서

지키고 있다고 생각하니 저절로 힘이 솟아날 것 같았습니다.

하루를 살다가 죽더라도 이제 아무 미련도 없을 지경입니다. 당신의 크나큰 사랑을 먹고 사는데 내가 왜 슬프겠어요?

말도 마음대로 적을 수 없어서 자세한 건 다 옮기지 못하겠군요. 당신이 보내주신 선물도 받았구요. 병원에선 아는 후배들이 있어서 마음 편하게 지냈습니다.

저는 그들을 보면서 저의 옛 생각이 나서 조금은 슬퍼졌지만 이제 당신이 내 곁에 있다고 생각하니 부끄러움도, 부러움도 없었습니다. 저보다도 더 행복한 사람이 이 세상에 또 있을까요?

이렇게 독방에서 바깥을 내다보면 봄이 가고 초여름의 꽃들이 마구 보입니다. 햇볕이 무척 따스할 거라고 믿으면서 밖으로 나가보고도 싶습니다. 꽃들에게로 다가가서 웅크리고 앉아 꽃들과 이야기를 나누고만 싶어요. 너, 나만큼 행복하니? 하고 물으면 꽃들도 웃겠지요.

그대에게 시 하나 보내드립니다.

또 하나의 사랑

내 안에 사랑이

있었네

누구도 흉내 내지 못할 그러한

사랑
핏빛보다도 붉고 하늘보다도 더 넓은
사랑

눈 감으면 그대 보이네
하늘가 어디
맑은 웃음으로 서 계실
그대의 사랑
꽃들도 질투하고야 말 그런
그런 사랑이라네

내 안의 사랑이
가슴 아파할 때쯤
나, 돌아갈 수 있으리
그대가 있는 곳

그대 가슴에 안기고 싶으네.

이 시는 병원에 있으면서 몰래 쓴 시입니다. 후배가 받아 적
었구요. 후배에게만 저의 모든 사랑을 다 이야기 해줬습니다.
나는 그 안에서 사랑하는 사람이 나를 기다리고 있다고 했지

요. 그랬더니 그 후배도 당신을 만나보고 싶다고 말했어요.

아아, 나는 행복해서 이제 잠도 자질 않습니다. 밤마다 잠들어 있는 시간이 다 아까울 지경이지요. 그래서 만능노트에다 그대를 향한 시를 적습니다. 나중에 밖으로 나가면 한 권의 시집으로 엮어서 그대에게 바칠 생각입니다.

사랑하는 그대.

연필을 잡으면 그저 끝도 없이 달려가고만 싶습니다. 밤새도록 쓴다고 해도 종이가 모자랄 형편이지요. 이제 말은 못해도 편지가 대신해 주겠지요.

제 걱정일랑 하지 마세요. 그저 식사나 제때 꼬박꼬박 드시고 마음 편히 가지세요.

이제 새벽입니다.

그만 줄일게요. 안녕.

새벽에

그대를 사랑하는 희자 드림

종태는 희자의 편지를 다 읽고 나서 눈시울이 뜨거워지고 있었다. 아아, 그녀가 바로 지적인 여사로 돌아와 있었지만 만날 수 없는 것이 안타까웠다. 이젠 어떻게 한다고 하더라도 다시 그녀를 만나볼 수는 없었다. 다시 내청으로 가지 않는 이상, 그녀를 마주 대할 수는 없었다.

마음은 원하지만 몸이 말을 듣지 않았다. 현실이 그렇게 만들고 있었다. 종태는 영양제를 구매해서 몰래 넣어주고 싶었다. 어느 날 종태는 큰 맘을 먹고 신 담당에게 그것을 털어 놓았다.

"담당님. 희자에겐 영양보충이 더 시급할 것 같습니다. 제가 영양제를 구매해서 직원 식당에 출역하고 있는 여자들에게 전해달라고 하면 안 될까요?"

그러자, 담당이 펄쩍 뛰었다.

"안 돼. 그러면 금방 여사에 소문이 퍼져서 편지를 하는 것조차 끊어질 수 있어. 차라리 나한테 줘, 내가 어떻게 해볼 테니까. 사약 담당한테 얘길 해서 몰래 집어넣어볼 테니까 그건 나한테 맡겨."

"아……."

담당은 역시 치밀했다. 종태는 그저 입만 벌리고 있었다. 종태는 자신이 먹고 있던 우루사까지 모두 꺼내서 그에게 건네주었다.

사랑이라는 것은 역시 주는 것이다.

종태는 그녀를 위해서라면 무엇이든지 주고만 싶었다. 그녀가 원하는 것이 있기만 하다면 모든 걸 다주고 싶었다. 이제 그에게 있어서 아까운 것이라곤 하나도 없었다. 이미 조직이라는 거대한 것을 버렸고, 자신의 모든 부귀영화를 거머쥘 수 있는 것도 버린 지 오래였다. 옛날 같으면 자신의 말 한 마디에 따라 돈이 이리저리 옮겨 다녔고, 사람의 목숨이 붙었다가 또 떨어졌을 것이었다. 그가 돈을 위해서라면 서슴지 않고 칼부림을 했던 적이 얼마나 많았던가. 자신이 이기기 위해선 어쩔 수 없이 단번에 급소를 노려서 칼을 꽂았고 종태의 칼에 맞아 그대로 병신이 되어 버리거나, 치명에 가까운 생명이 된 적도 무지 많았던 것이다. 그래서 조직세계에선 차종태라는 말만 들어도 치를 떨지 않았던가. 그가 한 번 한다면 하는 성격의 소유자라는 것도 상대방에겐 항상 두려움을 주는 존재였고 복수심의 대상이 되기도 했다.

그러나 지금은 그렇지 않았다.

그녀를 위해서라면 모든 걸 줄 수 있는 사나이였고 참을 줄 아는 남자였다. 스스로 인내하는 법을 자신도 모르게 희자에게서 배웠고 또 그렇게 살고 있었다. 더구나 그는 이번의 징역에서 나가기만 하면 곧장 그대로 머언 시골로 내려가 버릴 작정이었다. 도시라는 것은 사랑을 악하게 만들거나, 어쩔 수 없이 상대방에게 적개심을 품도록 만들었다. 내가 상대방을 이기지 않으면 살 수 없는 사회였다. 물질은 사람들을 유혹했고 사람들의 순수성마저 빼앗아 가버렸을 것이다. 종태가 그 안에서 터득한 바로는 이 도시는 영원히 자신의 발목을 붙잡고서 놓아

307

주지 않을 그런 굴레였다. 희자를 알고 나서 아득한 사랑, 마치 어렸을 때의 동네 누이 같은 포근함이 느껴져서 그녀에게서 오는 것이란 다 좋은 것들뿐이었다.

사랑을 해본 적이 있는가.

종태는 만나는 사람들마다 이렇게 소리를 치고 싶었는지 모른다. 사랑의 힘이 얼마나 크다는 것을, 그는 이미 오래 전에 알았던 것이다. 그녀를 위해서 혼자 울었고, 그녀를 위해서 그는 모든 걸 잃어버리는 것조차 아까워하지 않았다.

삶이란 어차피 한번뿐이라는 것을. 그 한 번을 위해서 그는 이날까지 오로지 칼에만 의지해 왔던 그였다. 적어도 희자를 알기 전까지는 그랬을 것이다.

이제 가을이 깊어지는가 싶었다.

그녀의 편지에서도 그랬고 정말 바깥은 지는 꽃잎들로 부산했다. 나뭇잎은 누렇게 변색이 되어 하룻밤만 자고나도 다 떨어져 내리고 있었다.

종태는 그동안 놓치지 않고 하던 통신신학을 모두 마쳤고 드디어 졸업장을 받게 되었다. 교회당에서 있은 예배시간이었다.

"여러분! 오늘 예배를 마치고 이렇게 통신신학을 수료하는 형제가 있습니다. 처음에 시작할 땐 그래도 많았던 형제들이 도중에 이감을 가고, 또 출소를 했고, 스스로 포기를 했던 사람들도 있었지만 우리 하나님께선 단 한 사람 차종태 형제를 이렇게 무사히 붙잡아주신 것입니다. 그동안 이곳에서 형편이 어려웠음에도 끝까지 신학을 마칠 수 있게 해주신 하나님께 감사를 드립니다. 제가 이곳에 설교를 인도하러 드나들면서 본 바로는 이번에 졸업을 하게 된 차종태라는 형제는 정말 진실함이 돋보이는 믿음의 형제였습니다. 이 안에서 오랜 시간 동안 어렵게 공부를 했다는 것에서 저는 높이 치하하고자 합니다.

사랑하는 형제 여러분!

이제 모두 이 형제를 축하하십시다. 어두웠던 지난 과거는 이제 옛사람이 되었고 다시 태어난 믿음의 종이 될 것입니다. 이에 저희 교회가 이곳에 들어와 믿음의 씨앗을 뿌린 결과라고 믿고 조그만 선물을 준비했습니다. 다 같이 축하를 해 드립시다."

목사의 말이 있자, 거기에 모인 사람들은 모두 박수를 쳤다. 종태가 앞으로 나가 선물과 졸업장을 받고 인사를 했다. 뒤쪽에 서있는 신 담당이 눈에 들어왔다. 종태와 눈빛이 마주치자, 그가 먼저 손을 들어서 환호했다.

"여러분, 그동안 정말 고마웠습니다. 알게 모르게 저를 도와주셨고 저에게 희망을 주셨던 분들이 너무나 많았습니다. 저는 이제 그 분들에게 영적으로 빚진 자가 되었습니다. 흉악했던 인간의 탈을 벗어버리고 이제 새사람이 될 것입니다. 저를 위해서 기도를 해주십시오. 이 모든 영광을 하나님께 감사를 드립니다. 그리고…… 이 영광을…… 지금은 병중에 있는 사랑하는…… 희자에게 드립니다."

종태가 말을 끝냈을 때 사람들은 웅성거렸다. 희자가 그의 사랑하는 애인인가, 아니면 부인인가로 잠시 술렁거렸다. 종태는 자리에 앉자마자 눈시울이 축축해졌다. 뒤쪽에 서 있었던 신 담당이 다가와서 그의 어깨를 툭 쳤다.

"정말 얘기 잘했어. 희자가 알면 얼마나 좋아할까?"

종태는 아무 말도 하지 못했다. 그가 내민 꽃다발을 손에 받아들며 꽃송이들을 내려다보고 있었다. 안개꽃의 더미에 쌓인 백합의 하얀 꽃잎이 눈에 선하게 들어오고 있었다. 종태는 희자를 떠올렸다. 그동안 보지 못했던 그녀의 얼굴이었다. 그녀의 하얗게 웃는 모습이 눈에 아프게 와 박혔다.

종태는 지하실로 돌아와 그녀에게 편지를 썼다.

사랑하는 희자

오늘은 정말 그대가 보고 싶소.

오늘이 벌써 나의 고행이기도 했던 졸업이었소. 그동안 당신이 여러 가지로 도와주면서 이끌어줬던 덕분이라고 믿으오.

이 영광을 당신에게 돌리고 싶소.

오늘의 이 자리에 당신이 없다는 것이 제일 서글펐소. 아마 당신은 그 쓸쓸한 독방에서 혼자 파리한 얼굴로 누워 있으리라고 생각하니 정말 견딜 수가 없소.

목사님의 축사가 있고 난 뒤에 답례의 말에서 하나님과 당신의 덕분이라고 당당히 말했소. 처음으로 당신의 이름 석자를 당당히 불렀던 것이오.

내가 이 안에 있는 동안, 이렇게 변할 수가 있다니…… 정말 꿈만 같으오. 일자무식쟁이가 말이오.

이제 우리들의 앞날에 하나님의 은총이 있을 거라고 믿어요. 그 안에서 열심히 약을 먹고 있다가보면 곧 세월이 지나가겠지요. 이제 나가면 나는 그대를 데리고 멀리 여행이나 다니다가 그 여행지 중에서 당신이 가장 마음에 드는 곳에서 닻을 내리고 거기서 오래도록 살 생각이오.

사랑하는 희자.

모든 게 고생 없이는 아무 쓸모가 없다는 것을 나는 여태까지 몰랐던 모양이오. 이제야 그걸 깨달았으니까 말이오. 어려운 가운데에서 이렇게 졸업을 했다는 것이 그걸 말해주고 있소. 내가 좌절할 때마다 당신은 내게 힘이 있이 도어 주었소. 그러나 아직도 나의 저 깊은 속에는 죄악의 심성이 남아 있는 듯하오. 다시 화려한 세계로의 회귀가 전혀 없는 것은 아닌 것 같소.

그러나 당신이 내 곁에 있는 한 절대 그런 일은 없을 것이오. 신 형이 마침 백합꽃다발을 선사했소. 그 꽃을 보는 동안 왜 당신이 그리도 보고 싶었던지 모르겠소. 꽃 속에서 당신이 웃고 있는 것 같은 착각에 빠져들었소.

　약은 빼먹지 말고 꼭꼭 먹기를 바라오. 시 하나 보내드리겠소.

　　밤마다, 밤열차를 타고

　　밤열차를 타고
　　코스모스 길을 지나
　　슬픔이 누워 있는 바다로
　　나아갔다.
　　내가 사랑한 바다
　　사랑을 느끼기 시작했을 때나
　　또한, 사랑을 버렸을 때
　　찾아갔던 백사장에서
　　호되게 뺨 얻어맞으며 사랑은
　　그렇게 하는 것이 아니라며
　　바람에게 조련받고 있었다
　　소금기의 바람이 주는 딱딱하고도 부드러운
　　훈계 속에서
　　절로 흘러내리는 뜨거운 눈물

같은 것
무엇을 의미하는 것인지
그 누구인가를 사랑한 죄,
외로움을 견디지 못한 죄,
나는 점점 몸이 무거워지면서 바닷속
깊숙이 가라앉았다가
떠오르면서
가벼워져서야 돌아왔다
막차로 돌아왔다.

사랑하는 희자.

이 시에서처럼 우리 언제 바닷가로 나가 마음껏 달려볼 수 있을까, 하고 생각에 잠기고 있소. 바람이 부는 바닷가에서 그대의 까만 머리칼을 쓰다듬으며 그렇게 하루종일 서 있고만 싶다는 생각을 희자는 짐작할 수 있을는지 모르겠소. 그렇게 바람처럼 살고 싶다는 생각이 들지 않겠소. 그대의 생각은 어떤지 참으로 궁금하오. 다음 편지엔 꼭 나의 물음에 답해주길 바라오.

나는 요즘 간혹 꿈을 꾸어대지요.

우리가 이렇게 영원히 만나지 못한 채 이렇도록 그리워만 하다가 일생을 다 마쳐버리는 것은 아닌지 하고 더럭 겁이 다 날 때가 있지요. 그런 꿈을 꾸고 난 다음날이면 왠지 자꾸만 그대의 얼굴이라도 보고 싶은 생각에 미칠 것만 같았소.

오늘은 그대 꿈을 꾸며 잠이 들리라.

이만 줄이겠소.

가엾은 그대에게
사랑하는 종태가

종태는 편지를 접어서 품에 넣었다. 신 담당이 지하실로 내려오면 줄 참이었다. 신 담당은 무슨 바쁜 일이 생겼는지 오늘 거의 지하실로 내려오지 않고 있었다. 대개 그런 날은 구치소 안에 무슨 일이 터졌거나, 중대한 일이 있는 날이었다. 출역수들은 늘 그랬다. 담당들의 움직임에서 재빨리 눈치를 읽는 게 습관처럼 배어 있었는데 그러한 눈치는 정확했다.

가령, 재소자가 목을 매달았다거나, 탈주를 했다거나, 인질극을 벌이면서 대치하고 있을 때일수록 직원들은 절대 침묵하는 것이 그 곳의 생리였다. 안에서 일어나는 일들이 밖으로 새나가지 않도록 극비에 붙여지고 있었고, 일반 재소자들이나 출역수들이 모르게 하는 것이 최우선이었다. 그러니 출역수들도 그러한 낌새만 보고서도 대충 어떠한 일들이 일어나고 있을 거라는 것을 짐작하고 있었는지 모른다.

종태가 구석진 데에서 책을 보고 있는데 오후 늦게서야 신 담당이 나타났다. 그의 얼굴이 벌겋게 상기되어 있어서 마치 마악 달려온 듯한 얼굴이었다. 그는 종태를 찾아내고는 다짜고 짜로 어깨를 잡아 일으켰다.

"어흐흐흐, 반장! 내일 가출소래!"

"……?"

종태는 넋이 나간 표정이었고, 신 담당은 종태의 얼굴에 자신의 얼굴을 갖다 비벼대고 있었다. 종태의 손에서 책이 떨어졌다.

"정말입니까? 그 말?"

"그래! 내 확인했어. 오늘 법무부에서 공문이 내려왔다구!"

"아!……."

종태는 무너질 듯하였다. 이번에는 종태가 그의 옷깃을 잡았다.

"희자도 명단에 들어 있었어! 내일 아침에 일찍 나갈 거야. 어떻게 이런 일이 있을 수 있겠어? 어흐흐흐……."

"아아, 정말…… 아, 주님…… 감사합니다……."

종태는 그렇게 외쳤다. 그리고는 담당의 어깨에 푹, 고개를 묻었다. 그의 눈에서 알 수 없는 눈물들이 쏟아져 내리고 있었다. 신 담당이 종태의 어깨를 두드려댔다. 종태가 눈을 들자. 신 담당의 눈에서도 눈물 같은 게 흘러내리고 있었다.

315

"아!……."

종태의 입에서는 계속 탄성만 터져 나오고 있었다. 그들이 한참 만에 어깨를 풀었을 땐 둘 다 눈물에 젖어 있었다.

"정말 기적 같은 일이군! 이렇게 나란히 나갈 수 있다니!"

"희자 씨도 이걸 알까요?"

종태가 숨 가쁘게 물었다.

"아직은 모르지. 내일 아침에서야 겨우 알게 되겠지. 모든 게 비밀이니까!"

"어떻게 알 게 할 순 없을까요? 담당님."

"아냐, 그냥 있자구. 괜히 서두르기보다는 내일 아침에 둘이 서로 만나보는 게 더 나을 거야. 오늘은 이만 참자구."

"알았습니다……."

"내가 미리 영치계에서 반장의 옷과 희자의 사복을 빼내올 테니까 여기서 다리미로 다려. 내일 입고 나갈 옷이니까 깨끗하게 다려야지, 안 그래? 하하하."

신 담당이 웃었다. 그의 눈에서 눈물방울이 주르륵 흘러내렸다. 신 담당이 지하실을 빠져나가자, 종태는 천천히 제 자리로 가서 앉았다. 그리고는 가만히 눈을 감았다. 여태까지의 모든 일들이 쓰라린 추억처럼 지나가고 있었다. 그것은 추억이랄 수도 있었고, 환희 같기도 한 것이었다.

그녀와의 만남. 그것은 분명히 환희였다. 자신의 삶에 빛을 던져준 여자였다. 비록 모든 걸 잃어버린다고 할지라도 그것은 분명히 환희였다고 생각했다. 아, 사랑은 이렇게 오는 것이구나, 하고 스스로 감격에 젖어들었다.

그런 생각으로만 잠겨 있었다.

그러다가 종태는 천천히 상호의 얼굴을 떠올렸다. 아마 그가 이렇게 일을 꾸몄는지 모른다고 생각되었다. 그렇게 생각하자 상호가 더욱 믿음직스러웠다. 요 근래 들어서는 통 면회를 오지 않았던 그였다. 바깥의 일이 무척 바쁜 시기라는 것만 그저 짐작하고 있었던 것이다. 1년 중에서 가을이 가장 조직의 세계에선 바쁜 시기였다. 술집들이 그랬고, 청부 건이 가장 많은 것도 가을이었다. 가을은 모든 거래에서 결실을 노린 꾼들의 수확기였다. 아마 상호도 큰일을 저지르느라 바빠서 나타나지 못하는 거라고 생각했다.

종태는 천천히 눈을 들어 지하실의 습한 구석들을 돌아보았다. 구석진 곳의 귀퉁이마다 거미줄이 얽혀 있었고 낮은 촉수의 알전구가 뿜어내는 희뿌연 빛이 수증기처럼 피어나고 있었다. 종태는 그러한 모든 것들을 기억 속에 빼곡히 집어넣으려는 듯이 또렷하게 쳐다보고 있었다.

이게 마지막이리라.

종태는 그렇게 뇌까리고 있었다. 그게 그의 다짐이었고 신앙고백이었다. 누군가 꿈속처럼 그를 불렀다. 종태가 천천히 고

317

개를 돌리자, 거기에는 네 명의 출역수들이 줄을 지어 서 있었다. 그들은 새마을모자를 벗어 한 손에 쥐고 있다가 꾸벅 절을 했다.

"반장님, 정말 축하드립니다. 이렇게 나가시게 된 거……."

"그래, 고맙다. 너희들도 이제 때가 되면 다 나가겠지……."

"맞습니다. 저희들도 나가는 게 소원이지요. 그런데 반장님이 먼저 나가시게 된 게 너무너무 기쁩니다."

그들은 또 깊숙이 절을 했다.

"배식반장, 오늘은 기쁜 날이니까 내가 한 턱 내지. 나가서 뭐 좀 먹을 것 사와. 마지막이라고 생각하니 이것밖엔 줄 게 없어."

종태가 내미는 카드를 집어들고 배식반장이 밖으로 나갔고, 좀 있으려니까 신 담당이 옷가지들을 들고 들어왔다.

"자, 이거…… 반장 것하고, 희자의 옷이야. 잘 다려 놓으라고."

담당이 내미는 옷을 보자, 종태는 정말 실감이 났다. 이제야 구체적으로 출소를 한다는 의미가 새겨지고 있었다. 담당이 바쁜 듯이 다시 밖으로 나가고 나자 종태는 다리미판 위에 옷들을 펼쳐놓았다.

"아니, 반장님. 제가 옷들을 다리지요. 저쪽에서 쉬십시오."

민철이었다. 그놈은 어머니가 재가를 한 계부의 밑에서 자라다가 계부가 자신의 여동생을 겁탈하는 장면을 목격하고는 망치를 들어서 내려찍었다가 존속살인미수로 5년 형을 받고서 보안과 소지로 출역하고 있었다. 소년수여서 판사에게서 형량을 동정받았다가 대인수로 되면서 보안과 소지로 뽑혔는데 종태에게는 동생처럼 따르고 있었다. 종태가 편지를 쓸 때나, 성경책을 보거나 할 때마다 꼭꼭 시중을 들어줬고, 종태가 목말라 하면 어떻게 눈치를 챘는지 벌써 물컵을 들이대곤 했던 놈이었다.

"아니, 됐어. 이건 꼭 내가 다릴 거다. 이게 나한텐 마지막이라고 생각하고 다릴 거다. 가서 네 일이나 봐라."

종태가 그렇게 말하자, 민철은 서운한 듯 그렇게 서 있기만 했다. 종태가 그를 물끄러미 바라보다가 다리미를 집어들면서 말했다.

"이건 됐어. 내가 다리는 것이 이게 마지막이라고 생각해…… 그리고, 넌 나가면 꼭 고등학교는 마쳐라, 알겠냐? 이 형도 중학교밖에 나오지 못해서 이곳에서 공부한 거 아니냐? 넌 아직 어리니까 공부해야 돼. 그게 아버지에 대한 복수라고 생각해. 네가 나중에 커서 네 누이를 데리고 살아야지, 안 그러냐? 이미 네 엄만 너희들 곁을 떠났다고 굳게 마음먹고 공부해라. 네 어머니를 원망하지도 말고. 너도 나중에 크면 다 알거다. 여자는 사랑 하나만 가지고도 살지만 넌, 남자새끼 아니냐? 나중에 네가 잘 되고 나면 모든 게 풀어지고 만다. 알겠냐?”

“네…….”

종태는 다리미의 밑바닥에 손을 대어보고는 천천히 그녀의 옷을 다려나가기 시작했다. 자신의 양복보다도 희자의 옷부터 다려 나갔다. 그녀의 흰 블라우스를 다렸고, 그녀의 물방울 무늬가 박힌 투피스를 펴서 다렸다. 종태는 한 번 다리고 난 뒤에, 또다시 그것을 다리기 시작했다. 아주 정성껏, 천천히 다림질을 하면서 그녀의 옷에 구김살 하나 남기지 않도록 애쓰며 다렸다. 그녀의 짧은 치마 허리가 종태의 손바닥으로 한 뼘밖에 되지 않았다. 그녀의 옷을 두 번째 다렸고, 그 다음에야 자신의 옷들을 다렸다. 쭈글쭈글해진 양복의 깃을 펴면서, 와이셔츠를 다리면서 그는 울고 있었다.

지루하기만 했던 밤이었다.

종태는 온 밤을 뜬눈으로 새웠던 것이다. 사방에 누워 천장만 바라보면서 꼬박 밤을 새워버린 것이었다. 자신의 일생에 있어 이제 이것이 마지막이라고 생각하니 잠이 올 리가 없었다. 벽에 걸려 있는 예수의 초상을 바라보면서 중얼거렸고 근무를 마치고 돌아가는 경교대의 군화 발자국 소리를 하나, 둘…… 헤아리다가 어느 순간 놓쳐버리기도 했다. 멀리서 들리는 교회의 찬송소리에 엎드려서 기도를 하면서 희자와 자신의 장래에 대해서 기도를 했다.

이제 나가면 다시는 이 서울에 발걸음을 들여놓지 않으리.

그는 그렇게 굳게 다짐하고 있었다. 시간은 밤새도록 늑상만 부리더니 아침이 되자, 재빠르게 흘러가고 있었다. 출역을 하고 나서 아침밥도 먹지 못했다. 그저 밥맛도 없이, 빨리 나가서 세상의 공기를 맘껏 들이마셔보고 싶었고, 그녀와 같이 나란히 앉아 마지막으로 이 서울에서 하는 아침식사를 한다는 게 더 마음이 급했다.

그녀와 마주보고 앉아서 아침식사를 하고 나서, 커피 한 잔을 마셔보는 게 소원이었다.

허둥거리기는 했지만, 신 담당이 데리러 내려왔을 때, 종태는 이미 말끔한 양복으로 갈아입고 있었다.

"이야, 근사한데! 역시 틀은 못 속이는군! 하하하."

담당이 그렇게 말을 했고, 다른 출역수들도 그렇게 입들을 모았다. 남아 있는 출역수들에게 그는 그렇게 마지막 말을 했다.

"그동안 정말 고마웠다. 나는 반장이랍시고 매일 빈둥거리기만 하다가 이렇게 나가니까 너희들한테는 정말 미안하다. 너희들도 이제 곧 나가게 되겠지. 나가면 다시는 이런 데 들어오지 마라. 한 번 이를 꽉 물고 살아봐라. 전과자라고 침을 뱉거든 그 침이라도 받아마시면서까지 참을 줄 알아야 돼. 그게 남자의 오기다. 두 번 드나들면 언제 세 번이 될지 모른다. 나도 그랬다. 그러나 이제 나는 이 서울에서는 절대 다신 볼 수 없을 거다. 나의 과거는 너희들이 알다시피 너무 서글펐고 피냄새 가 났었다. 너희들을 위해 기도할 것이다. 가능하다면 이곳에 서 무엇이든 간 종교를 가지길 바란다. 떡신자가 되지 말고 열 심히 수양하다가 나가라. 나중에 어디에서 어떻게 만나게 될지 모르겠지만 나를 잊지 마라. 이 차종태라는 인간은 어디에서든 꿋꿋이 살아갈 것이다…… 그럼…… 잘 있어라."

종태는 말을 마치자 곧바로 몸을 돌려 밖으로 나갔다. 그의 손에는 아무것도 들려 있지 않았다. 이미 그가 입고 있던 내의 들과 담요, 모든 것들은 전부 그들에게 나눠 주었다. 다만 왼손 에는 그가 보던 성경책과 시집 한 권이 들려 있었다.

보안과 앞의 마당에는 이미 가출옥이 결정된 출옥수들이 꾸 깃한 옷들을 입고서 줄을 지어 앉아 있었다. 종태는 대번에 희 자를 찾았다. 그녀는 남자들 뒤쪽에 앉아 있는 여자들 네 명 중 에 한 명이었다. 그녀의 놀란 얼굴이 종태의 눈에 와 박혔다. 종태가 한 번 웃어 주었다. 그녀의 하얀 치아가 보이다가 풀썩 고개를 숙이는 게 보였다. 종태는 눈알이 시려왔다. 그녀는 또 울고 있었던 것이다.

보안과장이 나와서 일일이 악수를 했고 직원들이 길 양옆으 로 도열한 사이를 그들은 걸어나갔다. 커다란 정문을 빠져나오 자, 종태는 뒤를 돌아보았다. 신 담당이 저만치 서서 손을 흔들 고 있는 게 보였다. 종태는 그 자리에 서서 꾸벅 절을 했다. 그

절은 마치 조직의 선배에게 하듯 천천히 숙여졌고 또 깊숙이 숙여지고 있었다. 그러는 종태의 곁에 희자가 슬그머니 다가와선 그녀도 신 담당에게 꾸벅 절을 하고 있는 게 보였다. 그녀의 손에는 조그만 보퉁이가 하나 들려 있었다. 종태가 그녀의 자그마한 손을 거머쥐었다. 작고 여윈 손이었다.

사람들이 나가고 있는 뒤를 따라 외정문 밖으로 나가자, 한떼의 사람들 무리들 속에서 상호가 불쑥 나타났다. 그리고 치구, 상면이, 창호까지 보였다. 그리고도 더 많은 얼굴들이 종태에게로 다가들었다.

"형님, 이제 나오시는군요. 미리 와서 기다렸습니다. 차암, 형수님? 정말 고생이 많으셨습니다."

"그래, 고맙다! 이렇게 힘써 줘서."

"아닙니다. 저도 이미 죽은 목숨 아닙니까? 하하하. 형님, 저희들이 차를 갖고 왔으니까 함께 타시죠!"

상호의 그 말에 종태는 자신도 모르게 희자의 손을 불끈 거머쥐었다. 그리고 나직하게 말했다.

"아니다. 난 이제 조직에서 떠났다! 너희들이 내가 먼저 배신을 했다고 할진 모르겠지만 이제 나에게는 내 갈 길이 있을 뿐이다. 너희들이 나를 믿는다면 나를 곱게 가도록 내버려줘라. 미안하다. 특히 내가 살같이 여겼던 너희들에게 내가 이렇게 사정을 하다니!…… 이젠 이 서울에 남아 있지 않을 거다. 나를 잊어버리고 이제 너희들이 뭉쳐서 살아라. 내 말이 끝나거든 아무 말도 하지 마라. 그게 내 부탁이다!"

종태는 말을 마치고 나서 천천히 희자의 손목을 끌었다. 희자가 종태의 손에 끌려서 걸었다. 그러자, 그들은 종태가 나아가는 길을 터주었고 창호가 "형님"하고 땅바닥에다 무릎을 꿇었다. 종태는 창호의 목소리에 잠깐 그 자리에 멈춰섰다. 창호가 무릎을 꿇고 있는 것을 뒤돌아보지 않은 채였다.

"미안하다…… 창호……."

종태는 그 말만 하고는 다시 희자의 손목을 끌었다. 앞 집인 영등포 교도소의 담벼락에 길게 심어진 플라타너스에서 마른 잎들이 마악 떨어지고 있었다. 그 너른 잎이 종태의 쪽으로 나풀거리며 종태의 이마 위에, 희자의 머리께에 떨어지고 있었다.

〈끝, 감사합니다.〉